苏寂真 著

躁动

完结篇

Beating heart

长江出版社

图书在版编目（CIP）数据

躁动.完结篇/苏寂真著.——武汉：长江出版社，2024.7.—— ISBN 978-7-5492-9562-3

Ⅰ.I247.5

中国国家版本馆 CIP 数据核字第 2024ZG3854 号

躁动.完结篇/苏寂真 著
ZAODONG.WANJIEPIAN

出　　版	长江出版社	
	（武汉市解放大道 1863 号）	
选题策划	小　米　靴　子	
市场发行	长江出版社发行部	
网　　址	http://www.cjpress.cn	
责任编辑	钟一丹	
特约编辑	连　慧	
印　　刷	天津鸿彬印刷有限公司	
版　　次	2024 年 7 月第 1 版	
印　　次	2024 年 7 月第 1 次印刷	
开　　本	880mm×1230mm　1/32	
印　　张	9.5	
字　　数	238 千字	
书　　号	ISBN 978-7-5492-9562-3	
定　　价	45.00 元	

版权所有，侵权必究。如有质量问题，请与本社联系退换。
电话：027-82926557（总编室）027-82926806（市场营销部）

空旷无人的街道只听得见树叶落下的簌簌声,以及两个少年与风的呼喊声。

回附中的时间被两人一拖再拖，

成功从冬天拖到了初春。

两人出了高铁站，

许约拖着银灰色行李箱冲向出租车载客点，

却被顾渊硬生生拦了下来。

"许约，我们一起去坐一次公交车吧。"

顾渊突然将手里的矿泉水瓶递过来。

"上次坐公交车还是那年夏天，你还记得吗？

"老杨跟李烨两个人非逼着我去参加市里的英语竞赛，

"拿了奖之后我一时半会儿打不到出租车，

"所以……我人生第一次挤了公交车。"

许约脑海里呈现出的画面已经自动转到了那个夏末，

顾渊手里握着透明水晶奖杯，

站在宿舍楼下大喊着他的名字。

目 录

contents

第一章	大梦	001
第二章	两百米	037
第三章	初夏	069
第四章	灰雁	113
第五章	意外	143
第六章	醉梦	181
第七章	躁动	221
第八章	归途	251
番　外		289

第一章

大梦

第一章 大梦

顾渊住进宿舍的第一晚就被周围几个宿舍的同学联手投诉到了宿管大妈那里，理由就是昨晚周辉跟李然然因为207宿舍以来头一次满员，两个人跟打了鸡血似的激动到后半夜，还时不时打着手机自带的手电筒，闪了一下又一下。

尤其熄灯之后，整个207宿舍仿佛变成了大型蹦迪现场。

第二天清早，顾渊是被李然然跟周辉两个人架着胳膊到高二（A）班门口的。哪怕顾渊在楼梯上奋力反抗表示自己能行，那两人也跟没听见似的。

许约抖了抖身后的书包说："你别瞎动了，又不丢人。"

四个人依次进了教室后门，全班女生瞬间就不像刚才那么淡定了，一个个转过头看向最后一排。顾渊扶着旁边的几张桌子缓缓往自己的座位挪了几步，在看到双人桌后愣了一下。

但其实让他发愣的不是他们桌子的变化，而是此时此刻坐在许约原来位置上的，是个他从未见过的女生。

顾渊猛地回过头看向许约。

"别看我，看黑板右下角。"许约有些无奈，伸手指了指前面的黑板，"李烨是班主任，座位表是她安排的。"

顾渊视线落在黑板上，等到他看清楚那几行字之后，还是忍不住低声抱怨了一句。

"许约你长这么高坐第一排好意思吗？"顾渊坐在凳子上将校服

外套拉链往下拉了拉,"老师到底是怎么想的,排座位不都是按照身高吗?我现在严重怀疑老杨说之前要按成绩换座位就是李烨给出的主意。"

李然然走到教室门外看了一眼分班表,迅速返回道:"渊哥,那你不是倒数第一了,你这起码能往前坐两三排呢。"

"拉倒吧,我还就喜欢坐最后一排。"顾渊胳膊撑着桌子,顺带歪了下头,嘴角微微上扬,然后很快冲许约挑了下眉。

许约蹙了一下眉头,他觉得顾渊说得也有道理,按照身高排多好。他不想重新交朋友,相比之下,许约还是习惯跟顾渊当同桌。

李然然跟周辉在A班后排待了二十分钟后,才恋恋不舍地从自己的位置上站起来,瘪着嘴、哭丧着脸拍了许约跟顾渊一把。

"你俩这什么表情,中间就隔了一个班,至于吗?"顾渊最受不了这种感觉,冲两人翻了个白眼之后习惯性地往左边看了一眼,在看到陌生的女生后,又猛地把头转了回来。

"怎么了?"许约低头看了一眼顾渊的脚踝,好在并没有出血,他微微松了口气,"我说大哥,你就消停会儿吧,想去厕所就叫我,我扶你去。"

"我自己可以走。"顾渊固执地皱着眉,"只是稍微慢了一点而已。"

"行吧,那你在这里好好待着吧。我先回座位了。"

说完,许约头也不回地直奔第一组第一个的座位去了。

世界上最远的距离莫过于两个人的距离恰好是整个教室的对角线。

黑板的位置在教室的正中间,许约的新座位靠近前门,为了方便看清黑板上的字迹,他经常会侧着身子。

他的余光总会不自觉地跑到第四组最后一排的顾渊身上。

下课铃响,许约在李烨下楼的时候拦住了她。

"许约，怎么了？是有什么地方没听懂吗？"李烨愣了下，将手里的几本书换到了另外一只手，然后低头撩了一下自己的头发。

"啊不是，老师我找您是想跟您商量一下关于座位的事情。"许约说，"因为我太高了，所以坐在第一排感觉不是很舒服，又怕挡着后面其他同学看黑板，所以我能不能换回原来的位置？"

许约闭了闭眼，忽悠人的话让他不自觉地低下头，心里默念了好几遍"对不起"。他不知道李烨此刻脸上到底是什么样的表情，但这种一口气把心里所想全部倒出来的感觉确实不错。

李烨却把许约这一行为归在了"害羞"这个词上。

她轻轻拍了拍许约的肩膀："就这件事啊？行，这个座位表就是暂时的，我对大家都不是很熟悉，所以是按照成绩来排的。既然你跟老师提出来了，那你一会儿直接跟顾渊旁边那个女生说一下就行了，就说是我让你跟她换的。除了这个还有别的事吗？"

许约勾了勾嘴角，抬起头："没了，谢谢李老师。"

他重新回到教室，顾渊满脸疲惫地看向他，冲他招了招手："许约，过来一下，我要去厕所。"

等到两个人从厕所回来，许约转身准备回自己的座位收拾书包，却被顾渊一把扯住了袖子。

"那个，许约，我突然想起来我得去趟老杨的办公室。"

"咱们现在的班主任是李烨。"许约提醒道。

"不管，我就是有事要找老杨。你陪我去。"

许约没说话，直接拿出手机看了一眼时间，距离上课还有三分钟。

"有什么急事我帮你转达，还有三分钟就上课了，现在下去来不及了。"许约将手机塞进兜里，没好气地看着顾渊，忍不住笑了起来，"要不然，你让我收拾好书包我再跟你下去？"

顾渊忍不住又看了一眼时间，确实还有三分钟上课。

"你？现在收拾书包，去哪儿？"

"不去哪儿，就是回自己原来的座位。"

许约随意将桌上的几本书堆进书包里，然后捏着肩带从第一排走到了最后一排，直接将书包丢在顾渊这半边的双人桌上。

"同学你好，李老师说让我跟你换一下座位。"许约看着顾渊旁边的女生，满脸微笑，"我在一组的第一个。"

女生先是一愣，很快将自己的东西收拾好，冲顾渊和许约点了点头，一言不发地绕过顾渊身后往前排走去。

这回，顾渊是彻底愣在了原地。

"你这是什么表情？"

"你……"顾渊似乎还没反应过来，他就这么静静地看着站在他旁边的许约，张了张嘴却发不出一点声音来。

"我什么我，凳子往前点，让我进去。"许约捏着指关节，随手拿起桌上的黑色中性笔，然后在手上转了两下。

整整一天，顾渊整个人的反射弧比平常长了一倍，就连李然然和周辉都觉得这人有点不对劲。

李然然拿出手机翻出聊天记录看了半天，最后皱着眉看向顾渊。

"渊哥，那花我弄来了，你打算用来干……"李然然话还没说完，顾渊猛地抬起胳膊撞了过去。

"渊哥你干吗？我咬到舌头了，嘶……"李然然捂着嘴，"渊哥……"

"渊什么，要上课了，赶紧走。"顾渊因为有脚伤不方便站起来，不停地用手推着李然然的后背，连带着周辉被一起往 A 班教室后门的方向推。

目送他们的背影消失在教室门口，顾渊安心地趴回了桌上堆着的校服外套里。

许约居高临下地瞅了他一眼，他浅笑了下，侧着身子坐回自己的座位。

他往窗外看了一眼，外面居然下起了小雨，水雾笼罩着整个校园。

最后一节课依旧是万年不变的自习，许约正埋头写着上节课老师留下来的地理作业，顾渊不知道从哪里弄来一瓶哈密瓜味的奶茶，时不时在许约手旁晃两下。

"许约，你渴吗？这新买的。"

许约没抬头，只是用另一只手接过去，然后继续写作业。

"许约，你先喝奶茶啊。别写了，又不着急交。"

"你先在旁边待一会儿。别说话，我把这个题背下来。"

两分钟后。

"许约，现在你可以喝了吧？我托人买的呢。"顾渊说。

许约有些郁闷，但是又不能拒绝，这人就这么死死地盯着他，他叹了口气，拧开瓶盖往下灌了好几口，然后冲顾渊挑了下眉。

言外之意，我喝了，满意了？

顾渊满意地点点头。

十分钟后。

许约这次确实是有些渴了，他又拧开瓶盖灌了好几口。一瓶奶茶已经下去了四分之三。

十五分钟后。

"你好好坐着，我去趟厕所马上回来，放学后我们一起回宿舍。"许约站起来伸了伸胳膊，偏了偏头。

"嗯，好。"

顾渊成功打发走了许约，顾不上自己受了伤的脚，直接一颠一颠地往1班后门位置挪，然后从李然然手里接过那个精心包装过的礼盒，拐进了楼梯口。最终踩着一深一浅的脚印消失在林荫路的尽头。

春季的小雨如烟也如雾，丝丝缕缕又仿佛缠绵不断一般，时不

第一章 大梦

时有微风吹过,完全没有撑伞的必要。

许约回到教室看到空无一人的后排,愣了几秒之后用笔戳了戳前面两个面生的新同学。

"你好,你们看到过顾渊吗?"

"哦,刚刚从后门出去了。好像往1班方向去了。"

"谢谢。"

许约推开1班教室的后门,一眼就看到正趴在桌上睡觉的周辉。

"顾渊刚找过你吗?"

"啊?找了李然然。好像要了个东西然后就走了。"周辉揉了揉眼睛,然后搓了一把脸。

"什么东西?"

"不知道,李然然不让我看,说那是他跟渊哥之间的秘密。"周辉说。

"那他有没有说他去哪里了?"

没等周辉开口,许约的手机振了一下,他迅速拿出手机解了锁。

渊渊想抱:图书馆旁边的银杏树记得吗?

许约皱了下眉,雨天的潮湿感本来就对容易出血的伤口没有什么好处,顾渊现在跑出去在他看来就是没事闲的。

他低头看了一眼周辉,满脸的不耐烦。

许许如生:你人呢?

许许如生:你脚是怎么回事你自己不清楚?去哪了?

许约极力控制着自己的情绪。他心想,如果顾渊发些没用的消息,他就废了他另外一只腿,省得他一天到晚带着伤到处乱跑。

渊渊想抱:我在这里等你。

顾渊还发了一张照片过来。

许约将那张照片放大看了一眼,这地方他熟悉,就在图书馆后面,算是林荫路的末端,银杏树旁边的拐角处。很少有人会走那么远。

薄雾弥漫,扑面而来的除了一片潮气,还有泥土里新草的味道。雨丝很细,像是飘浮在空中的絮状物。

许约到的时候,路边空无一人,他四处看了看,最终在一棵树下看到了顾渊。

他带着怒气大步走了过去,在即将破口大骂的瞬间,顾渊突然从背后抽出一朵栀子花举到了他面前。

那花看着有些眼熟,许约把到嘴边的话咽了回去,满眼的不可思议。

"这……什么?"

"栀子花啊,不认识?"

"所以你找我来这里,就是为了送我花?"许约觉得有些好笑,"所以你就因为我之前随口说了那一句'没人送过我花',然后就不顾自己的脚伤来这里?顾渊,你傻吗?这种天气带着伤还往外跑……"

"我送你花不只是因为你说的那些……"顾渊打断了许约,他缓缓抬眸,大概是因为在雨里站了有一段时间,他的睫毛上挂满了细碎的小水珠,"我送你花,是因为我想告诉你……我真的把你当成我最好的兄弟了。比李然然和周辉他们,还要重要一些。"

许约瞪大了双眼,死死盯着面前头发已经湿了一半的顾渊。

雨稍微大了一些,落在地上,落在图书馆一楼一侧窗户外的雨棚上,再落在旁边的矮灌木丛里,也落在少年的身上。

许约的脑海里不禁浮现出他第一次见到顾渊时的场景,那时候他头也不回、全身带刺地回了句"嗯"。

顾渊喘着气随手抹了一把脸,将残留在脸上的小水珠尽数擦去:"许约,我其实……"

第一章 大梦

许约语气依旧平淡，半垂的双眸轻轻眨了一下，然后转身背对着顾渊半蹲了下来："上来吧，你脚还有伤，我背你回去。"

"啊？"顾渊有些莫名其妙，许约的回答有些出乎意料。

"其实我可以自己慢慢走……"

"雨下大了，不想我们两个人都感冒的话，就上来。"许约扫了一眼顾渊，"你是真傻还是假傻啊，谁给你出的主意？李然然还是周辉？"

"那当然是我自己啊。"顾渊校服早就湿透了，他趴在许约的背上才感觉到这种突如其来的黏腻感，明明已经淋了十多分钟的雨，之前怎么就没有这种感觉。

许约将顾渊整个身子往上托了托："顾渊，你到底几岁？"

"不是之前告诉过你吗？十一月生的。天蝎座。你是老年人记性吗？"

天空依旧灰蒙蒙的，南边上空翻滚着深色的云霭。许约低着头尽量绕开林荫路两边的小泥坑，顾渊眯了下眼，忍不住抬起胳膊，右手掌心触碰到垂下来的树枝，有几滴水珠落进他的衣袖里。

顾渊忍不住打了个寒噤，然后猛然一拉，连带着四周缠在一起的树枝。

聚集在树叶上的透明小水珠顺势落下，淋遍他们全身。

"顾渊！"

"哈哈哈——"

成串的雨水顺着树叶滴到许约的前额上，再滑过他的唇珠，他侧着脸微微扬起了嘴角。

许约身后背着顾渊，步伐不稳，再加上雨越下越大，本就密密麻麻的水珠混着浮在半空的雾气扑面而来，现在已经彻底串成线似的往两人身上砸。

顾渊脚踝处的校服裤腿往上挽了三圈，整个纱布露在外面不停地被雨水冲刷着,看上去有些狼狈。许约偏过头看了一眼,忍不住停下将顾渊放了下来。

他将最外层的校服外套脱掉,然后很快将自己里面那件半干的短袖也脱了下来。

"你干什么?"顾渊疑惑道,"这么大的雨,你校服已经全湿了,再脱一件不冷吗?"

冷,当然冷,尤其是在衣服湿了的情况下。

许约将顾渊那已经湿透了的校服裤腿又往上挽了好几圈,然后把自己的短袖轻轻裹在他露出来的脚踝处。

"你还好意思问我冷不冷,这下雨天你说你干什么不好,非要跑到图书馆这里来,你告诉我你这抽的又是哪阵风?"许约重新将顾渊背了起来,一只手架着他整个身子,另一只手护在顾渊的腿上。

"东风吧。"顾渊歪了下脖子,紧了下胳膊,"实在不行东南风也行啊。"

"凉啊……"许约忍不住缩了下脖子,右手依旧紧紧地抓着顾渊受伤的那条腿,生怕扯到他的伤口。

绕开那段坑坑洼洼的路,许约加快了步伐,为了防止伤口发炎,他临时拐到了医务室。重新换好了纱布之后,女医生连看都不想再看顾渊一眼。而是将注意事项跟许约念叨了一遍,然后不情愿地冷着脸看向顾渊:"你要是不想要你这脚,你就可劲地闹。你这朋友都已经带你来两次了吧,要是还有下次,你就干脆别管他了,让他自己疼着去吧。"

最后这句是冲着许约说的。

"好的医生,下次我肯定不搭理他,直接给他扔路边。"许约接过女医生手里的塑料袋,冲她点了点头。

"你看看你们两个淋得全身都湿了,我给你们拿把伞,记得到时候还回来。"女医生从里屋门后拿了把雨伞过来，塞到许约手里，"一定要记得还回来，不然我就去找你们班主任。"

"知道了，晚点就找人给送过来。"许约说。

从医务室出来，顾渊脸色有些难看，许约单手撑着伞，伸手想要继续背顾渊。

顾渊摆了摆手表示"我拒绝"。

许约往台阶上退了两步："怎么了？是不是刚刚换纱布的时候扯到伤口了？"

"没有。"顾渊一脸严肃地往后挪了两步，"你刚说什么，把我直接扔路边？你是认真的吗？"

许约憨笑，清了清嗓子，伸手一把拍在了顾渊的额头上。刚才还没有意识到，等摸到他那全湿的发带时，许约才发觉刚才的雨确实很大。

"我要是认真的，还会冒着雨去银杏树边找你？"许约淡淡道，"我要是认真的，根本就不会带你来医务室了。"

"那我相信你了。"顾渊舔了舔唇。

许约愣了一下，他从不信什么承诺，也不会跟任何人许诺。甚至很多时候他觉得自己的名字起得并不好，付出的代价太过沉重。

可现在……

"嗯，放心吧。我没骗你。"许约仰着头，雨伞垂在手边，任由雨水沿着下颌线滑进衣领里。

顾渊眼皮跳了几下，伸手举着伞，满意地戳了戳许约的后背："走了，回宿舍了。冻死我了，快快快。"

林荫路的路面不平，人行道两侧时不时会出现一小摊积水。最开始李烨提过翻新修整，但最后也不了了之了。

一般没几个人愿意踏进去，但许约、顾渊两人性子不同常人。

他们一深一浅地踏进浅水坑,身后留下往外漾着的一圈又一圈的波纹。

尤其是顾渊那条绑着许约短袖的腿,看上去很是滑稽。

回到宿舍,李然然跟周辉早已把吃的东西摆在了桌上,许约推开门才发现寝室里面昏暗一片。

"干吗不开灯?"许约伸手就要去墙上摸开关,还没摸到就被李然然冲过来推着往后退了两步,"怎么了?"

"别开灯,别开灯!"李然然看了顾渊一眼,眼里带着异样的笑,"为了庆祝渊哥这棵铁树今天终于开花了,我跟周辉特意去粉星买了一大堆吃的,都放在桌子上了。哦对,还买了两根蜡烛!烛光晚餐了解一下?"

顾渊借着隔壁楼照过来的光往李然然身后看了一眼。

"所以你俩这是准备在宿舍搞什么?还烛光晚餐?四个人一起?"顾渊往前挪了几步,途中将校服脱下来丢在了洗衣机的盖子上,"李然然你是不是弱智?你见过烛光晚餐是四个人一起的吗?你是不是以前买东西拼团拼习惯了?"

"几个人并不重要!重要的是时隔两年,也可能是时隔整整十七年!咱们渊哥头一次知道送别人花了!可喜可贺啊。"周辉早就拆开了一包薯片,往嘴里不停地塞着,生怕有人跟他抢,"咱们四个得庆祝庆祝,都是自家兄弟,又不分你我。"

顾渊单脚立在床边,将上半身的衣服尽数脱去,然后转头看了一眼站在门口的许约:"我先去洗个澡,等我出来你再去洗。"

"嗯,淋的雨水温自己调高一点,不然……"许约随口说了一句,很快反应过来,先一步走进了浴室帮顾渊调好了水温,"帮你调好了温度,直接洗就行了。"

顾渊尴尬地抓了抓脖子。

等到浴室传来水声，雾气从露出来的一条门缝往外散，李然然才一把将许约按在了桌前。

"许约，你怎么身上也这么湿？"

许约回想起了半个小时前在图书馆银杏树下发生的一切，嘴角稍微扬了下。

许约抽了张纸巾随便擦了两下正滴水的头发，"没成，然后我就背他回来了。"

"就……就这样？"李然然眨了眨眼睛坐了下来，回头看了看浴室的门，"我还以为……"

许约忍不住叹了口气，就冲顾渊那脚还送什么送，回宿舍都是自己费半天劲背回来的。

"以为什么以为，你那八卦的心思能不能收一收？"许约眯着眼，往桌子外侧甩了甩胳膊，"这雨下得还真是时候啊。"

等到顾渊洗完澡出来，许约才拿着要换的衣物光脚走了进去。

浴室里雾气未散，窗户是关着的，氧气不足，有些闷闷的。但许约却十分清醒，他随手将洗衣机盖子上的几件衣服跟自己身上全湿的校服、运动裤一起丢进了洗衣机里，然后按下了开关。

说是烛光晚餐，顶多算是宿舍里的小型聚餐。但李然然跟周辉一个比一个激动，声音就像跨台阶似的逐步提高。

房间很暗，只能看到桌子上的东西。许约坐在顾渊身旁，听着对面两个人问这问那。

许约往嘴里塞了块夹心饼干，然后低了低头。

火光依旧跳动着，就像许约的心跳，坚韧有力。蜡烛把长桌照得很亮，白色的墙上是他们四人被拉长的影子，一直延伸到了207宿舍门后。

夜色好像更深了些。

第二天清晨，许约缓缓睁眼，透过窗帘缝隙往室外瞥了一眼，尽管玻璃窗上布满了水雾，但还是遮挡不住初升的太阳洒下的第一缕阳光。

他半眯着眼在枕头下摸了一阵才摸到角落里的手机，解锁之后他随便瞄了一眼。

五点四十五分。

距离他设置的闹钟还有半个多小时。

许约侧着身子往下铺看了一眼，顾渊躺在床上，胸口平缓地起伏，可能是因为不舒服，顾渊闭着眼皱起了眉头，翻了个身胡乱扯了几下。

附中所有宿舍的床铺都是铁制的，床架上布满生锈的螺丝，时而有几颗会因为时间的推移变得松垮。

许约这一翻身，彻底惊醒了下铺的顾渊。他行动不便，只好睁眼用手机轻轻敲了敲床边。

"怎么醒这么早？"顾渊揉了下眼睛，粗暴地将额间那已经歪掉的发带扯了下来，丢在了床上，然后胳膊撑着身子坐了起来，他偏过头看了一眼另一边打着轻鼾的两人，忍不住皱了下眉头，"是被他俩吵醒了吗？"

许约也跟着坐了起来，蹑手蹑脚地从上铺爬了下来，动作很轻，甚至都没撞到床边那几颗松掉的螺丝。

"没有，是不是我刚刚翻身太重吵醒你了？"许约蹲了下来，看了一眼顾渊脚上的伤口，"这次还好，没有再往外渗血。"

"知道了。我保证最近几天乖乖坐着，不乱动了。"顾渊压着嗓子，声音低沉了很多，尽管如此，还是很好听，同学们常常说顾渊这样的音色不去学播音都可惜。

"再睡会儿吧，现在还早。"许约懒得再爬上去拿自己的外套，直接穿好鞋进了卫生间。

再出来时整个人看上去精神了很多，脸上的睡意也已经被凉水彻底冲散。

"我去趟食堂，包子吃吗？你应该不挑什么馅吧？"许约一脸平静地说道。

"不挑，我保证你买什么我都吃得干干净净。"

许约成功被逗笑，又怕动静太大吵醒李然然和周辉，只好瞪了顾渊一眼，然后直了直身子就往宿舍门口走。推门出去之前，他又一次转过头来："顾渊，我现在觉得你没以前那么烦人了。"

许约穿过无人的林荫路，大老远就听到操场上传来"加强运动，增强体质。快乐体育，快乐成长"的口号声。听李然然他们说，这口号是从高三年级体育生嘴里流传下来的，到了后来就变成了全校跑操时的统一口号。

许约看了一眼手机。这才几点，就已经有这么多体育生开始训练了。跟坐在教室里手捧课本背单词的同学比起来，他们确实辛苦了些。

起得早最大的好处就是不用排队挤食堂，许约买好四人份的早餐之后迅速返回宿舍。回来的路上还关掉了自己的闹铃。

李然然刚醒，坐在床上盯着开门进来的许约看了半天，最后目光锁定在他手里拎着的白色塑料袋上。

"许约，你这是刚从食堂回来吗？还买了包子？"李然然搓了一把脸，猛地翻身踩着旁边的脚蹬下了床。

这架势，像要掀了整张床似的。

"我太爱你了！我的约——"正说着，李然然就闭着眼睛准备扑过来。

未果。

因为顾渊抢在他前一步站在了两人之间，并且眼睛死死地盯着李然然。

"哥，你不是吧。昨晚的零食也就算了，包子你也要跟我抢啊？"李然然愣了下，丧着脸指了指许约手里的袋子，"您平时吃的不都是仙露琼浆吗？怎么今天换口味了？"

"我今天还就抢了。想吃包子啊？想吃自己买去。"顾渊撇了撇嘴角，"一天天惯的你，饭来张口衣来伸手的，许约又不是你家用人。"

"没关系！为了包子，他可以是！"李然然嘟了下嘴，伸手捏着脸冲顾渊做了个鬼脸。

"你俩别闹了，都赶紧洗漱吃饭，一会儿还有早读呢。"许约扶着顾渊坐在床边，瞪了他一眼，"尤其是你，顾渊。就冲你这腿，从宿舍到教学区没有二十分钟是走不到的。所以我建议你们三个快点。"

李然然重重地点了下头，刚好周辉从厕所出来，他一个箭步直接冲进去反锁好门。

"嗯？你拎的什么东西？"周辉擦了把脸朝许约笑了笑，顺手接过他手里的塑料袋打开看了一眼，热气扑了周辉一脸，"可以啊许约，我长这么大还从来没有体验过'舍友爱'，这回跟着渊哥算是沾了光……有肉馅的吗？"

"你左手边那四个都是，记得给李然然留几个。"许约侧过头往窗外看了一眼，此时的校园不像之前那么安静了，"一日之计在于晨，顾渊同学，我建议你最好快点，别耽误我背东西。"

第一章 大梦

顾渊一脸的不可置信。这态度，这表情，真的跟昨天那个一脸笑意的许约是同一个人？

"许约你厉害，我今天还就快不了了。"说完，顾渊咬了一小口菜包，咀嚼了好半天才慢慢吞了下去，"怎么着？"

怎么着？

能怎么着？

许约抬眸看了一眼，很快低下头。

事实是在那之后，许约没再看顾渊一眼，他低头一边翻着杂志，一边往嘴里送着白粥。直到最后收拾完空盒子，顺带着将已经晾干的校服外套收进来，也没跟其他人多说一句话。

匪夷所思的是，许约居然丢下顾渊、李然然和周辉先一步出了宿舍。

"就这么……走了？"顾渊瞪大了双眼，"真就不管我们了？"

"啊？你说许约啊？"李然然嘴里嚼了两下，然后又往嘴里塞了一大口包子，"你吃你的吧。他天天都这样，起得早走得早，根本就不等我俩……对了，周辉你把窗帘拉开，看看今天太阳是不是从西边出来的，他居然去给我们买包子了！"

"废话真多，赶紧吃吧你。"周辉晃了下手腕，不想搭理他，"渊哥你什么时候跟许约关系好到能让他大清早去给你买包子了？我跟李然然怎么就没这个待遇……"

"谁知道呢。"顾渊转了下眼珠。

顾渊吸了吸鼻子，往嘴里塞了口包子。

为了包子不要尊严的李然然没忍住打了个饱嗝，身子微微后仰，然后伸了个懒腰："啊，睁开眼就能吃到早饭的感觉真爽。"

"那你还不感谢渊哥？"周辉将塑料盒的盖子盖好，将桌上的垃圾收进了垃圾袋里。

"包子是我家约约买的,要感谢也是感谢他,跟渊哥有什么关系?"李然然翻了个白眼。

"你家……约约?你能不能别这么恶心人。"顾渊听着不舒服,明明他才是和许约关系最好的朋友。

想到这里,顾渊还是忍不住发了个微信过去。

渊渊想抱:约约,你真就这么狠心丢下我自己去教室了?

渊渊想抱:我的脚还疼着呢。

几秒之后。

许许如生:给我滚。

顾渊无语。

什么好兄弟,都是骗人的。

阴晴不定,这个词就是专门用来形容许约的。

今天整个海市的天气难得好了起来,许约先一步到了教室,二话没说拿出历史书翻了几页,脸色很是难看。

许约很不喜欢历史,从上初中以来就不喜欢。

书上仅仅三行文字,对于他来说简直就像天书一般,不能理解也背不出来。

正当他闭着眼睛思考清朝为什么最终会走向灭亡的时候,佳真从后门喊了他一声。

"许约,李老师让我叫你跟顾渊去老杨办公室一趟,校主任也在。顾渊他还没来教室吗?"佳真往里探了探头,"要不你先自己一个人去吧,过五分钟我再来叫顾渊。"

"没事,我现在跟他说一声直接去李烨办公室就行了……"许约放下手里的历史书,看着佳真满脸惊讶的表情愣了下,然后轻咳了几声,"李……李老师,李老师。"

顾渊在李然然和周辉一人一边的搀扶下进了教学区，刚准备抬脚的时候，裤兜里手机振了下，他掏出手机看了一眼。

许许如生：来老杨办公室，李烨跟校主任也在。

顾渊还在气头上，冷哼了一声，简单回了两个字过去。

渊渊想抱：干吗？

许许如生：有事。

校主任嗓门大，一说话恨不得楼上楼下所有人都能听见，老杨跟李烨的音量也跟着增加了不少。许约双手揣兜靠在楼梯拐角处，恰好能清楚地听到办公室里的谈话内容。

顾渊靠了过来，冲身后的两人摆了摆手，示意他们先上楼。

"你站这儿干吗？不是说有事吗？不进去？"

"你听。"许约食指轻轻覆在顾渊的唇前，"仔细听。"

"老杨啊，你们班那个顾渊这次考试进步很大啊。"

"那是那是，那孩子本来心性就不坏，再加上这学期给安排了个好同桌……"

"许约这孩子成绩确实不错，听说他俩最后选了A班，其实这个决定也不错，不管哪个班，在你俩手底下我都放心。许约爸爸跟我是旧识，这样以后也好交代。"

"主任你听听你这说的什么话，你离退休还有段时间呢，这话以后再说。你放心吧，既然这俩孩子现在在我手底下，那我肯定不能让他们吃亏。"

"那就好，对了，老杨啊。你平时下晚自习走得晚，昨天有没有看到什么可疑的人动了我种在花坛里的栀子花啊？也不知道哪个胆大的居然直接连根都给我拔了。"

"啊？这谁敢——"

许约微微叹了口气，看向紧贴着墙站着的顾渊。

"看来我们家渊渊要完蛋了。"

等到办公室里的三位老师最后说到为什么A班那两个学生还没有来的时候，顾渊才笑着用胳膊肘外侧撞了撞站在前面一动不动的许约。

"你平时没少听人墙角吧？动作这么娴熟。"

顾渊左右看了看，早读期间走廊里的人不多，就是有几个也都是嫌弃教室太吵来外面背英语的学生，他们的注意力从不会放在书本以外的东西上，更别提一直盯着他们两个人了。

"报告——"顾渊朝着办公室里轻轻晃了晃空荡荡的衣袖前端。

"你俩可算是来了，等半天了。来，顾渊、许约你们进来，顾渊你脚上有伤去坐在凳子上。"老杨有些意外地瞅了瞅两人，很快走过来扶着顾渊将他带到办公桌前，连歪掉的坐垫都帮他正了正，"你说你俩上次去医务室怎么走得那么快，我就拿了个外套的时间就没人影了。"

"我俩走得快，当时从医务室出来就直接回宿舍了。"顾渊想起当时两人匆匆往医务室赶，忍不住又笑了几声。

校主任低头看了两眼顾渊脚踝上缠着的那几圈纱布，皱了皱眉："早都说了让你们注意安全，这下倒好，纱布都缠上了。最近哪儿都别去了，就好好养伤。"

医务室的女医生刚念叨完没几天，校主任的关心又来了。顾渊一脸头疼地单脚站起来，轻轻往前挪了两步，表示自己并不像看上去那么脆弱。

这一举动反倒直接吓到了办公室里的三位老师，老杨离得最近，他几乎是条件反射性地伸手去扶。

"行了行了，好好坐着别动了。叫你来就是为了叮嘱你最近好好养伤，等你养好了伤可就得给A班争光了。"

许约愣了下,回头问老杨:"争光?争什么光?又有考试了?"

"你脑子里除了考试能不能装点别的东西?"顾渊觉得好笑,忍不住冲他翻了个白眼。

"这次倒不是考试……"李烨也被逗笑,她往前走了两步,拿起桌上刚打印好的表格举到许约面前,"再过十天也到四月中旬了,那个时候早晚温差也不像之前那么大了,咱们学校高一和高二两个年级准备举行春季运动会。我本来是来和杨老师商量商量1班跟A班的运动员名单,这不就知道顾渊的脚受伤了。既然这样的话,这事就交给你了。"

"我?"许约指了指自己,带着满脸的惊讶,"老师,我觉得要不您还是换个人吧。咱们班也有不少体育生……"

"高二(A)班是新的班级,有很多同学我之前没有接触过,师生关系都没有磨合好,万一老师语气不好……而且我听杨老师说,你当时在1班的时候除了李然然、周辉跟顾渊以外,很少交新的朋友……"李烨转头看了一眼顾渊,"所以,这次春季运动会的相关事宜就交给你,老师们也是想让你多交交朋友。顾渊腿不方便,课间帮着统计名单就行了。很简单的,不难。"

是挺简单的,但是许约一向对这种关于"交朋友"的活动没有兴趣,以往班里的运动会或者是其他活动,他对所有人的回复永远就只有三个字——没兴趣。

前几次还会有几个人来问他是否参加,拒绝的次数太多,后来各种各样的校内校外活动,也不会再有人将许约这两个字加进名单里了。

当时许约的班主任也都并未多想,毕竟在他们眼里,许约就如同一个没有任何感情的读书机器。除了学习好、长得好以外,没有其他的特长。

许约还在想着要怎么委婉地拒绝这一要求时,顾渊却先一步替他答应了下来,连商量都没有商量,就直接表达了自己的肯定。

"行啊老师,交给我俩你们就放心吧。而且十天后我这脚肯定也能好,到时候我跟许约绝对替 A 班得个第一回来。"顾渊弯腰拉了拉裤腿,转头看向老杨,完全没有注意到许约那苍白的脸色,"杨老师,这次你们 1 班的第一名要不保了。"

老杨轻轻拍了一把顾渊的肩膀:"你小子是不是故意的,在 1 班的时候怎么不见你这么积极,一到运动会跑得连人都找不到,怎么这次进了 A 班就答应得这么快了?"

这个问题许约也想问,他认真地对上顾渊的眼睛,挑了挑眉,又皱了下,就像是无声的质问——

我对这些不感兴趣你又不是不知道,干吗答应下来?

顾渊同样冲他挑了下眉——

就一个运动会而已,我们那个时间又没有别的事。

两人眼神相撞,甚至是带了些火药味,全被校主任看在了眼里,他笑了笑,忍不住轻轻咳了一声,吸引在场所有人的注意。

"你说说,咱们一说到运动会就把主任给忘了。"老杨尴尬地喝了口茶,"主任啊,这次运动会你有什么建议?"

"运动会第一个就是得保证所有学生的安全,虽然只有高一、高二两个年级,但加起来也得有上千人,安全必须得放在第一位。还有,李老师到时候可以安排几个你们班的男生组织一下现场纪律。最后一点,就是尽量多组织一些考验各班团结力的项目,比如接力赛、跳绳,或者三步上篮这种……总之尽量让孩子们多多参与进来……"

三位老师开始围成圈探讨起运动会当天需要做什么,主席台或者检录处应该放置在哪个位置才是最好的……很快,他们彻底将顾渊跟许约两个人遗忘在一旁。

　　许约往凳子那边靠近了些，低头小声问道："快下早读了吗？我站得腿都要麻了。"

　　"不知道啊，现在看一眼手机等于自投罗网。"顾渊歪了下头，贴近许约，"估计还得十多分钟吧。"

　　许约吸了口气，忍不住抬眸看向窗外，"这三个人商量起来没完没了的，运动会八字还没一撇呢，他们都已经开始探讨颁奖仪式是单写张奖状还是颁发个人证书了。"

　　许约依旧面无表情，拿过老杨桌上的红笔在手里随便转了几下。

　　又过了几分钟后，这几位老师总算想到了办公室里除了他们几个以外，还有两个大活人。

　　"那运动会的事情到时候你们两个统计一下。早读都快结束了，你们回去准备上课吧。"李烨终于回过头看了两人一眼，然后忍不住打了个哈欠，"行了，主任，杨老师，我第一节还有课，运动会相关的事情咱们下次叫上其他老师开个会再讨论。"

　　说完，她将手里的几张表塞到了许约的手里："你们先拿回去自己看看，谁准备报名就把名字写里面，行了你俩也回去吧。"

　　"老师再见。"

　　顾渊上一秒刚挪出老杨办公室，还顺便帮着关上了门，下一秒就直接被许约架着胳膊上了好几个台阶，然后在3楼的楼梯口停了下来。

　　"喂喂喂，你干吗？"顾渊单脚站着，"我这脚还没好彻底呢，经不起你这样折腾。"

　　"你刚才干吗答应？你脚都这样了还瞎折腾什么啊？"许约愣了半天，最终叹口气，"而且运动会那天正好……正好……算了，表在这里，用不用先把你的名字写上去？"

"不是，你干吗啊……莫名其妙的。"顾渊扫了一眼周围，"怎么突然就生气，就一个运动会而已，你不至于吧……"

"顾渊，你知不知道那天其实是我……"

其实是我生日。

许约脸色冷下来，直接打断顾渊，架着顾渊的胳膊也绷紧了。

"不知道。"顾渊往前方看了一眼，脱口而出。

许约闭了闭眼，胳膊缓缓放下来，想说什么最终还是咽了回去。几秒之后才开口道："没事了，走吧，回教室。"

整整一早上，许约脑袋埋在书里就没抬起来，既不跟顾渊说话，也不抬头听课，两人之间的气氛重新降回冰点。

顾渊觉得莫名其妙，最后只能给周辉发了条微信。

渊渊想抱：周辉，下下周运动会你听说了吗？

辉辉衣袖：听说了，早上一来班里就传开了。怎么了？

渊渊想抱：许约他心情好像不太好，我不知道是因为运动会这事还是其他的，就挺莫名其妙的。

渊渊想抱：烦。

辉辉衣袖：你俩又掐起来了？他那性格不喜欢这种活动很正常啊。

渊渊想抱：鬼知道……对了，运动会那天是几号啊？

辉辉衣袖：好像是四月十七号跟十八号，周五跟周六这两天。

辉辉衣袖：对了，你一问我才想起来，四月十七号，运动会的那天……刚好是许约十八岁生日！

顾渊瞳孔骤缩，记忆猛地被拉扯到早上在楼道里，许约眼眶里闪着亮点，轻声地问他"顾渊，你知不知道那天其实是我……"。

顾渊的脸色逐渐变得难看起来，他攥紧了拳头，手腕微微颤抖。

当时他到底是怎么说的？

"不知道。"

再联想到自己当时那一脸不耐烦的态度，顾渊毫不犹豫地掐了自己一把，这下真是自己坑了自己。

顾渊深深吸了一口气，再缓缓地呼出去，强烈的窒息感从他后脑勺横冲直撞进胸腔，整个身子都跟着微微颤了一下，余光依旧忍不住瞥了一眼左手边正闭眼趴在桌上的许约。

他伸出的指尖就停在了距离他五厘米的半空中。

叫醒许约又该说什么，要以什么样的姿态开口道歉……

可他明白，许约这个人在什么事情上，要的都不单单是一句道歉。

正当他想得入迷时，全班哄笑了起来，声音不小，刚好惊动了许约。顾渊忍不住舔了下唇，转过头一脸尴尬道："被他们吵醒了？"

许约闭着一只眼睛，另一只半眯着。

"嗯……第几节课了？"

"最后一节了，历史。"顾渊看了一眼黑板，很快将自己桌上已经平躺了两节课的英语书拿下去，"中午想吃什么，是叫上李然然他们一起去粉星，还是你想去吃食堂？"

许约愣了下，明明早上还是满脸戾气的大男生，在这一刻就像刚发完脾气，重新扑进他怀里不停蹭着脑袋的懒猫一样，顾渊盯着许约的眼神有些迷离，仿佛下一秒就要像往常那般扑过来打闹一番。

为了防止他真的当着全班老师、同学的面扑过来，许约噌地一下坐直了身子，睡意全无。

他哑着嗓子说："我都行，要不问问他们两个吧，我不挑。"

顾渊笑了笑说："不挑？那上次在食堂，有洋葱的那份盖饭是谁吃的？"

"那是你愿意吃，我又没逼你。"许约淡淡地回了句，从桌子里拿了本历史书出来压在语文课本上。

两人有一句没一句地聊了一会儿，仿佛早晨发生的事不存在一般。最后在下课前五分钟里，顾渊转了几下笔，将历史老师在黑板上留下的几个问答题抄在了作业本上。

这次没有一个字是连笔的。

下课铃声在他添上最后一个问号之后如约而至，这次没等后排的两个人起身出教室，李然然跟周辉就先一步从A班的后门挤了进来。然后一脸笑地冲旁边几个女生说了句"抱歉"。

这副模样，倒像是故意的。

"渊哥，约约，你们A班的女生也太多了吧，一眼看过去三分之二全是女生。"李然然还记得早上那顿难得的早餐，他冲进来直接一个熊抱抱在了许约的胳膊上，过了几秒，他被顾渊揪着领子甩到了周辉旁边。

"喜欢学文科的不都是女生吗？"顾渊咂了咂嘴，"像我们这种长得又帅成绩又好的男生都是稀罕物，你懂不懂？"

"懂，但是成绩好跟你有什么关系？"李然然丢了个白眼过去。

许约话不多，如果是以前，目睹李然然拆台的时候，他都是抱着看热闹的态度，但这次不同。

许约轻轻咳了一下："我成绩好，他长得帅。"

李然然一脸惊奇。

周辉转过头往前排的黑板上瞅了一眼："文科班就是这样上课的吗，满满一黑板的字也太恐怖了吧！我的天，我就只是盯着看了几秒都头晕，你们这一早上是怎么过来的？"

"行了你俩，说正事，中午吃什么？"顾渊在他们旁边说了一句，"食堂的话……估计现在正好是人最多的时候，粉星又有点远，脚疼懒得去。"

"对了！要不我们今天中午点外卖吧！"周辉转了转眼珠，"让送外卖的别去校门口，直接送到星河路来，就咱们平时翻墙出去的那个地方，到时候我跟李然然去拿。"

顾渊觉得可行，一口答应了下来，然后条件反射地看向许约："你觉得呢？"

"都说了我都可以，这事不用问我。"许约叹了口气，有些后悔早上对顾渊的态度。

现在顾渊这么小心翼翼的样子，虽然有些好笑，但更多的是令他感到自责。

一个生日而已，过不过对他来说其实都一样。

而且生日可以有很多次，但朋友只有一个。

顾渊微微点了两下头，然后拿出手机丢到李然然手里："你们想吃什么就自己点，我付钱。对了，带洋葱的不要，还有……再要两个哈密瓜味的奶茶。送外卖的能不能在来的路上顺便买几个棒棒糖啊，也要哈密瓜的……"

"那些粉星不就有吗……"

周辉抬眸看了一眼顾渊，重新低下头，轻轻拍了拍李然然的肩膀，示意我们什么都没听到。

"你之前书包里的棒棒糖呢？"许约笑了笑，整理好了自己的桌面，然后将顾渊的左胳膊习惯性地又架在了自己的脖子上，"吃完了？"

"最近不是一直住校吗，懒得再去买了……"顾渊说。

"点好了，商家说大概二十分钟就能送到操场那边了。对了……"周辉将手机递了过来，转头看了看窗外，"那家店没有哈密瓜口味的，我跟李然然去一趟粉星，奶茶跟棒棒糖都买点回来，你们先回宿舍吧，总不能拎着外卖在教室吃吧……"

李然然忍不住打了个寒噤，在教室吃吃零食都算是在挑战老杨的权威，更别提吃外卖了，"周辉你能说点有用的吗，谁会拎着外卖去教室吃啊，赶紧走吧，粉星也不近。"

说完，李然然回头冲许约点了点头，然后一把拉着周辉的胳膊将他推出了 A 班的后门。

顾渊脚踝上的伤口经过这几天的休养已经慢慢地结痂了，用不了几天就能跟以往那样活蹦乱跳。现在，他不用靠别人也能自己缓缓往前走几步。

但他没有，等到李然然和周辉彻底消失在楼道里，他眯起眼将半个身子的重量压在许约的肩膀上，还一脸抱歉地低声问他："这事其实都怪我，没有听医生的建议好好养伤……"说完，又歪头忍不住笑了笑，连虎牙都露了出来。

"对了，许约，我们回宿舍的时候去一趟宿管值班室吧。"顾渊扒拉了一下后排的黑板边框，然后缓缓往前挪了几步，"我想把那个临时住宿申请表补上时间。"

许约愣了一下，很快踢开凳子走到顾渊身边扶住了他的胳膊："你……是准备回家住了吗？"

"不，我只是想申请长期住宿，跟你们一样。"顾渊回过头冲许约笑了笑，"这样，我就能一直跟着你们了。"

"你……"

"你什么你！快点回宿舍了，不然一会儿宿管大妈午休，我又拿不到表格了。快冲快冲——"

许约定了几秒之后跟着笑了起来。

原来沉入一望无底的深海，也是能够遇到希望的。

直到顾渊拽着许约从一楼的宿管值班室出来拐进楼梯口，他才从"我是被家里逼来住宿"的严肃状态中脱离出来，然后长叹了一口气，冲许约晃晃手里的那张新表格。

"这临时的和正式的就是不一样啊，我之前那张上面怎么就没让贴两寸照片呢？"顾渊翻到另外一面又仔细看了一眼，"这背面还直接印好了安全保证书啊，这也太专业了吧。"

顾渊跟许约念叨了整整五分钟后，才慢慢抬起头对上许约的眼睛。

"下午陪我去趟商业街，我记得那里有个照相馆。"

"行，那就提前去。我刚好要去打印一下学习资料。"许约转头看向他，摸出手机看了一眼又摁灭了屏幕，"李然然他们也快回来了，走吧，回宿舍把表格上其他的内容先填完。"

顾渊轻轻"嗯"了一声，伸手扶着楼梯扶手慢慢抬起了腿。

许约跟在后面认真观察了一会儿，觉得自己好像被骗了。他吸了口气缓缓问道："顾渊，你这腿是不是早就能走了？"

顾渊刚抬起受伤的那只脚就立刻停在台阶上，然后单脚转过来冲许约干笑了几声。

"啊？有吗……可是好像还有点疼……"

"别装。"许约犹豫了一下，"你刚才都能用那条腿自己站着了。"

许约一时不知该说些什么，为了避免尴尬，他只好垂眸往上直接跨了两个台阶。

但身后的人明显没有要动的意思，许约转过身问道："怎么，还指望我把你背上去啊？自己走。"

顾渊眨了下眼睛，松开楼梯扶手往上走了一步。

"嗯……这都被你看出来了，其实昨天就可以自己走了。"顾渊说，"但我就是想让你每天都架着我，这样显得我们关系好……"

面前高他一个台阶的人停了脚步，愣了好几秒之后才将视线移到顾渊的身上。

许约很少有静下心来思考的时候，他看着顾渊那双灿若星河的双眸，耀眼而明亮。

许约停了几秒之后，朝顾渊伸出手："行吧。"

顾渊直接握了过去，连带着另外一只胳膊也毫不犹豫地压了过去。

他压着嗓子道："那就劳烦许同学了。"

"客气了，顾同学。"

李然然和周辉拎着大大小小、颜色不一的外卖袋，趁着宿管大妈闭眼打盹的时候成功溜进了宿舍。他们将哈密瓜味的棒棒糖和奶茶直接丢在顾渊床上之后，迫不及待地打开了桌上的外卖。

等到四个人狼吞虎咽地解决完了桌上所有的外卖之后，李然然摸了下肚子，转头踩着楼梯爬上了自己的床。

"舒坦……外卖是真好吃啊，虽然粉星便利店也不错，但还是这个香！"李然然忍不住感叹了一句，伸手推开宿舍的玻璃窗，"虽然我很情愿闻着这味道入睡，但仔细想想下午带着麻辣小龙虾的味道去教室上课不太好……"

"你也知道啊，窗户开大点。"周辉收拾好桌上空的塑料盒，抬头看了一眼李然然，"再开大点。又不是冬天，给宿舍换换气吧。"

顾渊正好拽掉了一个虾头，指尖沾满了辣椒红油，他抬眸瞥了一眼站在一旁的周辉，继续低头清理着虾壳。

靠近桌子中心的是一个一次性的塑料杯，里面是矿泉水，顾渊将剥好的小龙虾在杯子里涮掉了部分红油之后丢进了许约的饭里。

"不是，等会儿，大家都是兄弟，凭什么差距这么大？"李然然

第一章 大梦

都看傻眼了,他一个翻身就趴在了上铺的栏杆上,然后张了张嘴看向顾渊,"渊哥,我也要吃剥好的!"

"滚。"顾渊忍不住笑起来,将手里刚剥好的那个沾满辣椒油的小龙虾直接塞进李然然的嘴里,"满足了没?"

"啊啊啊——辣死我了!"李然然随便嚼几下就吞了下去,然后整个人靠着墙吸溜个不停,"渊哥你是不是故意的!嘶,好辣!舌尖都没知觉了……周辉快给我瓶矿泉水,快点!"

周辉不紧不慢地绑好垃圾袋,然后将桌上不知道是谁喝过的矿泉水瓶丢了过去。

"吃完饭许约要去商业街复印资料,我刚好过去照张两寸证件照。"顾渊往自己嘴里也丢了个小龙虾,哪怕是过了一遍清水也依旧被辣到了,他吸了吸鼻子,整张脸唰地一下就红了,"别说,真挺辣的。许约你别吃了,过了一遍水的还这么辣……你的胃能受得了吗?"

"我觉得还好吧。"许约扯了两张纸巾,递了一张到顾渊面前,"一般喜欢甜食的好像都不是很能吃辣。给,喝这个吧。"

许约将哈密瓜味的奶茶推到顾渊胳膊旁,顺带帮他拧开了瓶盖。

周辉咽了咽口水,直接倒在了自己的床上,抬脚踢了踢上铺的床板:"李然然你就不能学学渊哥?我什么时候能吃一口你剥的虾!"

"你自己没长手吗,还要我给你剥!矫不矫情。"

"我就没指望过你。睡觉!晚安了各位……不对,午安了各位。"

商业街不远,出了校门往左拐,整整一排全是。一眼看过去,除了几家早餐店,剩下的店铺全都和"学习"息息相关。比如文印店、照相馆、文具店和小型超市。

"你打印资料需要多久啊？"顾渊用胳膊肘撞了下许约，"要不然我们先去打印？之后你再陪我照相去。"

"我去打印东西的同时你去照相不行吗？还省时间了。"许约划着手机屏幕，似乎是在整理一会儿需要打印出来的笔记，"顾同学，怎么说你也是快十八岁的人了，照相还要人陪吗？"

"要。"顾渊沉默了一会儿，突然推了一把许约的后背，"别犹豫了，走了走了，先去给你打印资料。"

许约说不过他，只能任由他推着往前走。

五分钟后，许约手里拿着一小沓白纸跟着顾渊进了旁边的照相馆。

大概是因为店面太小光照不足，还带着厚重的门帘的原因，照相馆里很暗，靠近门口的地板上堆了很多塑料纪念相册和相框，也有一些在玻璃柜台边缘上。一眼看过去，全都是些家庭合照。

许约忍不住多瞅了几眼，这些再普通不过的东西，是他不曾拥有的。就连唯一一张跟父母的合照都随着母亲的离开化为了灰烬。

玻璃柜台后面就是前台，相馆的老板看上去很斯文，戴着一副金边眼镜。他转过头来看了顾渊一眼。

"照相？"

"对，两寸证件照。"顾渊环视了一圈，"学校用的，最快什么时候能来拿？"

"最快的话照完就能打印出来，不过得加钱。"老板推了推眼镜，抬眼看了一眼顾渊。

"那就加，我们急用。"

"行，学校一般都用红底，你先到里面坐着吧。"老板摸着耳朵思量了半刻之后又转头看向许约，"你呢？跟他一样也照相？"

"我不……"

第一章　大梦

"对，他也照。"顾渊突然回过头来冲许约笑了下，"我们俩都要两寸的证件照。"

"顾渊，我好像不需要两寸证件照吧？更何况我还有……"许约不解，转学之后学校要求贴照片的所有资料，他都认真核实过一遍，绝对没落下任何一项，现在确实不需要照片。

"你别问了，话怎么这么多。我说你需要你就需要，先进来。"顾渊走过来推了一把许约，将他直接推到里屋。

坐在凳子上，旁边几束打光灯的光照在顾渊的脸上，让他有些不自在。顾渊自己反倒觉得没什么，就是那照相馆老板是一副愁态。

"同学，睁大眼睛，不要动……"

"同学，你刚刚闭眼了，重新来一张吧。"

"同学，你看镜头，别往旁边看。嘶，这张有点虚了。"

"同学，你往我这里看，别往旁边看……"

"对，别动……好，看着我。"

相机的闪光灯有些刺眼，灯亮的那一瞬许约跟着闭了闭眼。

"同学到你了。"

许约轻声"嗯"了一声，坐在了顾渊刚刚坐过的凳子上，面无表情、直勾勾地盯着相机上的那个小红点。

几年前，在同样大小的照相馆，同样昏暗的环境下，四周立着几个一人高的打光灯，许约背着卡通硬壳书包站在最中间，双手紧紧握着靠在他旁边的两个人。

一男一女，但许约就是看不清他们的脸。

他依稀还记得，那个老板蹲在三人面前，面色如常，在看到许约之后才缓缓开口道："这小孩将来学习肯定很好，你看拍个全家照都舍不得放下书包。"

"那是他妈妈送的生日礼物，小孩子喜欢得不行，都不愿意让别人碰……"

回忆如同浪花，带着海上独有的潮气铺天盖地袭来。

"好了。"老板看了一眼相机，转身出里屋来到了前台，"你们两个站在这里稍微等一小会吧，估计得有个五分钟……"

两分钟后，老板回头看了他们一眼："现在的孩子都白白净净的，都不用修图，倒省事了……同学，你鼻尖的那颗痣看着有点明显，要不要帮你修掉？"

"不用，怎么拍的就怎么洗吧。"许约替顾渊做了决定。

顾渊张了下嘴，轻笑着对老板"嗯"了一声："就按他说的来吧。"

"成了，来，拿好，你们的照片。"老板帮着裁剪好，将照片装进小纸袋里，"快洗的话是一个人三十元，你们两个一起的话给五十就行了，收款码在桌上贴着，扫一下就行。"

顾渊从裤兜里拿出手机付了钱，从老板手里接过两个平整的小纸袋，先一步出了照相馆。

许约在后面，跟照相馆的老板道谢之后跟着他出了门。

结果一掀开帘子，许约就一头撞在了顾渊的脖子上。

"嘶——你站在门口干吗啊？"许约往前走了两步，仔细看一眼，"你现在拿出来干吗？到学校再贴。"

顾渊低着头没说话，只是将两个小纸袋里的照片全部倒出来，然后随便拿了一张自己的递到许约面前。

"来，这张就交给你保管。"

"保管？保管你照片？"许约皱了下眉。

"对啊。"顾渊笑了笑，将自己的照片塞到了许约手里，"好好存着。万一以后哪天我有事不在学校，你们又想我了，就看看这个。"

过了几秒，顾渊眸子忽然暗了下，又说："不准弄丢。"

第一章 大梦

直到这一瞬间,许约才突然笑了出来,盯着手心里的照片看了半天。

"嗯,行,答应你。我就是丢了自己都不会弄丢你的照片。满意了吧?"许约从顾渊手里的那堆照片里挑出了一张自己的,"我的,你也留一张。要是敢故意弄丢,我就把你扔出宿舍。"

"我是那种人吗?"顾渊扬起嘴角。

"走了,先回学校。"

第二章

两百米

第二章 两百米

十天时间其实并不算短,但在附中高一、高二的学生眼里,简直就是过眼云烟,转瞬即逝。用李然然的话来讲,就是嗖地一下没了。

顾渊的脚也差不多结了痂基本痊愈了,在医务室复查了一遍,听到医生说了句"已经没多大问题"之后,他想都没想就伸手胡乱扒拉了几下,直接扯掉了缠在脚踝处的那圈纱布。

"终于不用再缠着这玩意儿了,这么多天早上醒来看,晚上睡前看,我都要看吐了。"顾渊脚尖着地活动了下脚腕,然后原地轻轻跳了几下,还比画了个投篮的动作,"给我憋坏了,这下终于可以在休息时间去打篮球了。"

许约半眯着眼还有些懵,他努力睁开眼,忍不住打了个哈欠。

"能打球是挺不错,但你至于一大早就拉着我来医务室吗,这才几点?"许约从兜里拿出手机看了一眼,然后撇了下嘴将手机屏幕对着顾渊,"大哥你睁眼好好看看,这还不到八点呢。以前上课的时候怎么不见你这么积极。"

"那能一样吗?今天校运会,又不需要上课。"顾渊的手机嗡嗡振了两下,不用想都知道是谁发来的消息,"估计李然然跟周辉已经到操场了,我们也过去吧。本来想着昨天来问问能不能把这缠了好几圈的玩意儿给弄掉,你非不让……看吧,我就说没什么事了。"

顾渊不依不饶地抱怨了一大堆,最后直接将校服外套脱了下来,丢在医务室的沙发上。

"快到夏天了吧，怎么这么热，这才四月中旬。全球变暖果然名不虚传啊。对了，你前几天有没有看新闻，上面说北极的冰川都融化了，北极熊都没家了……这些是不是地理知识啊……"

许约抬起胳膊不停捏着眉心，整个人还没从睡意中彻底清醒过来。

顾渊站在门口看着操场的方向说了大半天之后没得到任何回应，才缓缓回头看向许约："你热不热？热的话就把校服脱了放医务室得了，等中午快完事的时候再过来拿。"

"不热，你的校服我还是帮你拿着吧，运动会上很多学生都会找借口来医务室，别到时候再弄丢了。"许约走到沙发跟前，将顾渊的校服外套拿起来随手搭在自己的肩膀上，转过头朝女医生问道，"医生，您有没有防中暑的药？"

"有藿香正气水，要吗？二十元。"

"要。"

眼瞅着许约付了钱接过医生递来的白色塑料袋，顾渊疑惑地问道："这还没到夏天呢。"

"我出门的时候看了一眼天气预报，今天白天的温度接近二十五度，光照又比较足，而且你跟李然然、周辉不是还报了几个比赛项目吗，短跑？还是长跑？"许约冲女医生点了点头，将顾渊推到了门外，"这个天气短跑还好，长跑真的不会吐吗？"

许约不喜欢夏天，他总觉得自己跟这个季节格格不入。南方的夏天总是潮乎乎的，尽管烈阳当空，但是潮气伴着汗水总会黏他一身。

顾渊活动了下手腕说："有道理，不过我报的是短跑，就两百米。李然然好像报的是一千五百米，得围着跑道跑三圈半吧。咱们班好像也有几个男生报了一千五百米长跑吧……对了，你不说我都差点忘了,上次有个同学来登记报名的时候我就想说了,看他营养不良的样子居然还主动报了长跑,你看看人家,再看看你……"

许约摁灭屏幕突然停了下来:"我对这种活动一向不怎么感兴趣,要不是老师昨天说今天上午要严查人数,我肯定连宿舍门都不出。"

更别提被人拽着袖子来这满屋子都是酒精味的医务室了。

顾渊忍不住露着虎牙冲许约笑了几声:"你已经这么白了,多晒晒太阳有好处,能补钙。"

没等到许约开口,顾渊直接习惯性地将胳膊架在了许约的后脖颈处,连带着整个身子都靠了过去。

"走了走了,李然然他们说老杨跟李烨已经开始查人了。"

"他们是1班,我们是A班,这分班的意义何在?除了课表和同学不一样了,其他跟以前有区别吗?"

"这你就不懂了吧,这就叫'兄弟班',快点,再磨蹭李烨又要说我们了。"顾渊加快脚步往操场的方向走去。

整个校园一片寂静,除了教学区的上课铃机械地响了一阵,剩下的就只能听到暖风从树叶间隙吹过的簌簌声。

但操场就截然不同。

穿过林荫路踏进操场的大门,笑声瞬间吸引了站在门口的两人,靠近大门位置的应该是高一的最后几个班。

许约的校服敞开着前襟,为了防止再被顾渊一路拽着走,他很快将自己的两条袖子往上卷到小臂的位置。

许约往四周看了一眼,终于在主席台右边的树荫下看到了一个蓝白相间、穿着整齐的矩形方阵。总觉得哪里怪怪的,他忍不住拍了两下顾渊,朝着那个方向指了指。

"你看,那边那一堆……不会是我们班和1班吧?"

"好像是。"顾渊盯着看了几秒，满脸嫌弃地转过来喷了一声，"我现在后悔还来得及吗？运动会本身就是玩玩的，为啥还统一服装了啊？"

几分钟后，他们两个同时出现在蓝色矩形方阵的最前面。老杨正举着手机跟李烨还有几个1班的学生合影，看到顾渊后，立马收了手机往前走几步。

"你俩怎么才来，刚刚全体高一、高二的学生绕操场一圈踢正步你们看到了吗？要我说，咱们两个班绝对是全校这么多班级里面最整齐的。"老杨把手机相册翻出来递到顾渊手里，"我还拍了几张照片，你们看看。"

顾渊舔了下嘴唇，干笑了几下。

怎么可能不整齐，全校这么多班级，就只有高二（1）班和高二（A）班穿了校服。

老杨热情得有些过头，阳光照着他的侧脸，许约清晰地看到了老杨眼角皱在一起的纹路。

顾渊不好拒绝，只能接过来低头瞅了一眼，照片的角度不算完美，聚焦也没有处理好，一看就是仓促间直接拿起手机拍下来的照片。

许约压不住好奇心跟着探头往前凑近了些。

"许约，你现在有没有觉得，我们刚刚去医务室是个明智的选择。"顾渊侧着身子用手摸了摸鼻尖，半掩着嘴小声说道，"让我绕着跑道踢一圈正步，还不如直接罚我去跑个十几圈来得痛快。"

"那我勉强同意你说的吧。"许约回道。

李然然跟周辉从1班后排突然蹿到了前面，猛地拍了一把许约的后背。

"你俩怎么去个医务室都这么磨蹭！"

顾渊挑了下眉，拎着领口扇了好几下，最后实在忍不住还是甩掉了身上的校服，直接丢给了李然然。

"不行，太热了。李然然你帮我拿着校服吧。"

"两百米之后就是一千五百米比赛了，衣服先让许约一起拿着呗。"李然然拨弄了几下头发，把自己的校服外套扔给许约，"许约，今天早上好像没有跳远，你就先帮我们三个拿一下衣服呗。要不……你陪我一起跑啊？你看3班的文体委员赵晨，同样是一千五百米，他们班好几个女生都说要陪跑，连矿泉水都已经买了两三瓶……"

话还没说完，许约就直接打断道："那你也找你们班女生陪跑啊，佳真她们不是在那里站着吗？直接找她们不行吗？"

李然然回头看了一眼又迅速转了回来："什么你们班我们班的，应该是咱们，你看整个B班都已经自觉地站在1班后面了……主要是好兄弟不得陪我跑一次？"

很快主席台旁的检录处开始通知参加男子、女子两百米的同学前去报道，许约犹豫了一下，扫了一眼四周，准备找个阴凉的地方听会儿歌，可他话还没来得及说出口，就直接被顾渊拉着胳膊一起去了检录处。

顾渊排在最后面，许约左手拎着两件校服外套站在旁边的树荫下，一脸生无可恋地盯着检录处的检录员。

两人往那里一站，瞬间吸引了A班同学的注意力，几个同班同学都来给他们加油。

许约冲旁边跟他不停说话的同学笑了笑，转过头目光就撞在了顾渊那张嘴角都快歪到耳根的脸上。

他干笑了几声："你跑个两百米拉我干吗？怎么，你跟李然然一样也需要人陪你跑？"

"那肯定不需要啊。"顾渊随手拨弄一下发带。

许约收回脚，往顾渊前面的空地看了一眼："往前站，别废话了。"

第二章　两百米

男子组两百米就是附中春季校运会的第一道开胃菜，跑道两侧瞬间就聚满了学生，有前来为自己班加油打气的，还有些是冲着顾渊来的。

恰好又在这里遇到了许约，气氛一下子变得活跃起来，呼唤声夹杂着尖叫声，一波接一波。靠近操场的高三教学区都有人时不时趴在窗台上张望着，有几个同学还冲着他们吹口哨。

"李笑加油！12班加油！"

"刘伟！张晓涵说你跑了第一就请你吃饭！"

"顾渊！加油啊！"

最后一声喊得可谓是响彻云霄，刹那间所有的学生都笑了起来，许约皱了下眉，不用看他都知道那破了音的尖叫是谁发出来的。

顾渊皱着眉看着挤在人堆里的李然然和周辉，大声喊道："周辉你给我把李然然的嘴堵上！"

四周太吵，人潮拥挤，尤其是靠近许约这边。

在他被挤到1号跑道上两次之后，许约终于忍不住拎着两件校服直接站在了两百米的终点，随手将手里的外套甩到肩上，许约深深吸了口气，清了清嗓子之后举起了双手放在了嘴边："顾渊！加油啊——"

李然然晃了几下脑袋，猛地掰开了周辉正捂着嘴的手，满脸惊讶地看着许约。

很快，其他班的加油声也迅速从跑道两侧传了出来。

"许约比我喊得还要大声啊？不行不行，咱们207宿舍的气势不能输！"李然然张了张嘴，将看向顾渊的视线挪向了两百米的终点位置。

"许约好歹没有破音。"周辉满脸嫌弃地将李然然往另外一边推了推。

"破音不重要！来，周辉，咱们一起给渊哥加油！"李然然激动地跳了起来，使劲拍了一把周辉的背，"渊哥！加油！啊——"

顾渊的身高占了很大的优势，发令枪刚响就看到他猛地往前冲了出去。跑道两侧加油助威的呐喊声随之逐渐变大，李然然用尽全力地喊着，眼睛直勾勾地盯着顾渊的背影。

速度之快，带起了一阵热风。

许约站在终点线位置再往后五米的跑道上，一脸紧张地盯着一百多米外正冲自己而来的顾渊。

这场面像极了分别多年后再次重逢的兄弟。

"许约，躲开啊——"

顾渊暂居第一位，他前额的刘海被风吹到了两边，带着"G"字母的黑色发带纹丝不动，却在人群中十分显眼。他大口大口地呼吸着，两只眼睛的瞳孔深处倒映出许约的身影。许约站在原地没动，甚至忘记了顾渊刚刚到底冲他喊了什么。

因为惯性，顾渊冲过终点线后没有停下来，直接扑进了许约的怀里。尽管如此，逐步增加的速度并未使得顾渊立刻停下来，他的双手抓住许约的背，猛地转了个身自己先着了地。

许约紧跟着倒了下去，倒在了他旁边的跑道上。

"同学！没事吧同学？你们旁边的都赶紧散了，两百米已经结束了，都别在这里围着了。同学，你们两个没受伤吧？"站在终点位置的几个体育老师吹着挂在胸前的口哨示意旁边的同学往后退，快速跑过来蹲在顾渊身边，"顾渊是吧？怎么样？没受伤吧？有没有哪里被蹭破了？还有旁边那个同学，叫许约是吧？我刚都提醒过你不要站在跑道上了，你非不听，赶都赶不走……怎么样，你们两个没受伤吧？快点站起来检查一下。"

顾渊依旧大口大口地喘着气，胸膛急促地上下起伏着，他突然笑了笑，侧过脸看着被他扑倒在地的许约："怎么样？我厉害吧？

第一名。"

两件校服外套被丢在跑道上,许约刚好压着其中一件,他肩膀被撞得生疼,差点脱口而出的话瞬间就噎在了喉咙里。

就是可惜了自己今天刚换的白色卫衣了。因为开着前襟的原因,整个卫衣已经被染上了一片暗黑色。看上去像在泥坑里打了个滚。

许约用胳膊撑在地上缓缓站起来,拍了拍衣服、裤子,然后冲顾渊伸出手。

"先站起来,刚跑完别躺地上。起来走一走。"

"嗯。"顾渊同样伸出了右手。

李然然和周辉两个人从人群里挤着赶到了终点,将早已备好的矿泉水瓶递过去:"你们两个没事吧?这撞得……大老远看着就疼,许约你没事吧?来,先起来喝水……渊哥你太厉害了!第一!真的是第一!"

"激动什么?这就是个预选赛,还没有到最后的决赛呢。估计到时候就没这么简单了……跟那些体育生真比不了,我尽量保三争二。"顾渊完全忽略了最后一句话,他被许约拽了起来,也顾不上拍掉腿上的灰土直接拧开盖子,瓶口还没接触到嘴唇,就被旁边站着的那位一把抢了过去,"你干吗?跑完连水都不让喝啊?"

"着什么急,你先在旁边走一会儿,刚跑完不能直接喝凉水。"许约看了他几眼,继续说道,"两分钟后再喝。"

顾渊撇了撇嘴看了李然然一眼:"看见没?有个学霸男同桌就是这种待遇。时刻为了你的身体健康着想,说不定以后我最爱的奶茶就没了,到时候我们207宿舍直接买几个保温杯天天泡红枣、枸杞喝。"

李然然转了转眼珠,大概是将顾渊所描述的场景在脑子里幻想了一下,随后忍不住打了个寒噤。

"别……想想都可怕,我们还年轻,不至于到泡红枣的地步吧?

老杨他一直喝的好像就是那玩意儿,以前去他办公室看到过,而且他说那些养生茶喝了能明目……我也没见着效果有多好啊,还不是整天戴着一副眼镜……"

周辉乐了,没憋住说道:"你闭嘴吧,留着力气给接下来的一千五百米吧。"

许约不想跟他们几个人说话,低下头继续拍了拍自己脏了一半的卫衣。

男子两百米预赛完美结束,顾渊依旧有些不放心,将许约拽到跟前转了一圈,没有发现外伤,这才舒口气轻推了他一下。

"你傻啊,看到我快冲线的时候怎么不躲开?你们学霸不知道什么叫物理加速度吗?高一白学了吗?"顾渊终于开始埋怨起许约,"我刚刚要是没刹住,咱俩现在就得躺在那儿了!你就不只是衣服脏了这么简单了。"

顾渊指了指身后五米远的位置,然后回过头皱了下眉:"你会被撞飞出去的,知不知道?"

许约后知后觉地抿着唇道:"刚刚没反应过来。"

没反应过来是真的。

李然然反驳了周辉几句之后,嘴就跟个机关枪似的突突个不停,话题直接从男子两百米预选赛一下子跳到了男子一千五百米长跑上,再然后就聊到了3班赵晨去年在校运会上拿下了男子组一千五百米第一名的光荣事迹。

明明赵晨跟他们几个人一点关系都没有,但李然然讲得那叫一个生动形象。比如赵晨跑到一半的时候任由3班几个男生拿着矿泉水浇了自己一身,比如他拿了第一之后在李然然、顾渊他们面前炫耀……

"炫耀?"许约抓重点的水平绝对一流,该听的一句没听进去,不该听的倒像是直接刻在了脑子里,他回过头看了一眼顾渊,"3班拿了个第一，跑来跟你们炫耀什么？"

"那时候高一，他跟周辉关系好就经常来找他，刚好老杨查人，我就来了。然后就听他说得了第一什么的，我没注意听。"

"渊哥，恕我直言，赵晨当时说话的时候就是站在你旁边说的，你居然说你没听。"周辉闭了闭眼，"不过也是，他们班拿了个第一，跟我们又没关系。他就是想炫耀一下，虚荣心呗！"

"所以李然然，你今天不拿个第一就别回宿舍了。"顾渊瞅了一眼许约的表情，成功将话题带偏。

李然然愣了几秒，眨了眨眼，在顾渊脸前挥了挥手："你有没有搞错，哥哥，你看我像能拿第一的人吗？"

许约从头到脚扫了一眼他。无论是身材，还是体质，李然然确实不是能拿到第一名的人。

男子两百米短跑的同时，操场的另外几处进行着铅球、跳高，还有女子组五十米短跑。五分钟后，操场两边的广播里播报着男子一千五百米即将开始检录，李然然紧张地咽了咽口水，举着拳头冲其余三人点了点头："兄弟们，你们要为我加油啊！这可事关咱们207寝室的荣誉啊！还有许约，最后一圈的时候你也站在终点等我呗！一定要等我！"李然然咬了咬牙，一副心有余悸的模样，"最重要的是如果没拿第一名，渊哥你轻点喷我。我心理承受能力很差的！小心我告你人身攻击！"

顾渊忍不住笑了，轻轻拍了下李然然的肩膀："尽力跑完就行了，我开玩笑的。没拿到名次就当减肥了。"

李然然翻了个白眼，后悔刚刚多了这么一嘴。

"跑道中间站着的那四个同学，两百米已经结束了，你们可以回自己班里去了，参加一千五百米的去检录处报到，听没听见——"不远处一个男老师挥着手里的红色旗子冲他们这边吹着哨子。几人在两百米终点处磨蹭了半天，最后成功被赶到了跑道一旁。

许约讨厌被打断，往前走了几步之后一脸厌烦地转过身去，在看清那人的脸时，愣了一下。那个男老师看着眼熟，想了半天才记起上次他去打球也是被以同样的方式赶出了体育馆。

将李然然送到检录处，许约一眼就看到了那条长队中间站着的赵晨，他忍不住吸了口气，捏了下指关节。真是不想看见什么就非得来什么，而且这种事还偏偏经历了很多次。

他站稳，歪了歪头不打算再靠近一步，李然然有些纳闷，但又想到许约能送自己到这里已经算是不多见了，也就没再说什么。他继续往前走了几步，然后才看到了同样正在排队的赵晨。

"赵晨你年年跑一千五百米不累吗？你就不能给其他同学一点机会？"周辉明知故问，"又是被你们班主任逼的？不过也是，体育生不趁着这个时候发挥点作用，其他时候好像也没……你拍我干吗？"

赵晨的视线挪到了顾渊身上，但因为排着队的原因，他只是冲顾渊招了招手。

顾渊干笑了几声，直接背对着他。

"怎么？"许约摆了摆手，"他冲你招手呢，你转过来看着我干什么？"

顾渊没说话接过许约手里的校服套在了短袖外边。

许约忍不住撇了撇嘴角，同样转过身并排站在顾渊左边。

其实附中的校运会是不允许与比赛项目无关的学生出现在操场中心的，为了便于管理，李烨亲自从A班找了几个没参加任何比赛的男生组了个"安全监管小队"，校服上还别着跟学生会差不多样式的红色袖章，上面印着大大的"安全"两个字。看着有模有样，其实就是帮着裁判老师赶人的。

顾渊跟许约站在检录处旁边的树荫下有一搭没一搭地随便聊着，没聊几句就被他们班的几个男生强行推回了蓝白方阵的后排。

为了搭配两个班组成的方阵，李烨的太阳伞都是蓝色的，混在

第二章 两百米

一堆人群里不容易被发现。直到她撑着伞、戴着墨镜走过来："我大老远就看到你俩摔在跑道上了，没受伤吧？"李烨合了伞瞅了一眼许约的衣服，"衣服脏了无所谓，人有没有事？"

"老师，没事，我给他垫了一下。"顾渊又假装拍了几下许约的衣服，还偏过头看了一眼，"只有衣服脏了，其他没事。"

"那就行，知道你俩关系好，后面决赛的时候许约你可千万别再站在终点了，太危险。"李烨往外站了些，阳光穿过树枝缝隙照在她的脸上，黑色墨镜片上映着他们两人的脸，"李然然报了一千五百米长跑，你们一个宿舍的到时候去看看情况。我看别的班有人拿着矿泉水陪着跑的，你们两个也去。"

许约笑了笑："老师，我俩就是被您安排的'安全小分队'给赶回来的。"

气氛突然安静，甚至有些微妙。

李烨轻轻咳了几下，推了一把顾渊："再去，就说是我让去的。那几个孩子还把自己班的同学给撑回来，一会儿再收拾他们几个。你俩先去看李然然，不然到时候没法跟杨老师交代。快去快去。"

李烨推着顾渊，顾渊推着许约的后背，三人从蓝色方阵最后面直接走到了最前面。

"这种感觉就跟足球似的，被踢过来踢过去的。"许约说。

"走吧，她都那么说了，我们也只能去了。"顾渊被这个形容逗笑，他撞了下许约的肩膀，"反正不管被踢到哪里，我还不是跟你一起吗？"

"那倒也是，走吧。"许约一脸无语，从脚边的箱子里拿了瓶矿泉水。

一千五百米对于体育生或者体能稍微好些的男生来说，简直就是小菜一碟，但对李然然来说就跟头上压着泰山没什么区别。

李然然跟其他参加比赛的男生一起站在起跑线上，有点紧张，心跳得又快。他向四周瞟了几眼就只看到了周辉和佳真站在跑道中间的草坪上冲他挥了挥手。

跟其他班比起来……不，根本就没有可比性。

尤其是3班的赵晨，比赛还没开始，四周给他加油的呐喊声已经喊了足足三分钟。

这个时候如果顾渊和许约来，那他参加这次比赛也不亏了。

正当他想入非非的时候，发令枪响，起点的所有人一并向前冲去，跑道边同学们的音量也跟着提高了些。

许约不喜欢人多吵闹的地方，尤其刚刚经历过一堆女生围在周围尖叫的场面，所以他直接被顾渊一路推到了跑道旁中间一点的位置，那个位置人少，正好是李然然必经之处。

"你说，李然然能拿第几？"顾渊往起点方向看了一眼，"我觉得应该能排前五。我扫了一眼就看到有好几个像是营养不良的人。"

"说不准，一千五百米长跑又不跟两百米短跑似的比速度，这个是要看体力的。有些人能从一开始匀速跑到结束，而有些人估计就跟那个人差不多。"许约抬手指了指正在跑道上走着的男生，"看吧，刚开始冲得特别猛，这股劲一旦没了，就跟不动了。"

许约突然回过头看向顾渊："你觉得李然然是哪种？"

"听你这么分析……我怎么觉得李然然就是第二种……"

但事实并非如此，李然然微胖，长跑对于他来说确实是件难事，但从远处看到顾渊和许约之后，李然然体内就迸发出一股神秘力量，促使他时不时大喊几声往前冲，速度时快时慢，但从来没有停下来。

许约闭了闭眼，一下就看到那个如同丧尸一般扭着身体距离越来越近的李然然。身后也有几个男生不停地挥着手。

"这哪里是一千五百米比赛，简直就是丧尸围城好吗？"许约说，"还是站在原地等着它们来的那种。"

"呵呵……"顾渊整张脸都绿了，"而且，看上去有点丢人……"

第二章 两百米

但说归说，等到李然然经过他们的时候，顾渊和许约还是忍不住陪着他一起往前跑了一大段，直到最后一圈，两人再一同陪着李然然跑到了终点。

"没事没事，马上到了！呼气——吸气——呼气——"李然然一边慢跑一边给自己调整呼吸，直到冲过终点才一屁股坐在了旁边的草坪里。

嘶啦——

许约眨了眨眼："这……这什么声音，谁的衣服扯了？"

顾渊低头看了一眼李然然："衣服上没有啊，李然然你站起来。"

"李然然你是真厉害，跑个步还能把裤子给崩开。"

一千五百米长跑向来不分预赛和决赛，参加的所有男生同时开始，谁第一个冲过最后的红线，谁就能拿第一名。顾渊和许约陪着李然然跑到了终点，甚至来不及去听旁边几个裁判喊了第几名。

累是真的累，丢人也是真的丢人。

尤其是他裤子侧缝直接被崩开了一长条的缺口，往前走一步就能看到白花花的肥肉。

许约将李然然的校服直接丢了过去，示意他系在腰间，好歹还能稍微挡挡。正当他们三个人准备回宿舍换衣服时，身后走过来的老师拦下了李然然。

"同学，你是第五名，先过来签个字。下午的时候仔细听广播通知，到时候会让你们几个上去领奖状。"一位比较面生的裁判老师递了根笔过来，然后冲顾渊和许约点了点头。

李然然满脸诧异，似乎不敢相信，随手将校服打了个结之后走到旁边又仔细问了一遍。签好了字道完谢，李然然转过身直接扑到了顾渊身上。

"我！第五名？你们听到了吗！我跑了第五名！还有奖状可以拿……人生第一次啊。"李然然激动了半天，看着顾渊的表情从开心变成了不耐烦,这才缓缓松了手,"别介意啊渊哥,激动了激动了。"

顾渊没好气地瞅了他一眼。

许约前前后后扫了一圈才发觉,少了一个人。

"周辉呢?他都不来看看你,你们这是什么友情?"

李然然愣了下跟着往四处看了一眼:"对啊,刚开始跑的时候我还看到他和班长在跑道旁边站着,怎么现在人没了?要不要发个消息问问?"

说完,李然然就准备从裤兜里摸出手机发微信。

"别发了,人已经过来了。"许约突然收回表情,一瞬间就冷下了脸,面无表情地盯着前方并排走过来的两个人,"而且还多了一个。"

顾渊是背对着那个方向的,不用回头光看许约的表情都知道来的是谁了。

"看不出来李然然你原来是深藏不露啊,第五名,厉害啊。我还以为你可能跑到一半就自己放弃……"赵晨走过来撞了下李然然,然后看着他腰间的校服,"你这是什么风格?跟渊哥学的?你这样看着有点好笑。"

李然然涨红了脸,掀开外套往前伸了下腿:"你以为我愿意啊?看到没?为了给我们班拿个奖我裤边的线全崩开了。回头我就让老杨重新给我买一条。公费!"

赵晨没再说话,他看了一眼许约问道:"许约你今天没项目吗?"

李然然不会看脸色,但周辉看得出来许约不待见赵晨,他走到两人中间开口道:"许约没参加跑步,他报的是三级跳远,明天下午的。"

"哦,跳远啊。可以,腿长的人都跳得远。"赵晨并未多想,"今天早上剩下的几个项目好像跟我们没关系了,要不要去粉星,我请你们吃冰激凌?"

"不用了。"李然然说,"你跑来干吗?拿了第一怎么不去你们班里通知一声?"

赵晨眯了眯眼指了指3班的方向:"还用我跑回去通知吗?他们早都看见了,我冲线的时候还有几个人吹口哨来着……渊哥,粉星去不去?一起啊。"

顾渊脸色有些难看,低着头翻了半天手机,也不知道到底在翻什么。等他重新抬头的时候,才发现许约背对着他举着手机,像是在听语音。

顾渊说道:"不了,你们三个去吧。我跟许约还有别的事,跟他先回趟宿舍换件衣服。"

"那好吧……"赵晨有些失望,但还是很快揪着旁边的两个人先走一步,"那下次一定要去啊,还是我请。"

顾渊点了点头,随口答应了下来。

许约放下手机,看着屏幕上许陆发来的那条消息。再下面还有一条转账待接收的通知。

许陆:小约啊,今天是你生日,爸爸不能陪在你身边给你过十八岁生日。这三千块钱你拿着买些自己生活用品,如果条件允许的话,就跟你们寝室的几个同学……还有你那个叫顾渊的同桌,一起出去吃顿饭,对了,一定要买个蛋糕。钱如果不够你再跟爸爸说,行吗……爸爸真希望能跟你一起过这个生日啊……

许约忍不住看了看自己的余额,这笔钱来得算是及时,但并没能让他的情绪有任何波动。大概唯一能感动他的,就是亲生父亲还记得自己的生日。

许约垂眸苦笑了下。

许许如生:我知道你不喜欢顾渊,你完全不用这么勉强自己。

许陆那边的消息回得也很快,就像是专门等着他的消息一样。

许陆:爸爸不是这个意思。小约,爸爸还是一直希望……希望你能好好读书，将来考个好大学。

　　许陆：你妈妈肯定也是这么希望的。

　　许陆：小约，别再让人看了笑话。

　　许许如生：别跟我提我妈。

　　许许如生：笑话？你以为我会在意别人的看法？五年前你带着我一起自杀的时候怎么不觉得是个笑话呢？

　　许约指尖不停地敲着屏幕，所有的情绪涌上心头，该说的不该说的在这一瞬间，全部以文字的形式暴露在父子之间。这些刺太扎人，无论是藏着还是像今天这样全部暴露出来。

　　顾渊站在一边，他看不清许约到底发了什么，光是看他的表情，便知道他现在有多痛苦。

　　等到许约收了钱，放下手机，顾渊才缓缓开口道："难受吗？"

　　难受吗，怎么可能不难受？

　　就像被刀子剜过的伤口久久不能痊愈，明知道里面一片鲜血，尚未结痂，却还要撕开那带着血肉的绷带。

　　"还好吧。"许约叹了口气，调整好自己的状态，回头看向顾渊，"吃冰激凌吗？我请你。刚才就看见你那副想吃的样子了。"

　　顾渊愣了一下，回想了半刻之后问："我刚才表现得那么明显？那他们岂不是也看出来了？"

　　"不明显。"许约扫了顾渊一眼，"但是我能看出来。"

　　两人回宿舍换了衣服之后，二话没说就往粉星走。路上还遇到了刚从粉星买完雪糕回操场的李然然一行人。

　　几人打了个照面之后，许约进了粉星直接走向冰柜，挑了半天挑出一个哈密瓜口味的雪糕，付完钱直接塞进了顾渊的手里。

　　"给，你喜欢的哈密瓜口味。"许约推开门，一阵暖风吹进了衣领，"好像确实热起来了。下午好像没什么事了吧，就别去操场了。

藿香正气水我已经放在咱们班前面装矿泉水的箱子里了,就当贡献出去了。"

顾渊迫不及待地咬了一大口雪糕,凉意瞬间从舌尖往身体各个部位扩散:"嗯,我都行。你说不去那就不去,反正两百米的决赛在明天,三级跳远也在明天。对了,明天穿运动鞋吧,板鞋不适合这么折腾。别我的脚刚好,你脚又崴了。"

"如果可以,我希望这冰激凌能让你闭嘴。"

"遵命,我现在就闭嘴。"

李烨顾得上头却顾不上尾,不仅得看着 A 班的学生,还得帮着不知道去干什么的老杨看着整个 1 班,整整一个下午都没发觉顾渊和许约这两个人早都跑得不见人影了。

午后的光照一向是最刺眼的,许约洗了澡,将浴室里剩下的一小瓶沐浴露随手放在了床边的桌子上。

"去洗吧。"许约揉了揉眼睛,"沐浴露也快没有了,用完了去超市买一瓶。"

"好。"

十分钟后,顾渊满脸疲惫地推开浴室的门,顺手将那个空瓶子放回桌上,他往前走了几步拉上寝室的窗帘,宿舍门也被他反锁了起来,整个 207 宿舍瞬间就暗了下来。

许约还在桌前翻着那本心理学杂志,失去大部分光源之后他缓缓抬头,一脸无奈地看着顾渊。

"你刚洗完澡就要午睡?"

"不。"

"嫌热?"

"也不是。"

"那你大白天的又是锁门又是拉窗帘的干吗?"许约不解。

顾渊道："没别的，只是想让你休息一会儿。从刚才到现在，你的脸色不是很好。"

许约垂眸，整个人的呼吸都变得急促起来。顾渊一时被逗笑："还有……许约，其实今天是什么日子我没忘，十八岁生日快乐！"

若干年后，许约想起那个下午的那张灿烂的笑脸时，他依然能感受到顾渊带给他的那份温暖，融化了他为自己筑起的那道冰墙。

桌上的手机嗡嗡作响。

许约拿起电话，对顾渊说道："今晚我请客，叫上李然然、周辉他们，出去吃。我现在和他们说一下。"

校运会期间，门禁比以往更加严格，为的就是打压那些趁着校运会偷溜出去上网的学生。

消息发给李然然后，很快就得到了回复，连怎么出校门都商量好了。

万年不变的翻墙。

等到四人偷偷摸摸地混在操场人群里挪到了角落，顾渊四处看了一眼，撑着胳膊直接跳到了墙上，然后另一只脚蹬着墙外的梧桐树很快安全落地。

整个过程一气呵成，用了不到十秒。

许约在后面看得整个人都傻了。

这人翻墙的速度居然还能这么快……

"许约，你先爬上去。"李然然四处扫视了一圈，忍不住催促道，"快点快点，一堆人聚在这里很容易被发现的。被抓到就惨了！"

许约伸腿踩着墙上突出来的部分爬了上去，蹲在墙上看了顾渊一眼。时间紧迫，许约摆了摆手示意顾渊走开点，这样也方便他直接跳下来。顾渊反而觉得许约大概是因为害怕才迟迟不动。

他朝墙上的许约伸出双手，满脸笑意："别怕，直接跳，我保证不会让你摔了。"

许约答应了众人这顿饭他请，几个人在桌上疯言疯语了许久，李然然喋喋不休，从刚刚踏进附中校门谈论到了高中毕业之后那个暑假要做些什么。

周辉嘴里不停地念叨着"许约十八岁生日快乐"和"青春总会散，但我们207宿舍的几个好兄弟以后说什么都不能散"之类的话……

许约趴在桌上整张脸都埋进了胳膊里，顾渊在一旁"喂"了几声，许约连睁眼都觉得费劲。顾渊轻轻叹了口气，出了包厢付完钱让李然然和周辉打出租车先回去。自己则拎着许约的衣领出了门。

夜幕降临，这条街却依旧灯火通明。初夏夜晚的凉风从对面的巷口吹了过来，穿过这条街直往行人的外衣里钻，许约忍不住缩了缩脖子。

"不是……不是说好，说好今天我请客的吗……你怎么又跟我抢，顾渊？"许约眼前时不时发黑，双腿不听使唤地往下坠，最终半个身子靠在了顾渊的胳膊上。

"你看你现在……我本来还打算去别的地方的……"顾渊垂眸，忍不住瞪了一眼瘫在斜下方的许约，最后一脸无奈地返回餐厅，找前台要了些蜂蜜水。

他们坐在前台旁边的等待区，顾渊扶着许约将他轻放在了靠墙的位置，然后又把他的头轻轻垫在了背后的沙发上。

顾渊强迫许约喝完了半杯蜂蜜水，没好气地坐在旁边玩起了手游。

这家餐厅的营业时间并非二十四小时，就在人家准备打烊的时候，许约终于从一阵呓语中缓缓睁开了眼。他四处看了一眼，最后将目光锁定在旁边这张冷酷里带着一些冷静的脸上，很明显这与顾渊的形象完全不符合。

倒像是回到了二人第一次见面的时候，顾渊也是这一脸不耐烦的表情。

许约皱着眉拿出手机看了一眼时间，晚上十点二十六分。

如果没记错的话，他们是傍晚六点左右踏进这家餐厅的。

正常吃一顿饭的时间用不了两个小时，也就意味着……

他在等待区睡到了人家餐厅快打烊！

"那个，我好像睡着了……"许约轻咳了下，摸了摸还在发烫的耳朵。

"嗯，我知道。"顾渊回答，"而且不止我知道，今天晚上来这个餐厅吃过饭的人也都知道。"

许约往身后的就餐区看了一眼，又回头看了一眼餐厅的正门。也是，怎么可能不知道。只要是来这里用餐的人，一推开门就能看到他们现在坐着的这个位置。

而且他还是一副睡死过去的状态。

许约舔了下嘴唇，不自觉地冲顾渊干笑了几声。

自己丢人也就算了，还带着顾渊一起丢人了。

想到这里，许约握着手机的手指缩了一下，然后很快将手机重新塞回兜里。

"那个……"许约往他们的包厢位置看了一眼，突然停住，不知道接下来的这个问题要怎么说出口。

"别看了，李然然和周辉两个小时前就已经回学校了。"顾渊头也没抬一下，依旧看不出脸上有什么表情，"你现在感觉怎么样？头还晕吗？"

"不太晕了。"

"能站起来吗？"

"应该能……"

"那能自己走吗？"顾渊依旧面无表情。

"应该……不是，绝对能。"许约自己一个人尴尬了半天，顾渊给了他这个台阶，他也就顺势走了下来。

这样总比两个人一直待在人家的店里要好得多。

"那走吧，回学校。"顾渊收了手机，起身居高临下地盯着许约的眼睛，"本来想着带你去步行街那边逛逛，我记得有家蛋糕店挺出名的，不过现在这个时间过去肯定已经关门了。"

许约愣了下，带着一脸歉意地低下了头："我不知道……"

早知道顾渊还会安排其他事情，打死他都不会让自己睡成那样。

"算了，没事，下次再去。"顾渊突然有些想笑，他深呼吸了下，然后蹲在沙发旁的过道，"再说了，蛋糕又不是只有生日的时候才能吃。所以，你就不要这个表情了。"

顾渊语气柔和，他端起桌上剩下的蜂蜜水一饮而尽。

"现在回宿舍肯定要被通报了，要不今天就别回宿舍了吧。"顾渊胡乱揉了几下自己的头发继续说道，"那个步行街应该还有别的东西，但可能你不喜……"

"蛋糕吃不到没关系，我们去逛逛也可以，买些其他东西也不是不可以。"许约打断了顾渊，他噌地一下站起来，身子微微晃了两下，"我已经清醒了，能自己走，能睁眼看，也能好好说话。"

顾渊成功被逗笑，内心深处的失望情绪瞬间就被赶了个无影无踪。但其实他心里比任何人都清楚，许约对步行街完全不感兴趣。

顾渊猜，许约跟他一样，大概是不想再看到对方那种无助又失望的表情。

"那也行吧，既然你都这么说了。那我们就放弃吃，改成玩算了。"顾渊回道，"反正自从你来了海市后也没有好好出去玩过。"

李然然和周辉回到宿舍之后累倒在床上睡了几个小时，醒来之后才发现顾渊和许约还没回来，等到宿管大妈日常查宿的时候，李然然口无遮拦，直接编出了一大堆花里胡哨的理由。

"顾渊啊，顾渊他家里有事今天回家了。许约的那个本市的亲戚生病住院了,他又去陪护了。"

周辉静静地站在门后,听得一愣一愣的。

从什么时候开始李然然说谎都不需要过脑子了,到底是跟顾渊学的,还是跟许约?

顾渊拿出手机简单发了几条消息给周辉,主要内容还是他和许约今天晚上不回宿舍,剩下的几句就是让已经回了宿舍的两人帮着打掩护,每句话后面还跟着一个从许约那里存来的表情包。

"走吧,我刚给周辉他们发消息说了。"川流不息的车灯由远及近,再从他们身边飞快经过,光影倒映在顾渊的脸上,"这条路是单行道,打车过去的话得绕一大圈……要不我们步行到前面那个路口吧?那边打车方便一点。"

"嗯,听你的。"许约四处扫了一眼,"反正我不认路,就跟着你走了。"

顾渊微微低下头:"真的假的,你不怕我把你卖了?"

"你会吗?"许约突然笑了起来,嘴角上扬了几分,"我觉得你不会。"

"什么时候你还学会抓别人把柄了?"顾渊觉得许约那个笑,一定带了些嘲讽。

两人一路走走停停,时而撞几下胳膊,时而轻轻踢对方一脚。在经过第一个十字路口的时候,有个小女孩手里捧着一大束玫瑰花不小心从他们身后撞了过去。

顾渊瞬间停了下来。

"这些玫瑰花……"

居然全部都是塑料的,而且看上去极其劣质。

"哥哥、姐姐,买朵玫瑰花吧?五毛钱一朵,很便宜的。"小女孩穿着粉色的裙子,看上去才不过五六岁的样子,但眼神黯淡无光,不知道焦点汇聚在哪里,她身后跟着一个眉眼好看的中年女人。

顾渊猜她应该是这小女孩的母亲。

他看了许约一眼然后蹲下来,将小女孩往人行道里侧拉了一把。

"妹妹,你的玫瑰花这么好看,哥哥可以全都买下来吗?"顾渊仔细盯着小女孩的小圆脸,"你的眼睛……"

"不行不行,妈妈说过一朵玫瑰花只能送给一个姐姐,多了的话是不对的。"小女孩一脸着急,挣脱了顾渊的胳膊,抱着玫瑰花的胳膊紧了紧,另一只手抱着妇人的腿,整个身子都躲在了最后面,只露出了一个脑袋。

中年妇人也被小女孩逗笑了,她冲顾渊和许约微微摇了摇头:"倩倩别怕,哥哥的意思是要买下所有的玫瑰花送给自己的朋友们。"

那个叫倩倩的小女孩皱了下眉,"哦"了一声,重新回到了刚刚的位置。

"对不起哥哥。"

顾渊看着中年女人指了指自己的眼睛,又低头看了看倩倩。

"阿姨,倩倩她……"

"她看不到东西,一生下来就这样。"女人眼眶发红,声音有些微微颤抖,"她爸爸就是因为这个才离开我们的。"

许约小时候的经历促使着他往前靠近了几步,他认真地看着面前这对母女。这个眼神他再熟悉不过。

"阿姨,那这花……"顾渊又问。

"今天其实是倩倩的生日,这花……是她爸爸托人买的。"女人哑着嗓子,脸色逐渐变苍白,"有些感情,跟他送来的花一样,都是假的。但你们两个跟我见过的所有人都不太一样。"女人垂眸看了一眼倩倩,轻轻摸了摸她的脸,"是从你们的眼神里发现的。"

"倩倩,这个哥哥很喜欢我们的花,所以我们都送给哥哥好不好?"女人蹲了下来,鼻尖不停蹭着小女孩的眼睛。

"好啊好啊,哥哥一定要天天开心哦。不要像妈妈一样经常哭。"

倩倩突然咧开嘴笑了起来，另外一只手慌乱地往前抓了几下。

许约拽着顾渊一同蹲了下来，紧紧握着女孩伸过来的右手，然后轻轻刮了下她的鼻尖。

这束假花看上去十分廉价。尽管这样，许约还是紧紧地拥着那一小簇玫瑰。

顾渊从刚刚跟那对母女道别之后，脸上就一点表情都没有，眉头皱在一起，让人猜不透他心里在想些什么，双手揣进运动裤兜里，脸上星星点点的光影从鼻尖再隐于某个角落。

他偏过头看了身边的人一眼，吸了吸鼻子。

顾渊这人什么都好，就是不会轻易把自己内心的真实想法透露给任何人，包括许约在内。他不清楚刚才的事情到底碰到了顾渊的哪根心弦，只好轻轻地叹了口气。

"顾渊。"许约左手轻轻拽了下顾渊的衣袖，他微扬着嘴角问道，"那对母女的事我还是觉得有些可惜。你怎么想？"

顾渊整个人顿了下，视线死死地定在了一米外的人行盲道上，不知过了多久他才回过头看向许约："是啊……是有些可惜。换作是我，我也接受不了这样的方式。"

许约愣了好一会儿，干笑了几声，轻轻地"哦"了一声。

他想问的从来就不是这些肤浅的问题，可顾渊的回答没能给他继续追问下去的理由，许约将手里的花换了个更舒服的位置，他低下头用下巴轻轻蹭了几下。

"许约，你看。"顾渊突然伸手指了指马路对面，"那边有人在卖气球！"

许约闻声抬眸往他所指的方向看了一眼，果然在对面的人行道旁站着一个中年男人，很多白色的线缠进他的指尖，最后再缠在他的手腕上，气球是透明的，中间有一个小小的卡通人物，一些碎屑状的亮粉在一串小灯泡下十分亮眼。

第二章 两百米

一眼看上去，就是小时候的感觉。

"我觉得那个挺好看的，你今天刚好过生日，我送你一个？"顾渊绷了一路的情绪终于缓和了许多，他冲许约笑了笑，然后不等他回应直接拉着他，"快快快，刚好绿灯，我们先过去。"

过马路后顾渊将那个准备过马路的中年男人拦下来，询问了几句就直接付了钱，然后抬起头挑了个带有"皮卡丘"的气球，白色的线被男人从手指尖分离了出来，然后直接缠在了顾渊的手腕上。

"许约，你看，喜欢吗？"顾渊拽了拽手里的线，看着气球在空中动了几下，"呃，这样是不是有点傻……"

许约心说，你还挺有自知之明的。

顾渊扫了四周一眼，转身问许约："许约，敢不敢跟我疯一把？"

"怎么疯？"许约疑惑地回答道。

"就像……"顾渊突然凑近，"这样！"

等到最后两个字脱口而出，顾渊毫不犹豫地拉着许约沿着人行道往前狂奔。身后几个偷拍的女生也往前跟了几步，最后整个手机屏幕里只剩下他们奔跑向前的背影。

校服的下衣摆被风吹着，在身后一上一下。

两人跑得上气不接下气的时候，顾渊终于停了下来，他的刘海被风吹得分开在发带两侧，整个人看上去有些狼狈。

"哈哈哈，怎么……怎么样？"顾渊指了指许约那乱掉的头发，"爽吗？"

短暂的大脑缺氧给许约带来一些不同以往的感觉。

"顾渊，真的。说你三岁都大了点。"许约微喘着，用手背擦掉了脖子上冒出来的汗珠，"这就是你说的疯一把？"

顾渊晃了晃食指："当然不是，这只是刚开始，后面还有更刺激的，不过你还能不能行了？就跑这么几步路就虚成这样了。"

几步？

许约忍不住回头看了一眼,刚刚这距离怎么说也得有个五六百米吧。

"谁怕谁,还有什么更刺激的尽管来。"许约清了清嗓子,反正这种小学生都不会干的事他都做了,接下来还有什么是不能让他接受的。

"行,这可是你自己说的啊。"顾渊往路边靠近了些,不停地张望着,终于在五分钟后拦下了一辆出租车。

许约想象了一大堆鬼屋或者密室这种对他来说刺激的场面,唯独没想到顾渊所说的更刺激的就是拦下一辆正准备去换班的出租车。

"这就是你说的刺激?"许约看着打着右转向灯靠在路边的出租车久久不肯挪动脚步,"这么晚了要去哪里?"

顾渊并未回答,只是直接将许约推进了后排。

"师傅,您对海市路况熟悉,找个没监控又没什么人的路带我们转几圈,钱好说。"顾渊盯着司机的后脑勺说道。

司机很显然也是第一次遇到这种要求的乘客,愣了下回过头:"你们两个是学生吧?这么晚了不在学校待着也不回家还在外面瞎逛。"

司机很明显是把他们两个当成了"坏学生"。

但顾渊并未在意,脱下了校服外套冲司机笑了笑,两个虎牙显得整个人有一种热望:"那现在不是了,嘿嘿。师傅,其实今天是我朋友的十八岁生日。我俩偷偷溜出来过生日的,所以大叔,您就带我们到处逛逛呗。"

司机被顾渊这副模样逗乐,他转过头去拿起手机,像是打开了微信,不知跟谁回了几句消息之后缓缓开口:"我刚跟公司说了一声,晚点再去交车。钱我也不收了,就当是给你朋友庆生了。"

话毕,司机大叔发动车子,往那条路的尽头驶去。车子刚开出去没五分钟，顾渊就开始坐不住了，他将车窗开到最大，然后将那占了很大一块地方的气球塞了出去。

气球的银线还绑在许约的食指上。

"你干吗？"许约往外看了一眼，那个气球正跟着出租车一同往前，"你不怕它爆了？"

"哪有你说的那么脆弱。"顾渊突然转过来拍了拍许约，"你快点啊，手机拿出来拍一张啊，快快快，以后看见照片你就知道是谁跟你过的十八岁生日了！记得照片到时候做好备注啊，写上我名字。"

许约磨蹭了半天才从裤兜里掏出手机，对着顾渊的侧脸拍了一张。角度很是完美，整张照片里左半边是隐于夜幕下的顾渊，从鼻尖位置往后看就能看到那个一脸开心的皮卡丘气球，右侧则是大开着的车窗和路边模糊一片的霓虹灯建筑。

"拍好了。"许约又多按了几下快门，最后满意地将手机重新塞回兜里，移动目光的同时对上了司机大叔正从后视镜里看他们的那双眼睛。

他眼角弯着，像是在笑。

"你们这个年纪正是人生最美好的时候啊，想当初我们那时候过生日，桌上可是连一个蛋糕都没有。"司机不禁感叹道，"真是羡慕你们这些孩子啊，无忧无虑的什么都不用想。"

许约不置可否，轻轻点了点头。

是啊，一个人的一生中可能会有很多坎坷，但青春只有这么一次。他看了一眼顾渊，突然轻笑起来。

如果顾渊没有出现在他的世界里，许约觉得自己现在一定还沉睡在被一片荆棘围绕的泥沼之中不肯醒来。

许约突然有些庆幸，他这样的人还能遇到这么好的顾渊。

"还好……"

顾渊听见呢喃，回过头来看着许约："嗯？什么还好？"

许约盯着他的眼睛摇了摇头:"顾渊,你知道什么才是最刺激的吗?看我。"

许约将他那侧的车窗同样开到最大,将怀里的玫瑰花放在了后座上,他身子往右边挪了挪,食指上缠着的那根线绕了好几圈之后重新绑在了玫瑰花的底部,然后将整个头探出了窗外。

双手掩在嘴巴周围,深深地吸了口气。

"啊——我是许约——许诺的许——约定的约——"

跟撕心裂肺的呐喊声不同,这一声像是把内心深处的埋怨和不甘全都发泄了出来。

许约喊完之后似乎还觉得不过瘾,又吸了口气继续喊道:"我是许约——我一定会过得很好——"

顾渊跟司机愣了下,很快不约而同地笑了起来。

"现在的孩子啊……"司机降了些车速,车载音响里开始播放起一段舒缓悠扬的轻音乐,里面藏着海浪拍着沙滩的声音,还有海鸥的鸣叫……

"年轻真好。"

顾渊将半个身子从另一侧的窗户探了出去,像许约那样:"我是顾渊——是许约最好的朋友——"

"许约十八岁生日快乐——明年——后年——大后年——未来的每一年,顾渊都会陪许约过生日——"

年少的疯狂和悸动,披荆斩棘,也无所畏惧。

回到小区的时候已经是半夜一点了,许约最终将那束玫瑰花和气球留在了出租车里。两人一进门随手打开了灯,双双累到直接扑倒在沙发上,顾渊闭着眼不停地笑着,嘴里念叨着今天是过得最开心的一天。

许约以前来过一次,摸底考试前和顾渊视频也见过他家一次,他一直以为顾渊家客厅的顶灯就是个装饰品,整个房间只靠旁边那盏泛着黄光的落地灯照亮。

但其实不是,许约躺在沙发边的毛毯上微喘着气,胸口起伏不停,天花板上亮眼的灯光照进眼里,逐渐出现了幻影。

开心是真的开心,累也是真的累。

许约侧着身子说道:"明天还有两百米决赛和跳远,早点休息吧。"

"嗯。"

顾渊不知道今天的决定是否正确,但只要许约能开心,他就跟着开心。像个小孩子一样,连情绪都可以被感染。

"你先去主卧睡吧。明天是周六,你肯定没定闹钟,我明早叫你吧。"

"那你呢?"许约愣了下。

"你先去,我跟我妈打个电话。"

"行。"

等到许约进了卧室,顾渊将客厅顶灯关掉,打开了一侧的落地灯,昏暗之下他点开了微信。

犹豫很久之后还是没能拨出那通电话。

第三章 初夏

第三章 初夏

这一晚，顾渊彻底失眠了。凌晨的温度并不像白天那么热，潮气从窗户缝隙里钻了进来，整个客厅有点冷。就连茶几下的毛毯摸上去都像是有一层薄冰。

顾渊时不时抬眸看一眼主卧。

上次带李然然他们来家里，许约发着烧都没忘记将卧室的门反锁起来，今天居然破天荒地半开着。顾渊瞥到了纱质的暗色窗帘被风轻轻吹动了几下。

大概是怕拖鞋发出的摩擦声吵到床上的人，顾渊直接光着脚进了卧室，偏过头看了一眼床上正微微皱眉、沉入梦里的许约。他慢慢走到窗前将不久前开了条缝的窗户关好，然后轻轻叹了口气出了房间，顺便带上了门。

墙上的钟表的短针指到了"7"的位置，顾渊才抬手揉了下眉心。

起身的时候小腿不小心碰到了茶几，一声尖锐又刺耳的声音打破了沉默了一夜的寂静。

许约就是被这个声音吵醒的。

"顾渊？顾渊？"许约的声音哑得要命，嗓子又痛又痒，这种感觉他最懂，这是感冒的前兆。

他按了按太阳穴，转头看了一眼窗户。

是关着的？

可是昨晚明明是他亲手打开的……本想着开一小会儿通通风，毕竟顾渊最近这段时间一直住在学校，卧室里有闲置一段时间的霉味，没想到一首歌都没听完他就睡着了。

"我在客厅，吵醒你了吗？"顾渊轻柔的声音从客厅传了进来，隔着门依旧那么清晰，"那就直接起来吧，主卧有卫生间，你先在里面洗漱，新的杯子和牙刷都在洗手台的抽屉里。"

许约清了清嗓子，喉咙里如同火烧一般。他穿好拖鞋下了床，站在穿衣镜前看了一眼，发现眼睛里布满了红血丝，两只耳朵也泛红，整张脸却是一片惨白。

这副病态的模样，许约并不想让顾渊看到，他只好重重地"嗯"了一声。

顾渊猛地站起来走到客厅的窗户旁，将所有的玻璃窗全部打开。

顾渊又皱下眉，脱掉身上未换的衣服，直接丢进洗衣机。似乎还觉得不够，他又拿起自己常用的那款香水四处喷了几下。

许约洗漱完毕，穿好衣服打开主卧的门。一眼就看到光着上半身的顾渊，手里还举着看上去就很昂贵的玻璃瓶。

"你这是在做什么？大早上的喷香水干吗？"许约低沉着声音，往顾渊身后看了一眼，"你昨天在沙发上睡的？"

"啊？嗯……昨天跟我妈打着电话就睡着了。"顾渊弯腰将香水瓶放了回去，"你嗓子怎么了？鼻音这么重。"

"可能是感冒，应该是昨天坐车吹风吹多了。"许约愣了一下，"没事，一会儿回学校医务室买点感冒药就行。都七点多了，我们收拾收拾该去学校了。今天还有两百米的决赛和跳远。"

顾渊点点头，进了卫生间，他洗漱好重新换完衣服，出来冲许约笑了笑："好了，走吧。"

他们在小区附近的早餐店买包子的时候，周辉的微信消息就接连不断地发到了顾渊的手机上。

顾渊一手拎着外套，另一只手捏着滚烫的包子，他歪了歪身子口齿不清地说道："手机在裤兜，你帮我拿一下。看看谁发的消息，要么是李然然，要么就是周辉。"

"嗯。"许约应了一声，探了两根手指进去，将顾渊的手机夹了出来。

辉辉衣袖：渊哥你们人呢！两百米决赛都开始检录了，A班找你都找疯了。李烨整个脸都阴了。

辉辉衣袖：还有许约呢，电话都关机。因为跳远和跳高那边的场地重合了，所以跳远也放在今天早上了。

辉辉衣袖：你们两个到底死哪里去了啊？

许约皱了下眉，举着手机说："怎么回？"

顾渊跟旁边的许约对视一眼，将最后的半个包子直接塞进嘴里，嚼了几口咽下去之后回道："你就跟他说我们快到校门口了，再有五六分钟就到操场。检录那边就是签个字而已，实在来不及就让他先去把我名字写上。"

许约点了点头，将顾渊说的话一字不差地全部输进了聊天框里。最后在后面加了一句"许约也跟我在一起，他也马上就到"。

周辉没有再回消息，大概是去帮顾渊签名了。

两人加快了脚步，五分钟后成功出现在操场的大门口。顾渊环视了一周，目光终于在右边的跑道上停下来。

一般情况下，人最多的地方往往就是即将开始的比赛场地。

"你那个跳远在早上什么时候？"

许约还未开口，就听到广播里传来了参加高二男子组跳远的学生到检录处集合的通知。他耸耸肩膀说道："可惜不能亲眼看你短跑夺冠了。赶紧去吧，安全第一。"

"夺冠可能不太行，争取给咱们班拿个前三回来成吗？再说了，我又不像那些体育生那么专业，尽力而为吧。"顾渊笑了下，原地蹦了几下，伸手拍了一把许约，"对了，你那跳远很容易扭到脚腕，你不是一向最惜命吗，所以小心点。那句话怎么说来着……重在参与，小命要紧。"

说完，顾渊就往右侧学生最多的地方跑过去，连身后带起的风都是凉的。

许约本想吃过感冒药再去报道，结果因为时间的原因，直接将白色塑料袋包着的几片感冒药塞进裤兜，然后头也不回地往检录处走去。

李然然跟周辉两人所有的比赛项目早在昨天下午就结束了，所以今天他们直接兵分两路。一个人去盯顾渊，另一个留在检录处陪许约排队。

"你们昨天吃完饭去哪里了？不回宿舍睡觉还有精力出去玩？"李然然逗了许约一句，脸上挂着怪异的表情，"老实说，渊哥又偷偷带你去哪儿玩了？"

"去哪儿玩？"许约的手从裤兜里抽了出来，他揉了下眉心，"昨晚我在人家餐厅睡到快打烊，你信吗？"

李然然咋舌："信，这确实是你能干出来的事。那渊哥呢？"

"顾渊？他……"许约眨了眨眼，"如果我说他在我旁边一直玩手机玩到人家快打烊，你还信吗？"

李然然竖起了大拇指："不愧是我好兄弟，真有你们的。"

顾渊最终并没有拿下两百米决赛的前三名，听周辉的意思，他的心思就不在跑道和发令枪上。也不知道想什么呢，起跑的时候就落下别人整整两三米。

许约虽然对这些体育比赛不感兴趣，但毕竟有身高优势，一段助跑下来，双臂随着身子往后大幅度地摆动着，然后猛地往前一跃——稳居第二。

等到四个人的项目全部比完了，他们才偷偷出了操场直奔粉星。

"渊哥，你说你今天这比赛好意思吗？"周辉一脸不高兴，"昨天初赛的时候你就跟后面有狼追着你似的一直往终点冲，决赛的时候你连人家裁判都不看一眼。"

许约低眸从裤兜里摸出感冒药，就着面前那半杯橙汁一起咽了下去。

"许约，咱们又不是买不起矿泉水了。"李然然看傻了，他张了张嘴，整个脸都开始抽搐，"我还是头一次看到有人吃消炎药搭配饮料的。"

"顺手就吃了。"许约看了一眼顾渊，早上出门的时候天气还有些阴，整个海市都雾蒙蒙的，直到现在阳光透出来，许约才注意到顾渊眼睛下方的一圈暗青色，"你昨晚是不是没睡好？黑眼圈怎么这么重……"

何止是没睡好，是根本就没闭过眼好吗？今天看人脸都看不太清楚。

顾渊终于意识到不是自己的眼睛出了问题，而是熬了一夜有些脑供血不足。

他晃了晃脑袋，起身站了起来："不行了，我先回宿舍躺一会儿。许约你一会儿记得领你的奖状，不知道在哪里的话就让他俩跟你一起去。对了，李然然你记得帮我请个假。"

不等三个人回应，顾渊捏着眉心走出了粉星，穿过林荫路往宿舍楼的方向快步走过去。

"昨天你们到底干什么去了？一个跟国宝似的，另一个声音就像卡带了一样。"周辉扒拉了一口桌上的零食，忍不住摇了摇头，"昨天我跟李然然回到宿舍就累得倒头大睡，你们居然还有精力出去玩。"

"主要是出去玩还不带我们。"李然然咬了口薯片，发出了嘎嘣嘎嘣的声音来表示自己的不满，"还是不是好兄弟了，你这……"

"吃完了吗？你们吃完了就回班里去吧，我刚好要去跟李烨请个假。顺便帮顾渊也请了。"许约没有耐心继续听这两个人说下去。

李然然还想抱怨几句，愣是被周辉给瞪了回去。

李烨看上去不是很和善："行了，这次你们迟到我就不追究了，下不为例知道了吗？"李烨说，"你感冒药买了吗？"

"买了。"

"吃了吗？"

"吃了。"

"那就行，下午也没你俩什么事了，在宿舍好好休息吧。你转告顾渊，让他下次请假自己亲自来。"李烨无奈地叹了口气，"行了，回去吧。"

"老师再见。"

许约冲李烨点了下头，转身拽着周辉往方阵后排挪了几步，交代了几句之后从靠墙的小路直接出了操场大门。

他回到宿舍，开门的瞬间觉得整个世界的时间已经错乱了，他仔细往里看，窗帘被顾渊拉得严严实实的，生怕一点光透进来似的，两边缝隙都用小夹子固定在床铺的栏杆上。

整个宿舍黑压压一片。许约走近了些才看到顾渊平躺在自己的床上，鼻息均匀。

"不走……不……我不想……不走。"顾渊眉头紧皱，脑袋时不时往右靠一下，嘴里反复呢喃着这么几句。

许约坐在床边，将顾渊下巴处的毯子往上拉了一下："走？"

许约皱了下眉，伸手轻轻拍了拍顾渊的背，像是无声的安抚。直到顾渊最后情绪逐渐平稳，许约才摸出手机翻看关于心理学的一些资料。

不知过了多久……

啪的一声，整个宿舍瞬间明亮起来。

许约几乎是条件反射地将手伸过去替顾渊挡下这刺眼的光。

"这大白天的拉窗帘干吗？"李然然左手还按在墙上的开关上，看清床边的两人之后压着声音问道，"渊哥他睡着了？"

"关灯。"许约说。

"啊？哦……"李然然被许约这眼神盯得有些不自在，果断按了开关，跟着周辉摸黑走到床前，"不是吧，渊哥睡个觉窗帘拉这么严实……"

"嘘，都安静点，别吵到他。"

整整一下午，顾渊和许约都乖乖待在宿舍，操场时不时传来几声闭幕式礼炮的声音，顾渊忍不住皱了几下眉，翻了个身，将毯子往耳朵上面拽了几下。

礼炮声毕，依旧是万年不变的领导上台致辞的环节，校主任嗓门大，断断续续、时高时低的声音从操场中间那两个广播里传遍整个校园。

顾渊又重新翻了个身，两秒后他猛地起身坐起来，揉了揉自己那已经没什么造型可言的头发，满脸戾气，粗暴地扯开了宿舍的窗帘。

光一下子就照了进来，顾渊忍不住抬起手眯上眼睛，缓了好半天之后，才看清许约正靠在长桌对面的床边上低头看手机。

第三章 初夏

"醒了？"许约往旁边瞥了一眼，继续将视线挪回手机屏幕上，"一般校主任讲话没有半小时下不了台，你还是去洗把脸吧……你都睡了三个多小时了，也差不多了吧。"

顾渊在浴室磨蹭了半天，终于以一副全新的面貌出现在了许约面前。他看一眼手机，转过身问道："好好的一天就这么浪费了，想想都觉得自己亏大了。你说这附中到底咋想的，运动会还要占用周末时间。本来还想着这周末叫上你们几个去我家附近的篮球场打球呢，这下倒好，别说打球了，家都不用回了。"

"为什么不用回？"许约茫然，他站起来往旁边的空地走了几步，然后伸了个懒腰，顺便歪了下脖子，"你家不是挺近的吗？"

"现在回去，明天又要来学校了。那还回去干吗？啧，头一回觉得住宿这么麻烦……"顾渊清醒了许多，他将窗帘另一侧的夹子摘掉，丢进桌上的黑色笔罐里，"快到晚饭时间了，一会儿我们出去吃？吃完了去打球吗？今天体育馆不开门，估计只能在操场那边的露天篮球场了。"

许约往窗外看了一眼："我都可以，但是体育馆不开门我们哪儿来的篮球？"

"这个倒不用担心，学校怕那些周末不回家的学生太无聊，所以体育馆器材室窗户外面那个铁丝做的篮子里会留两个备用篮球。"顾渊突然又想到什么，拿着手机就往宿舍群里发消息。

说到微信群，起初名字是系统给安排的一长串乱码的字符，不知道从什么时候被顾渊直接改成了"207宿舍群"。

简单明了，是他的风格。

渊渊想抱：校运会结束你俩还回家吗？

然然升旗：我肯定不回，来来回回太麻烦，还不如直接待在学校。

辉辉衣袖：那我也不回了，现在回家睡一觉，明天白天又要挤公交。

渊渊想抱：那一会儿吃完饭去打球吗？

然然升旗：体育馆周末不开门啊，还是说你要去那个老的篮球场？

渊渊想抱：露天那个。

辉辉衣袖：那边得提前占地方。我跟李然然直接带饭回来，我们在宿舍吃完直接就过去吧。

渊渊想抱：1

几个人发消息的速度那叫一个快，许约看得眼花缭乱，最后目光定在顾渊发的那个数字"1"上面。他清了清嗓子开口问道："这个'1'是什么意思？"

"啊？什么？"

许约叹了口气，将自己的手机屏幕举到他面前："这个。"

"许约，我有时候真的怀疑你到底是不是从博物馆出来的，你平时都不上网吗？"顾渊笑了下，一把夺过许约的手机，然后捂着肚子倒在自己的床上，"这个'1'你可以把它理解成'知道了'或者'好的'的意思……现在懂了吧？"

"哦。"

许约咧嘴一笑，顾渊的双眸就跟着亮了起来。

207宿舍的门是被人在外面用脚踢开的，门一下子撞到了墙上发出砰的一声，吓了顾渊和许约一跳。

李然然跟周辉拎着一堆塑料盒，胳膊肘冲着顾渊晃了几下："快点快点，接一下。不行了，拎不动了。"

许约先一步走过去，接过东西放在桌上："你们这是把食堂的东西都搬回来了？"

"是啊。"周辉微微喘着气,"渊哥又不说到底吃什么,所以我跟李然然就把每样都买了点。真重。"

"对了,李然然你赶紧吃。一会儿你先过去器材室拿球,然后占个地方。"顾渊很自觉地拆开了竹筷子的包装袋,然后环视了一眼窗外,"旧的篮球场有路灯吧?天快黑了。"

"有路灯,不过好像坏了一个。你是去打球的又不是去看书的,一个灯够了。"周辉扒拉着碗里的米饭,又往嘴里塞了一大口川菜,"有点辣。"

几个人围着一张长桌你一言我一语,最后李然然先一步擦擦嘴出了宿舍。

李然然一路小跑着过去的。

果然,那个备用篮子里面只剩下了最后一个篮球。李然然拿出来,满脸得意地拿着手机拍了两张照片发到微信群里。

后面还补了两行字。

然然升旗:最后一个球,六分钟搞定,怎么样?渊哥交代的事那是能怠慢的吗!

然然升旗:我先去球场等你们!

每行字末尾的感叹号像在告诉群里所有人"我厉不厉害"。

李然然发完微信原地运了两下球,准备去篮球场等着其余人过来。

就在这时,小路边的矮灌木丛里钻出来几个高个子男生,一眼看过去没有一个是低于一米七五的,而且带头的那人比顾渊还高。

李然然习惯性地往他们后方看了一眼。

那个方向正好是高三宿舍楼的大门。

"同学,最后一个球了,你就让给我们呗?"高个子男生满脸不屑地看着李然然,"就你这样的也打球啊?出门也不照照镜子,哥哥劝你还是好好待在宿舍里,多看看动画片得了。"

"同学,嘴巴能不能放干净点?"李然然往后退了一步,"我打不打球关你们什么事。备用篮球就两个,先到先得,有本事就带着自己的球——"

话还没说完,另一个高个子男生直接过来推了一把李然然的肩膀。路边不平,李然然又丝毫没有防备,一个趔趄直接坐在了旁边的灌木丛里。手背被干枯的树枝划了几下,手里的篮球跟着掉到了地上,最后被那几个高三的男生踩到了脚底下。

"你是高一的还是高二的?哪个班的敢这么说话?"带头的男生抬起嘴角似笑非笑,蹲下来伸手拎着李然然的衣领将他整个人直接拽了起来,"同学,地上凉,你别一直坐着啊。搞得好像我们欺负你似的。还有,谢了啊,这么好心把最后一个球让给我们。俗话说得好,好人有好报。"

"你们……"

打不打球已经不重要了,李然然懒得再去理会面前这几个人,他只想去捡掉在草丛里的手机,弯下腰的瞬间,李然然就被后面的另一个男生直接踹了一脚。

"哎呀,同学不好意思啊,脚滑了,别在意。"

说完,几个高三男生说说笑笑,运着球转身就走,李然然捡起手机重新站起来拍掉了裤子上的尘土,盯着那几个人的背影忍不住骂了句。

顾渊他们到露天篮球场的时候,并没有看到李然然的身影,许约直接拨通李然然的电话。

但李然然没接。

顾渊觉得不对劲,又用自己的手机重新打了一遍。

响了几声之后,李然然才缓缓开口道:"喂?"

"李然然你人呢？"

"嘶——，渊哥，咱们的球被人抢了。"李然然的语气里面充满着寒气，就连顾渊听完都愣了下。

"谁抢了？"顾渊问。

"几个高三的男生。"

顾渊抬眸看着离他们最近的、时不时冲他们挑眉的高个子男生。怪不得一来就看他们几个不顺眼。

"行，我知道了。你先来操场。"顾渊跟许约对视了一眼，微微仰起头看向离他们最近的篮球场。

挂断电话，顾渊深呼吸一下就准备往那个方向走，刚往前探出一步就被许约拉着胳膊拦了下来。许约并不知道到底发生了什么，但看顾渊那副恨不得冲上去干一架的气势也能猜个大概。

"来之前我就看那几个人不怎么顺眼，他们手里那球……"顾渊的视线依旧在那些人的身上，空荡荡的外套下藏着早已紧握着的拳头，"估计是从李然然那抢过去的。"

"所以那几个高三的是想跟我们一起打球？"许约微微扬了下嘴角，他摇摇头将顾渊往身后的位置拉了一步，"反正四个人打半场球也没什么意思，既然他们想一起那就一起呗？"

顾渊虽然心有不甘，但他有原则。哪里出的事，就得在哪里解决。

周辉皱了下眉跟着顾渊往前跨了一步，看了一眼许约的脸色："可我们只有四个人，要不要随便拉个路人过来跟我们一起？"

"拉什么路人，附中校篮队长又不是摆设。"许约忍不住浅笑，"你不是跟赵晨关系好吗？打电话叫他过来呗。"

顾渊感到很迷茫，周辉也愣了一下，几秒后才拿着手机缓缓走到一旁的树下拨通了赵晨的电话。

顾渊朝那几个高三男生的方向喊了一句，然后走了过去："就你们五个人打球多没意思，要不要一起？"

顾渊的语气波澜不惊，感受不到任何情绪，但从眼神里迸发出来的是满满的不屑，喊完之后他忍不住扯动着嘴角。顾渊又耸了耸肩膀，抬着胳膊拉了两下发带，冲带头的男生吹了一声口哨。

目睹整个挑衅过程的许约有些无奈地摇了下头，往操场大门口瞄了一眼，在看到熟悉的身影之后挥了两下手。李然然回应完一路小跑过来，因为跌进灌木丛的原因，他的手上和裤子上沾了一片半干的泥块，看上去只能用一个"惨"字来形容。

"顾渊？"带头的高个子男生将篮球夹在了胳膊时间，转过身往他们这边瞥了一眼，最后视线聚在了李然然一个人身上，"平时连学校领导都找不到的人今天居然来这破地方了？怎么，那个摔进泥坑里的胖子是你兄弟？"

许约微微皱了下眉，要是以前，自己的膝盖骨早就出现在那一脸油腻的男生脸上了。但现在，他下意识地看向顾渊。

果然，顾渊的脸色也好不到哪里去。

"他衣服、裤子上那些是你们几个弄的吧？"顾渊往前挪了几步，在篮筐下停下来，"兄弟，打个球而已，至于搞这么大动静？玩什么不行，非要玩人身攻击？"

几个高三生忍不住大笑起来，其中还有两个直接走到顾渊面前，整张脸都凑近了许多。

"就人身攻击了你能怎么着？怎么，替你那兄弟打回来？来来来。"棕色头发的男生指了指自己的左半边脸，"往这来啊，你敢吗？一个高二的看给你牛的。真不知道就这种长得像女生一样的男生是怎么被那些女生喜欢的，真够恶心的。"

顾渊嘴角忍不住抽动了两下，随即忍无可忍直接拎起了那男生

第三章 初夏

的衣领，眼睛死死地盯着他，整个人散发着猛兽般的愤意。

这种话顾渊听多了，让他不爽的却是眼前这男生那张脸上的表情。

"你这表情真够吓人的，说几句就生气了？又要跟高一那次似的找家长来学校闹了？你顾渊就只敢用这么一套吗？能不能有点出息，别总跟个妈宝似的，有点追求行吗？"

顾渊将棕发男生揪着衣领往外甩了一大步，另一只垂在裤缝边的手微微颤抖："你再说一遍试试！"

"顾渊！"见势不对，许约大步向前走了几步，猛地将顾渊拽到身后，直接用胳膊肘抵着他的肩膀，"这是学校。他们就是故意激你动手的……李然然，周辉，看热闹看够了没有！过来！给我拉住他！"

许约的话像舒缓剂，顾渊忍不住往右看了一眼，深呼吸了几下，迅速抽回自己的胳膊，看都没看许约一眼，直接往后又退了两步："不用，我不会跟他们动手。我也嫌脏——"

"顾渊，你刚说什么！你再说一遍！谁脏！"顾渊不经意间轻飘飘的几个字，杀伤力却像一把刚开刃的利剑，就那么狠狠划过棕发男生的脸。

果不其然，面前几个高三男生的脸色一瞬间变得很难看。

"这样吧，就打一小节，十分钟。谁输了就给对方道歉。"许约捏着指关节，余光瞥到了身后不远处的顾渊，然后抬起头往他的方向指了指，"如果我们输了，他——"顾渊忍不住抬眸往前看了一眼，"给你道歉。"

棕发男生犹豫了几秒之后看向身后带头的高个子男生，得到认可之后又重新转了回来："行，如果你们输了，让他跪下来道歉。"

顾渊的拳头又攥紧了几分，周辉见势不妙，直接冲了过去强行按住顾渊的胳膊："渊哥，先冷静……先听许约说，你别动手……"

"整个附中还没人敢跟我说这种话，他们算什么东西？"不知是哪句话刺激到了顾渊，他整个身子都跟着颤了起来，微眯至一半的眼睛斜了那几个人一眼。

"行。"许约面对这一无理要求，没有半分犹豫，很快他冲那几个男生笑了笑，"那如果你们输了，以同样的方式向我朋友道歉。"

许约指了指李然然，挑了下眉："很公平吧？"

棕发男生哑然，最后直接将篮球猛地抛向了许约："行。"

话毕，他们几个就往对面篮下的位置走了过去，看这架势多半是过去清场的。

许约叹了口气走到顾渊面前："这次拿你的膝盖当赌注了，输了可别怪我啊。"

本来一脸戾气的顾渊瞬间就笑了出来，他推了一把许约缓缓开口道："那你可真会赌啊。不过说正经的，他们这几个看着就像经常使损招的那种人，还是小心点吧。"

"那万一真输了呢？"许约轻笑。

"无所谓啊，我顾渊又不是玩不起。如果真输了……"顾渊突然凑过来，压低嗓子继续说道，"那我就跪给你看。"

赵晨到的时候，整个球场已经被围了个水泄不通。

他站在后排蹦跶几下，然后从人堆里挤了进去，一眼就看到顾渊他们，还有那几个高三男生。他随便瞄一眼过去，很快皱着眉低声骂了一句。

"你们说打球，就跟他们这几个啊？"赵晨低声道，"说实话我们校篮的同学都不愿意跟这几个人碰上，他们喜欢阴人。"

最后这句话，赵晨是掩着嘴贴近顾渊耳边说的，然后很快又转过头看向许约，轻轻晃了晃脑袋："许约你等下运球或者防守什么的得小心点,上次有个男生跟他们打球时手腕骨折了,真狠。"

赵晨盯着他们的眼神里没有一丝和善的意思,更多的是泄愤:"那个手腕骨折的兄弟,以前是我们校篮球队的,出了这事之后都没法再碰球了。"

"是吗?"许约有点惋惜,"那正好,今天就替你那朋友讨回来。"

"嗯,也不是不行。就是……"赵晨轻轻点了下头,低声将面前这几个男生的情况一一说明,谁负责防守,谁负责控球毫不保留地复述了一遍,最后深呼吸了一下,"总之,都防着点那个染棕毛的人吧。据说之前还跟校主任杠上了,被送回家两次了,也没见收敛一点……人品这么烂,打球能有多干净?"

"可能这就是高三吧……"李然然时不时拍几下自己的裤子。

"高二的,你们还打不打了?"棕毛运着球冷不丁地看他们几眼,随之加快了运球速度,转身过后将球直接丢进了靠近顾渊他们这边的篮筐里。

许约愣了好久,弯下腰捡起弹出界的球丢到了顾渊手里。

"一会儿你去跳球,能拿到先手最好,拿不到也无所谓,我和赵晨先防着那个棕毛。"许约不紧不慢,往前面瞅了一眼,"那个染棕色头发的到底叫什么?"

"叫张泽。他旁边站着的那个,就个头最高的那个叫蔡辰。其他几个不清楚。"赵晨随口回答道,"反正不是什么好人就是了。走吧,过去吧。今天哥儿几个不打得他们跪下我就把姓倒着写。"

顾渊看了一眼许约。

这个人从什么时候开始,面对赵晨的时候能这么镇定自若了。他没有了以前对他的那种不耐烦,包括刚刚让周辉喊人,许约的表情似乎没有任何异样。

顾渊越想越不明白,他一边走一边低声问道:"你怎么还让周辉叫赵晨过来？"

"只是觉得大家的关系没必要闹这么僵。"许约僵了一下，很快用肩膀撞了下顾渊，"好好打球，别老一天天想这些。"

说完，许约往前跨了一大步，跟李然然、周辉并排站着。

顾渊眨了下眼睛，整张脸抽了几下，很快站到自己的位置上。

一小节也就一个课间的时长，对于双方来说，不仅仅是技术上的考验，更是体格上的较量。李然然喜欢打球，但以前都是跟着顾渊、周辉他们随便打打，负责传球盯人，像这种赌上尊严的球赛他还是头一次参加。

李然然的手紧紧地捏着裤兜。

裁判是从隔壁球场临时找来的，他手里拿着球，没有裁判哨只好用口哨替代。

随着一声尖锐的长啸，手里的篮球被直直地抛到了上空。顾渊迅速跳了起来，纵使他的弹跳力不差，但是面对蔡辰这样又高又壮，隔着单薄的球衣都能看到肱二头肌的对手，顾渊也只能暂居下风。

抢不到先手，赵晨和许约互相看了对方一眼，很快两三步移到了张泽面前，一前一后迅速夹击。

周辉断掉球之后，往顾渊的位置看了一眼。

果然他的身后同样跟着两个人，最重要的是这次并不能像体育馆那场球赛一样直接空中接力。

"不行，渊哥旁边那两个也很高啊。"李然然往周辉的位置靠了靠，小声说道，"一会儿传给我，我试试能不能投进去……万一……"

万一进了呢？

可万一没进呢……

就在这时，许约站在张泽身后冲周辉晃了两下手，又指了指顾渊，趁着紧紧盯着顾渊的张泽不注意，悄无声息地往顾渊的背后挪了过去。

"周辉！"

顾渊叫了一声，周辉几乎是毫不犹豫，直接将球扔向他。

"那人疯了吧？顾渊旁边有两个防守的人还敢扔过……不对，那个球不是给顾渊的……"

以场外观众的视角去看，球确实是冲着顾渊的方向去的。

但什么时候……顾渊身后多出来了一个人？

许约在球快落入高三男生手里的瞬间，微微弯腰直接伸手往前一捞，球瞬间被带偏了位置，许约迅速弓着背往右跑了两步。

球到手后，许约迅速往篮下移去，夹击顾渊的那两个人迅速跟了过来。

"顾渊！"

"左边——"顾渊身边无人，又正好是三分线外。

场外的女生瞬间尖叫起来，就连好几个男生都忍不住张大了嘴。

"我一直以为那个许约要灌篮……"

"盯着顾渊的两个人去篮下了，三分线外是安全的。所以许约才会假装去上篮……这配合，绝了。"

但张泽自然不会站在原地看着顾渊手里的球顺利进框，他猛地往旁边跑了几步，周辉和李然然也跟着向同样的方向挪动了几米，却在一个转身后直接被张泽甩到了一旁。

很快，他就往顾渊的方向跑去，速度之快就连许约都忍不住瞪大了眼睛。

"渊哥！小心你后面！"赵晨不自觉地张了张嘴。

如果顾渊抬手，那个球一定会被张泽盖掉。搞不好还会搞些小动作，毕竟留给张泽的只是顾渊的一个后背。

"阿渊！传球！"许约突然叫了一声，眼珠往右边转了几下，"快！"

顾渊余光往后瞥了一眼，抬到一半的胳膊迅速压了回去，他突然往前跨了两大步将手里的球往篮下没人的位置丢了过去。

"许约！"

"许约！"

"许约！"

其余三人一脸紧张，李然然离篮板的位置近，心跳速度加快了一倍，就连后脑勺都开始发木。

许约一个假动作成功摆脱了篮下的两个男生，拦住球的瞬间跳了起来。

球是被大力按进框里的，许约的右手紧紧把着篮筐边缘，在空中晃了几下之后重新跳到了地面上。稳稳当当地站定之后，许约回头冲顾渊比了个大拇指。

球场四周一下子喧闹了起来。

"第一个球就打得这么漂亮！那几个高二的太帅了吧！"

"顾渊，真的太帅了！"

"怎么样？我够聪明吧？就知道你们学霸肯定是那么想的。"顾渊看着朝他走来的许约，忍不住大喊了一声，"快点夸我。"

"行，你最牛。"许约无语道。

"你这么夸就没意思了啊。"

"那应该怎么夸？"

"你刚刚怎么叫我的？"顾渊凑近，也不管四周是否有人，直接扑到了许约的后背上，"要不再叫一声？显得我们关系好。"

因为两人天衣无缝的配合，很快整个球场周围的欢呼声呈现出了一边倒的趋势。

当着几个高三男生的面直接灌篮，蔡辰的面子有些挂不住，尤其是他还是这十个人里个头最高的。他看了一眼身后的几个队友，喊道："等下拿到球全都给我！我还就不信了。"

但事实是，张泽这人报复心强，球一旦传到他手里，大脑传遍全身的指令只有一句，那就是赢下他们。

这个念头来得仓促，让他完全放弃了和队友的配合，愣是靠着自己一个人的加速运球和投球技术为整个队伍拿到了七分。

张泽看了一眼比分牌，忍不住弯下腰大口大口地喘着气。汗珠顺着额头不停往下滴，看上去很是狼狈。

顾渊冲其余几个人点了下头："他太想赢了，根本不配合队友……但这是篮球里最忌讳的东西。"

果不其然，比赛进行了才不到几分钟，张泽的体力消耗程度像是打完了一整场比赛。剩余的五分钟里，他完全跟不上许约的速度。

蔡辰狠狠瞪着张泽，靠近之后嘴角动了两下立马被往后推了两步。

"你要是那么喜欢跪别人就自己跪去吧，还打什么球啊。"

喊完之后，蔡辰二话不说，挤出人群头也不回地往宿舍方向走了。一时间在场的所有人都愣了一下，很快，张泽满脸烦躁地带着球走了过来。

"不打了，我们认输。"张泽走到赵晨面前，忍不住看了一眼旁边的比分牌，"虽然我们现在领先了两分，但结果是什么大家都心知肚明。"

比分差距被许约在两分钟内从五分缩小到了两分，再加上剩余的五分钟，足够追平他们，甚至是超越。就算时间不够，之后勉强能打个平手，但是也不能完全排除有加赛的可能，这样一来，高三那群人必输无疑。

"张泽这个人其实挺聪明的。"许约侧着脸，低声说道，"他知道他们赢不了，而且现在结束也不算很丢人。毕竟比分在那里。"

"懂篮球的人心里都清楚，再打下去他们绝对会输。"顾渊缓了口气低头看了一眼自己的腿，"吓死我了，差点以为我真得跪了……还有你！"

顾渊突然单手勾住许约的脖子，但力度并不大："你下次打赌能不能别用我当赌注，万一……"

"没有万一，没有赢的把握，怎么可能拿你当赌注。"许约认真地盯上顾渊的眼睛。

"所以，让他给李然然道歉，跪不跪的就算了吧。人多眼杂，指不定会传成什么样呢……"顾渊动了动嘴唇，下半句话还没说出口就听到旁边传来一声破了音的喊声。

"道歉是吧？可以，那个谁，对不起。用不用给你跪下啊？"

李然然一阵错愕，眼眶发红，两只手紧紧攥着，脸上更多的是恼怒。明明犯错的人不是自己，可他看着张泽却有种莫名其妙的委屈感。

李然然摇了摇头，转身不再去看他。

球场周围瞬间因为张泽而唏嘘一片，有好几个女生一边指着李然然，一边低着头不知道跟旁边的人说了些什么，很快她们的眼神里充满了嫌弃。

"真是黑白不分。"周辉攥紧了拳头。

许约眼睁睁看着顾渊走到那几个女生旁边，一脸严肃地说了几句话，很快那几个女生红着脸拎起靠在树边的暖壶匆匆离去。

等到顾渊重新走回来，许约才轻声问道："你跟那些女生说什么了？"

"没说什么，就是稍微提醒了她们一下。"顾渊满不在乎地靠在篮球架边上。

"赶紧说,别卖关子。"

"Don't judge a person easily.It's the basic quality of being a person."顾渊扬起嘴角很快地眨了一下眼睛,"永远不要轻易地去评价一个人,这是做人最基本的素养。"

李然然脸上血色全无,回也不是,走也不是,脚底就像被死死钉在原地一般。

许约从旁边绕了过去,轻轻推了一把李然然:"喂,人家跟你道歉呢。表个态啊。"说完,冲李然然点了点头。

"哦,知道了。"许约怎么说,李然然就怎么做,不知为何,许约好似看到了顾渊那副一脸不爽又全然不在乎的脸。

很快,顾渊冲张泽挑了几下眉,一只胳膊架在李然然的脖子上,另一只架在许约的肩膀上:"完了没有?完事我们还要回宿舍打游戏呢。"

许约本以为顾渊只是找个借口,方便带着几个人从操场溜回来,但怎么也没想到回到宿舍换完衣服后,几个人手忙脚乱地从兜里摸出自己的手机不约而同地看向许约。

周辉晃了晃手机:"一起?刚好四缺一。"

顾渊一脸玩味,手撑着下巴看向许约,吹了两声口哨,尾音居然还上扬了几个度。

"我不会打游戏。"许约靠在顾渊下铺的床沿,打开了手机里许久未碰的软件。

"没关系,我带你。"

"对对对,渊哥打游戏很厉害!保证带你赢。"

"周辉和李然然你们两个去下路,我玩法师,渊哥打野,许约不会玩的话就让他打辅助,'小菜鸡'就行,操作很简单。"赵晨搓了搓手，冲许约笑了一声。

　　附中的校园网平时网速都很慢，今天却快得出奇。大概是因为周六人少的原因，不到五分钟他的手机上就显示出了"注册成功"四个大字。

　　许约点进游戏，很快被打开游戏之前的那段动画所吸引。

　　顾渊偏头看了一眼，忍不住抬了抬嘴角，说道："这是个刺客，叫'澜'，旁边这个就是'蔡文姬'，也就是赵晨刚刚提了一嘴的'小菜鸡'。"

　　"这辅助……完全不对我的口味。"许约看完了时长八分钟的前置动画，想到了自己，忍不住问道，"所以他们两个人物是什么关系啊？"

　　顾渊按了几下手机屏幕，将整个游戏人物的关系图点了出来，随手将手机扔到许约腿边。

　　"自己看。"

　　许约疑惑地低下头。

　　值得保护之人……

　　许约垂眸笑了笑，又按了几下屏幕："这还要自己起账号名字啊？真够麻烦的。给我看一眼你的……"

　　顾渊在一旁笑了下，再次将自己的手机屏幕举过来，许约抬眸看了一眼。

　　"'偷桅子花的小男孩'是你的账号名？"许约惊得张大了嘴，一脸嫌弃地看着顾渊，顺手将他的手机推过去，"你怎么不叫卖火柴的小男孩呢？好歹还跟童话故事沾点边。"

　　等等……

　　许约愣了下，眼神涣散，几秒过后在所有人的催促下很快输进了几个英文字母。

"Gardenia？"李然然张大了嘴,"许约,我觉得吧,你也别太嫌弃渊哥那名字了,就你这名字……"

顾渊白了李然然一眼,"你那什么'李大然'也挺特别的。别废话了,开始了。"

不等李然然退出房间,顾渊直接点了"开始游戏"。许约眼睁睁地看着手机屏幕上的等待时间从一秒变成了十九秒,最后一把无比锋利的剑刃划开了整个界面。

"点确定。"顾渊突然起身往许约这边挪了一小步,重新坐下来,"旁边有个箭头,点一下……对,然后选中,好,再点一下确定。"

看着许约的新手操作成功后,顾渊垂眸选了前置动画里出现的那个刺客英雄澜。然后转过头冲许约挤了挤眼睛。

顾渊将辅助的技能简单介绍了一遍。

游戏正式开始。

这款游戏不仅队友之间可以打字或语音交流,跟敌方也可以用文字交流。

几分钟后,顾渊一脸满足地清理着野区的小野怪,一边饶有兴致地点开全部聊天记录看了一眼。

念念不忘:这澜和蔡文姬现实里是好朋友吧?关系这么好。

顾渊忍不住笑了笑。

倒是挨着他坐的许约看见之后有点不自在,他不自觉地低下头用余光瞥了一眼坐在周辉床上的另外三个人。

几秒之后,李然然第四次被对面三个人杀死在自家的二塔下,他轻轻叹了口气,满脸无奈地缓缓抬头看向顾渊。

"渊哥,你今天怎么了?好不容易玩一回,你好歹来帮我们三个抓抓人啊。许约那个辅助超级简单的,有手就会!他那么聪明不用你手把手地教,而且我们三个一致觉得你完全不需要把加成给许约一个辅助!"

"哦,知道了。"

顾渊轻咳了几声,随口答应。

等到一局游戏结束,顾渊不想再继续玩下去,他随便找了个借口催促赵晨回自己的宿舍。

游戏时光就这样匆匆结束。

周一下午最后一节的班会,李烨穿着长风衣,脸上笑意满满,踩着高跟鞋时不时撩几下头发,一路威风凛凛地从自己的办公室走到 A 班的教室前门,最后刻意地咳了两声才慢下步子推开门走上了讲台。

整个 A 班只有前排几个女生低着头掩着嘴小声说话,李烨推开门的瞬间,她们很快翻开了桌上的练习册。

"大家手上的作业先停一停,因为校运会占用了周六时间,老师知道大家有些作业没写完,我来之前跟各科老师说过了,今天的作业等周二早上再交。还有这节班会老师只有两件事情需要强调一下……许约,顾渊,你们两个把笔先放一下,抬头看黑板。"李烨将印着红花的奖状放在桌上。

自从转进了 A 班,每天要上交的作业比以前多了好几页,甚至连买黑色笔芯的间隔时间也越来越短。顾渊以往每次去粉星都是买一两根,这下倒好,直接得以盒为单位计数来买了。许约也只是在每次笔没墨的时候,用胳膊肘轻轻撞两下顾渊,全程几乎没有任何言语交流。

许约写完历史作业,迅速将本子合起来,抬头盯着李烨看了一小会儿,之后又伸腿往右侧晃了两下:"李烨在看你了。"

密集的小汗珠爬满了顾渊两侧的鬓角,他抬头的瞬间手里的笔依旧没停。

"马上马上,差两行就写完了。"顾渊小声说道,明亮的双眸继续死死地看着黑板。

等到顾渊放下手里的笔,李烨才缓缓拿起讲台上的奖状。

"同学们,咱们Ａ班虽然是个全新的班级,大家还不是特别的熟络。但是经过这次校运会老师可以看得出来,大家的凝聚力还是很强大的。尤其是以下几位同学:王轩,男子组八百米的第二名;顾渊,男子组两百米第四名;许约,男子组跳远第二名;王晓丽,女子组两百米第一名;赵甜甜,女子组跳高第五名……"

李烨足足念了五分钟的奖项名单以及名次,终于以"男子组四乘一百米接力赛第一名和女子组四乘一百米接力赛第二名"结束了关于校运会的话题。

"综上所述,我们Ａ班被评选为'高二年级组优秀班级'的第二名。"李烨展开奖状,双手举着走下讲台,沿着过道走了一圈之后将奖状放在顾渊的桌上,"等会儿下课,你跟许约把这个贴在咱们教室后面的黑板旁边,尽量往高了贴。"

顾渊随口"哦"了一声,然后将桌上的奖状展开,当着李烨的面用手捋了好几遍,表示自己十分看重这份荣誉。几分钟后,奖状中间的折痕逐渐变得淡了些。

李烨这才满意地点了点头,踩着黑色高跟鞋回到了讲台上。

"你们高中生涯的校运会到今天为止告一段落,咱们Ａ班的同学们也该收收心了,接下来要把所有的心思放在学习上。都听明白了吗?再一个就是因为咱们的课表跟普通班的不一样,所以希望大家合理安排好自己复习的时间……下面我说说第二件事,咱们现在所有的课程再有一两个单元就彻底结束,之后我们就进入正式的综合复习中,所以这段时间如果有人有不明白的地方,要么就问问同班同学，要么就课间来老师这里，我给你再讲一遍……"

讲台下瞬间一片沸腾，有人欢喜有人忧。顾渊反而像个没事人一样微微往后靠了靠，转过脸问道："许约，你之前那个学校高一学的是不是跟我们不一样啊？就教材和知识点这些东西……"

"应该不太一样吧，不过高中的知识差不多都是一个类型的。"许约随意翻了两下书，将目光收回来，"你高一的课本还在吗？到时候复习可能会用到。"

"在家里的书房堆着，你没有的话到时候我们看一本就行。"顾渊扯了扯发带，大概是觉得不太舒服，直接摘下来塞进书包，"真热，这发带可以直接丢家里去了。以后用不到了。"

许约笑了一下，伸手指了下他们中间的空隙："低头。"

"啊？什么东西掉了？笔？"顾渊顺着许约手指的方向低头看了一眼。

许约右手覆在了顾渊的脑袋上，顺手揉了几下，连那几缕带着汗的刘海都没放过。

"你这是干吗？"

"只是帮你整理了一下头发而已。"

"顾渊，许约！你们俩在桌子底下干吗呢？笔掉了一会儿再捡，先听我把正事说完。"李烨偏过头往他们的双人桌底下看了一眼，"顾渊你站起来重复一遍我第二点说什么了？"

"啊？我……"顾渊踢开凳子缓缓站了起来，他斜着眼看向一旁憋笑的许约弯着腰把头埋得很低。

"整理……高一用过的课本，为接下来的综合复习做……准备……"

断断续续却咬字清晰的声音从他们两人前面的位置上传了过来，声音小到只有他们自己能听到。

顾渊抬头看着前排的男生用手捂着嘴微微侧着脸，忍不住扬了扬嘴角。顾渊盯着李烨的眼睛复述了一遍那个男生的话,虽然有些惊讶,但李烨最终还是让他重新坐好认真听接下来的安排。

顾渊用脚踢了踢前面那个刚刚救他于水火之中的男生的凳子腿,咳了几声之后小声道过谢谢。再转头狠狠瞪了许约一眼。

"你不仗义这点是跟李然然和周辉学的吧?看热闹不嫌事大是吗?"顾渊有些不满,往许约这边稍微靠近了些,"回去再收拾你。"

许约眉眼弯弯看着旁边的顾渊,一时无言。

"怎么突然不说话了?怕了?"顾渊疑惑道,"不是,你别这个表情啊,我就是说着玩的……"顾渊突然卡壳。

"怕什么。"许约被逗笑,"我什么都不怕。"

校运会结束后的时间过得很快,绿荫遍地,天气渐渐燥热起来。

整个207宿舍仿佛被许约的良好作风所感染,四个人每天该写的作业,一样都不会落下。

李烨依旧站在讲台上认真地讲解着课本最后几页的文言文,讲台下的少年们睡眼惺忪,但手里的笔依旧在一张张白纸上画着圆。五月正午的强光再也照不上他们的课桌,也再没有形成一块块的光斑印在白墙上,整间教室却一如既往的通亮。

窗台最外侧的位置摸上去微微发烫,许约将刚买的两瓶矿泉水从中间的位置堆到了角落里。

附中学生身上穿的校服外套也在近几天的时间里换成了白色短袖,靠近心脏的位置会有专属于每个人的胸牌,上面清清楚楚地写着班级和姓名。两个袖口是蓝色的,侧边带着两枚白色纽扣。

自从许约他们两人从常规班转入A班之后,每节课顾渊都像要把黑板上写过的所有东西印在脑子里一般,实在记不住的也会以笔记的方式留给许约。

就像现在这样。

顾渊将自己新买的笔记本往左边推了推，顺带着用笔敲了几下："这个是李烨课上让背的内容，我刚刚默写了一遍，你帮我对一下，看有没有错字或者漏掉的地方。"顾渊垂着眼，从桌子里翻出了跟政治有关的资料，见许约并未将本子拿过去，这才缓缓抬起头，"怎么了？"

"顾渊，我们是不是好久都没出过校门了？"许约看向高三教学区的高楼，林荫路两边的树比之前更加翠绿，正午时分偶尔能听到几声蝉鸣。

所有的一切都好似在告诉每个人夏季的到来。

"是啊。"顾渊抬眸看了一眼万里无云的天空，"这么一想，好像很久都没下过雨了，看这大太阳，别说下周，估计下下周都没有雨……真够热的，还好校运会已经结束了。"

许约应了一声，垂眸看了一眼手机屏幕。

"今天下午最后一节课上完，我们去看电影吧。叫上李然然和周辉。"许约吸了吸鼻子，拎着领口扇动了几下，"他俩最近每天也都学到很晚，这样下去，身体会吃不消的。"

"行，那就今晚去。一会儿下课直接去跟他们说就行了。"顾渊说，"先背题吧。"

说完，顾渊很快又恢复了之前的样子，拿着笔在资料上圈圈点点，笔记本上的内容也跟着多了几行。许约随意瞥了一眼，其中有些内容是他从来没有接触过的。

"这些老师都没讲过，你是从哪里知道的？"许约好奇极了，那个一向不把成绩当回事的顾渊太过于扎眼，以至于他使劲眨了好几下眼睛。

"有些是书上写的课外拓展知识，我就用手机查了一下……应该用得上吧？到时候你不会的可以看我写的笔记。"顾渊头也不抬地盯着自己桌上的课本，"反正，我就是你的工具人。"

许约轻笑着点了点头不再打扰，下课铃响，许约侧着身子直接从顾渊身后绕出去，出了教室后门直奔高二（1）班。

李然然跟周辉就连课间都趴在桌子上写着什么东西，许约在过道上站了足足两分钟都没能引起他们的注意。

"喂！"

"许约？"周辉愣了一下，手里的笔掉在地上。

"都下课了。"许约弯腰捡起那支笔，重新塞进了周辉的指缝里，"我买了四张电影票，晚上一起去。还有，该学的时候学，该玩的时候就好好玩，别总是自己给自己压力。这还没到高三呢。"

"不是啊，马上要月考了，结束了可是要开家长会的。"李然然抬眸提醒了一句。

许约停顿一下，拍了拍周辉的肩膀："票已经买好了，到时候下课你们过来找我跟顾渊。我先走了。"

"知道了……放学了就去找你们。李然然上节课那个公式你到底记没记啊……"

"家长会……"许约出了教室，沿着墙往前走的速度放慢了许多，直到撞上了从教室里冲出来的顾渊，他才回过神。

"顾渊？"

"你出去都不叫我，我说怎么写完作业一回头你人都没……你这是……"顾渊歪了下脖子，猛地刹住步子，"出什么事了？"

"没什么，李然然跟我说月考完就要开家长会了。"

"那你……"

"许陆他毕竟是我爸，家长会该来还是要来的。"许约实在没忍住自嘲了一句。

顾渊的话说到一半停住了，他沉着脸转过头："我妈到时候可能也会来。"

"是吗？"许约突然觉得自己身后很空，强烈的窒息感压得他喘不过气来，连说句话的力气都没有。

顾渊跟着沉默了下来。

好不容易熬到放学，放学铃刚响没多久，许约生怕顾渊反悔似的，一把将他们桌上所有的课本和练习册全部堆在一起，直接塞进了自己的桌子里。

跟刚开学那时候截然不同的不止顾渊一个人，还有整个A班的所有学生，因为不同于别人的课表，虽然理科的课程减少了很多，但高考前的小考分数也需要在及格线以上，所以很多人会在自习的时候摸出很久不看的物理、化学试卷研究一番。

顾渊皱了下眉，看着自己的桌上被扫荡一空，嘴角忍不住微微上扬："都答应你去看电影了，肯定去。不会反悔的。"

"那正好，下课铃响了，起来，走了。"许约一把捞起顾渊，将他往外推了几步回头看了一眼空着的座位，"先去叫李然然跟周辉。"

"电影是几点的？"顾渊低声问。

许约将顾渊推到了门外，"你能不能快点。"

"慢点啊你，别推，看着点路啊。许约！"

附中正门外的空气都比其他地方新鲜，顾渊深呼吸了一下。许约跟着抬头看了一眼，昏黄的暖光从高二教学区的教学楼后面蔓延到他们四人头顶的上空，顾渊侧着脸跟门口值班的大爷随便聊了几句之后回过头来冲身边的三个人点了下头。

"好了，我刚跟门卫大爷打招呼了。看完电影怎么也得九点多了，到时候他会给我们开门的。"

第三章 初夏

顾渊的社交能力在几个人里面算是排在第一位的，上到胡子一把的大爷，下到背着儿童书包、连话都说不清的小孩，顾渊总能用最恰当的方式讨得所有人的欢心。

许约无法理解顾渊的社交能力到底从何而来，他一个人惯了，这一路走来只学会了这四个字——自己去扛。

所以他扛过了五年，从黎明扛到黑夜，从一个心有梦想的少年沦为了置身黑暗一生孤寂的"怪物"。

但"怪物"不是天生的。就像童话里沉睡的公主在等待自己的王子，"怪物"也在等待属于他的救赎。

正当许约想得入迷，顾渊轻拍了他一下，将许约从回忆里向着有光的方向拽了出来。

"到了，那边是自助取票机。"顾渊抬着胳膊指了指靠近前台的那几台机器，"别犯愣了，赶紧去，还有三分钟就开始了。"

许约回过神轻轻"嗯"了一声，拿着手机转身就往那边走了过去，两分钟后，他捏着四张电影票走了回来。

"这电影……是爱情片吧？看这名字就知道剧情是什么了，绝对是个悲剧，你们信不信？"周辉接过票来回看了半天，皱了下眉头，"我们四个大男生跑来电影院看爱情片？什么毛病？隔壁的科幻片不好看吗？"

顾渊愣了下，似乎也有些意外，垂眸看了一眼："算了，买都买了，不爱看也得给我看。大不了明天再来看那个科幻片，走了走了，检票去。"

李然然觉得有些丢人，不知道从哪里拿了个黑色口罩直接护住了大半张脸，只留下一双炯炯发光的眼睛在外面。

检票口的女生忍不住笑了几声，往身后那个印着"4"的白墙方向指了指："您好，4 号厅在那边，前面直走右手边就是。"

李然然没说话，点了点头一股脑直接冲了过去。

顾渊沉默片刻，侧着脸将许约手里的电影票夺过去直接举到女生的眼前："两个人。"

"好的，祝二位观影愉快。"

顾渊往前走了两步，回过头来满脸倦意地说："电影开始之前咱们先说好了，万一看到一半我不小心睡着了，你可别骂我啊……我平时懒得来看电影，那个屏幕又那么大，看着眼晕，而且……"

而且还是爱情片。

许约听完顾渊的抱怨觉得有些无奈，看电影只是他随便找的理由，他真正的目的是希望眼前这三个一天到晚恨不得钻进书里的人能放松一下。

学归学，但还是要有适当的缓冲。

"不会，你要是困了就睡一觉，反正里面那么黑，没人能看得到。"许约说。

顾渊虽然满脸倦意，但依旧睁着一只眼撑到了片尾曲响起。这部电影的剧情其实只能算是一般，多亏有主角的演技支撑，直到整个厅里的灯全部亮了起来，许约才清晰地看到了顾渊眼角的泪痕。

许约哑然，从兜里摸了张干净的纸巾递过去。

顾渊吸了下鼻子，一把接过去按在眼睛上，再很快地往两侧一抹。

"困死我了。你看……"顾渊凑过来捏着纸巾指了指自己的眼角，"都困到流眼泪了。"

"我还以为你是被这个电影给感动哭了。"许约咬着吸管，"困了的话一会儿回宿舍好好睡一觉。"

"先不回宿舍了，带你去个地方。"

"什么？"

"刚刚那个电影里，不是有很多萤火虫吗？"顾渊指了指屏幕，"我知道有个地方跟电影里的这个场景差不多，一会儿带你去。"

李然然和周辉如同从睡梦中惊醒一般，一脸诧异地往四周看了看。然后将视线移到了旁边这两个人身上："你俩从头看到尾了？讲的是什么故事啊？"周辉打了个哈欠，整句话都带着沉沉的睡意。

"讲的是一男一女，从相识到相爱再到分开的故事。"许约拉了拉衣领，"然后彼此没有了未来。"

"你看！我就说吧，绝对的悲剧……"周辉不禁感叹了几句。

"今年上映的电影都是这个套路。"李然然愣了下，哼了一声，"我说怎么前面那几排的女生走的时候都双眼通红的，等等，渊哥，你这眼角……你该不会……"

"该不会什么，想好了再说。"顾渊狠狠瞪了李然然一眼，"我这明显是太困了好吗？"

对于困到流眼泪这种事情李然然是最熟悉的，自然也没再多想，很快四个人出了影院，站在马路边的人行道上。几个人说好，李然然和周辉先回宿舍，顾渊和许约去买东西，一个小时后回宿舍。

顾渊直接拽着许约从旁边的弄堂口拐了进去。

许约没再多问，跟在顾渊的身后小跑到了一个长满杂草的公园。

"这地方我早就发现了，刚才看电影的时候就想起了这里。"顾渊看着前方说道。

眼前这片杂草杆最顶端的位置，每隔着十几厘米就挂着一个暖黄色的小灯泡。小灯泡随风飘荡，仿佛萤火虫的影子，两个少年就像置身于满天星辰里。

"萤火虫？"许约弯下腰，指尖轻轻触碰着杂草，"不对，这是……"

"其实就是一个个节能小夜灯，什么颜色的都有。"顾渊往前走了几步，伸手触碰这些暖黄色的小灯泡，"怎么样，好看吧？是不是不比电影里的萤火虫差？"

顾渊站在许约面前，在微弱的暖光灯下，许约看不清他的表情。

"嗯，很好看。"许约忍不住笑了。

顾渊，真的谢谢你。把我从深渊里带出来，又给了我对未来的无限希望，让我能重新感知到人世间的温情。

上一秒许约还停留在一周前李然然那句"要开家长会"的提醒中，下一秒他就右手捏着笔坐在考场的凳子上，他突然开始享受这种久违的荣誉感，尤其是看到老杨抱着卷子站在讲台上一脸骄傲的神情。

月考和上次的摸底考试机制完全一样，许约坐在第二组的中间位置，看着胳膊肘下这张被收拾得干净利落、没有一丝灰尘的课桌，右上角贴着带有"13"的白色纸条。

A班和15班处在教学楼的两个对角，许约往靠近走廊的玻璃窗外看了一眼。老杨在正式考试前两分钟下发试卷，令人意外的是，所有的考生都只是翻了几下卷子，没有一个人提前拿起桌上的笔。

顾渊所在的考场随着上次摸底考试的成绩往前排了好几个班，但他的心思仿佛从不在这些小事之上，不管是监考老师眼里的诧异，还是同一考场窃窃私语的同学们。

顾渊低着头转了两下笔，嘴里小声念叨着早晨刚背下来的古文。

唯一不同的大概就是这次的月考并不像上次摸底考试一样占用了周末。家长会的时间确定在了周五下午，在附中所有学生眼里，这大概算是学校对他们的开恩，但对于许约和顾渊来说，就是难以诉说的痛苦。

月考最后一门结束的当天，许约找了个人少的地方拨通了许陆的电话，将考试和必须到场的家长会简单总结成几句话告诉了许陆，

第三章 初夏

沉默几分钟之后，许陆给出了回应："好，爸爸一定会来参加。"

说完这句，许陆哑然，在许约挂掉电话之前缓声又说了几句："小约，爸爸有些话想当面跟你说。到时候我们一起吃个饭。"

许约有些意外，他愣了两秒然后点了点头，又想到许陆看不到，随口回应了一声。

他大概知道许陆想说的是什么了……

顾渊站在天台上，犹豫了很久之后才发出去一行文字。

对方的备注只有一个字——妈。

渊渊想抱：妈，这周五学校要开家长会。

大概过了半个小时，可能是接近四十分钟，顾渊回到教室，兜里的手机终于振了两下。振动频率并不高，但他还是觉得紧贴手机的那块皮肤，隔着一层薄布料依旧发麻发痒，趁着许约不注意，顾渊垂眸看了一眼。

一切在他的意料之中，甚至连标点符号都跟他猜想的一致。

妈：阿渊，妈妈那天有饭局，学校的事情，能往后拖一拖吗？

顾渊按灭了手机屏幕，转头看了一眼正偏头看向窗外的许约，他深呼吸着解锁了手机，在刚刚的聊天框里缓缓输入几个字。

渊渊想抱：好像不行。

又不知道隔了多久，顾渊发出去的消息又得到了回复，只不过这次的话题已经彻底偏离了家长会。

妈：行，那我到时候看情况。

妈：阿渊你已经很久没回家了。

妈：趁着现在还有时间，高三能搬回家里住就尽量回来吧。

顾渊将他们两人的聊天记录随手往上翻了翻，短短几句文字，中间空白的地方居然还夹杂着具体到几时几分几秒的系统提示。

往上一点是一句"你在哪？"，再往上就是一行"暂无消息"的系统文字。

顾渊没回，他的母亲也没再多问，于是就这么不了了之了。

所有高二的任课老师加班加点在阅卷室熬到了半夜，终于在周五早上统计出了各科成绩。

许约的成绩相比上次又提升了，成功进入附中高二年级全校前十名，以148的高分拿下了全校数学单科成绩第一名，老杨颤巍巍地捏着许约的数学卷子，眼里隐约能看到些反光的雾点。

李烨站在一边忍不住笑起来，她将办公桌上的全班成绩单拿起来递到校主任的手里，老杨偏着头往这边瞄了一眼。

"自从这两个孩子换了班，我就很少看到顾渊逃课或者上课睡觉，各科成绩突飞猛进。这次月考的英语成绩，咱们附中居然出了个满分卷。小鱼老师，你看看这张卷子。"李烨不知道从哪里抽了张英语卷子，递给站在一边的于晓婷。

这张试卷很平整，甚至整张卷子上没有任何修改过的地方，包括最后的作文，字迹工整，逻辑清晰，语句连贯。

于晓婷盯着这张卷子看了半天："我们当时阅卷的时候见过这张卷子，当时整个英语组的老师都夸遍了，这孩子最后写的作文中有些语句是大学里才能学到的内容，而且连贯性很强，给人的感觉不像是写作，倒像是亲口叙述的故事……这张卷子，是谁的？"

李烨笑了下："你自己看看卷头。"

于晓婷将卷子翻到第一页，捋平了卷子。

班级：高二（A）班

姓名：顾渊

科目：英语

第三章 初夏

"这是……顾渊的卷子?"

"没错,就是顾渊的。"老杨虽说有些惊讶,但在看到卷头那里的名字的时候,眼眶湿润了些,"我是真的没想到,顾渊这孩子居然……"

话突然卡在了一半,老杨哽咽起来,整个办公室里只有他一个男同志,碍于面子的他突然转过身去吸了吸鼻子,连带着两个肩膀跟着上下起伏。李烨轻轻拍了几下老杨的肩膀,以示安慰。

"下午的家长会,顾渊……他的家长也会来吧?"李烨心有余悸,毕竟高一那件事全校皆知,"要不然,把他和其他学生分开?我可以单独跟顾渊的家长谈一谈。到时候你们几个也来我办公室……就算是开个小型家长会了。"

"那样也好。"老杨是过来人,李烨说得不无道理,他很快答应下来,"也免得其他学生看到传闲话。"

顾渊被李烨叫出去的时候,脸上看不出任何表情,连双眸中的光看着都有些死气沉沉。李烨看在眼里着实有些心疼,但也只是将提前安排好的事情说了一遍。说完之后笑着将顾渊这次月考的成绩分析了一遍。

顾渊很少从李烨嘴里听到夸奖的话,以至于他愣愣地听完了这几句夸奖,眼里全是不可思议。但很快顾渊又恢复了之前的面无表情,随便应付了几句就进了教室。

"李烨又说你了?"许约转身冲顾渊招了下手,看着他重新回到座位,许约又侧着身子瞥了一眼窗外,刚好对上了李烨那意味深长的眼神,"看样子也不太像……她说什么了?"

"说了这次月考的成绩。"整整十分钟的谈话内容,顾渊只说了关于成绩的那一部分,完全没有把关于家长会的事告诉许约,"如果我说李烨把我叫出去夸了我一顿,你信吗?"

"当然信。"许约说,"这段时间你有多努力我又不是看不到,而且不仅是你,李然然和周辉也是……不过你看起来不怎么高兴,怎么了?"

顾渊往身后的黑板旁边瞟了一眼,那张他和许约亲手贴上去的奖状,深深刺进他的瞳孔里。甚至是这次突飞猛进的成绩表,也没有给顾渊带来一身轻的缓和感,他只感到莫名其妙的慌乱。

顾渊的母亲高离准时出现在李烨的办公室里,顾渊丝毫没觉得意外。他十分清楚,一旦他和高离之间有了商量的余地,她就一定会准时到。

两人之间只有许久未见的生疏和沉默。

办公室里还有老杨和于晓婷,三个主课老师在场,高离扫视了办公室一圈之后在一侧的沙发上坐下来,脸上的永远都是一副机械般的笑容。

顾渊站在一旁,后背轻轻抵在办公室的门上,左右随便晃两下就能听到从背后传来木屑蹭着衣服发出的撕扯声。顾渊忍不住皱了下眉,往前挪了一步。

那个位置刚好靠近高离。

给他一个人准备的小型家长会此刻就当着他的面进行着,完全没有遮掩。高离一向坐得端正,头扬得很高,发尾卷起,随意地散落在她的肩上。从顾渊的方向一眼看过去,沙发上这个偏侧着腿,双手覆在腿上,看上去十分优雅的女人,她的侧脸简直跟顾渊的一模一样。

不对,不完全一样。

顾渊垂眸。

他遗传了面前这个女人的很多东西:长相、身高、气质。

第三章 初夏

唯独被逐渐抹去的是那份眼里容不下任何东西的高傲。

"我们家阿渊在学校又打架了？"高离抬眸瞥了一眼李烨，又转过头来冲着顾渊笑了下，"你给妈妈老实交代，是不是在学校又犯错了？"

顾渊沉默着，目光挪到李烨办公桌右上角那块唯一能被阳光照到的地方。明明已是初夏，但他突然觉得整个房间的气氛很冷，从里到外冒着寒气。

"顾渊妈妈，顾渊没犯什么错，我们几个老师都知道您平时很忙，所以今天您能来参加他的家长会我们几个还都有些意外……"老杨抓了几下脖子，略显尴尬，"顾渊没打架，叫您来是为了让您了解一下顾渊在学校的学习成绩跟其他……"

"杨老师，既然他没犯错，那开这个家长会的意义在哪里？"高离冷下了脸，侧在一边的腿往前挪了一小步，脸上依旧是那副笑容。

"其实顾渊这次的月考成绩进步很大……"

"那多亏各科老师了，既然阿渊在学校也没犯什么错，那我就先走了。"高离起身甩了下脑后的卷发，礼貌地冲面前这三人点了点头，然后挽上了顾渊，"阿渊，妈妈说过的，今天还有个重要的会议要参加。走，送送妈妈？"

顾渊把外套甩到肩上，看了一眼身后的李烨："抱歉啊老师，那我们就先走了。"

午后的林荫路上本就没多少人，蝉鸣声一阵接一阵，断断续续的。穿过树枝空隙吹来的风都带着让人十分抗拒的热意。

高离静静地跟在顾渊身旁。

二人一路无言，顾渊抬眸看到了附中学校的大门和停在马路对面的那辆银灰色宾利。

"到了。"顾渊头也没抬一下，直接轻轻抽开被高离挽着的胳膊。

高离有些意外，但很快恢复了之前的表情，她侧着身子将顾渊校服上的胸牌摆正。

"阿渊，找个时间搬回家来吧。还有不到一年的时间你就可以出国……"

"我知道。"顾渊突然提高音量直接打断了高离，他干笑了几声，抬起头看了一眼黑压压的天空，顾渊抬手指了指校门口的保安值班室，"看着快下雨了，你到门口跟值班室大爷说一声校门就开了……我先回教室了。"

顾渊转身走了几步，又回过头来看向高离，说道："妈，你不在乎我的成绩，有人会在乎。"

话毕，顾渊往教学区的方向跑去，呼啸而过的风声里带着压抑。

许约抬起头看了一眼窗外，刚刚还忽隐忽现的太阳已经完全消失于厚重的云层里，风声由远及近，像是闷声嘶吼一般。

很快雨点在风里斜着砸了下来，许约伸手关上玻璃窗。

顾渊是趁着课间楼梯上人多的时候回到A班的，没引起其他人的注意。

许约正拿着笔在白纸上画着几个圈，时不时看一眼教室后门，同样的动作重复到第十七次的时候，顾渊出现在了教室里。

"这么快？"许约愣了下，将手里的笔夹在了课本中间，"开完了？这才不到十五分钟吧。老杨居然没跟你妈多唠一会儿？"

"嗯，开完了……"顾渊说。

"那……你妈呢？"

"回去了，她还有别的事。"顾渊从桌子里随便拿了本习题册，顺手翻到了最后几页，"你呢？下午就要开家长会了，叔叔现在应该在路上了吧？"

许约翻开手机，将不久前许陆发过来的消息念了一遍给顾渊听。

"小约，爸爸马上就上高速了。"许约按照许陆以往的语气念完之后关了手机，胳膊肘架在了顾渊的脖子上，"而且我爸说了，等他到了，请我们吃饭。"

"我们？"顾渊愣了下。

"对，我们。"许约很轻地眨了下眼。

这堂课不知过去了多久，雨声跟历史老师讲课的声音混在一起，许约的手机振动频率加快了很多，一遍又一遍，强烈的触感告诉他这根本不像微信消息。他右手拿着笔杆还在记录着黑板上的知识点，左手从裤兜里摸出手机看了一眼。

是许陆的电话。

许约按下挂断键，准备回一条消息过去，可半行字还没输完，电话再一次拨了过来。

他看了一眼讲台上的老师，再一次挂断。

直到这通电话在十五分钟后第四次打来，许约才勉强找了个理由出了教室后门拐到楼梯。

"喂？爸？我们正在上课，你……"

"您好，请问是许陆的家属吗？能不能麻烦你现在来市第一医院一趟……"

第四章 灰雁

第四章 灰雁

没有人知道这场雨是下了多久才渐渐停歇的,许约双眼迷离,连自己是怎么到的医院门口都全然不知。

在出租车上的十几分钟里,许约一动不动,眼睛直勾勾地盯着手机。眼皮微微颤动,却没有重重地眨一下。

顾渊整个人被雨淋了个遍,从头到脚没有一处是干着的,倒是许约身上披着一件顾渊的外套,瞳孔涣散,眼神里满是无助。他右手紧紧握着自己的手机,时不时抬起手认真地看一遍。

等到手术室外面的灯熄灭,许约才勉强回过神来看清了几个穿着白大褂、戴着蓝色医用口罩的医护人员从那扇门里走了出来。

门里很黑,却能看清滴落到地上的鲜血。

几名医生扫视了一圈之后,冲许约和顾渊摇了摇头。

"医生,医生?"顾渊往前跨了两步,拦下刚转过身去的主刀医生,"什么意思?里面……里面那人……"

"你是他什么人?"

"我,我是他儿子。"顾渊有点急,回过头看了一眼两眼空洞无神的许约,伸手一把拽住医生的袖子,"医生,能不能救救他……求你们,钱,我们有钱,多少钱都可以,只要能救他。医生,帮帮他,求求你们帮他……"

顾渊的话有些语无伦次,直到最后他整个身子沿着手术室外的墙缓缓滑了下去。他不知道自己都说了些什么，做了些什么，声音有没有喊哑，有没有吵到其他的病人，有没有真的流下眼泪……如果流眼泪的话，在别人看来会不会有些丢人……

一个又一个疑问在顾渊的眼底越沉越深，最终他的脑子里只有一句话——许约不能没有父亲，真的不能。

顾渊很怕，他比许约更怕门里那个人会猝不及防地消失，连一句话都来不及给他留下。

医生最后的几个字让许约内心的最后一道防线彻底坍塌，就像一柄重剑悬于头顶，又重重落下，钉在他的心口上。

痛，真的很痛……甚至有种快要窒息的感觉。

许约深呼吸着，整个人如同陷进沼泽里那般挣扎，他伸手朝前方胡乱地抓了几下。

最终对上了某个路人经过时所投来的带着急切和厌恶的眼神。

"对不起……"许约缓缓松开手，看着那渐行渐远的身影，"对不起……对不起……"

这三个字过分沉重，却始终找不到它的主人，一声接一声，飘荡在充满消毒水味道的走廊里。

主刀医生也只是看着许约的侧脸叹了口气，最终留下了一句"我们真的尽力了"。

顾渊闭着眼深深地吸了口气，等到他重新站在许约面前时，顾渊才微微睁开双眼，一把将面前这个满眼倦意的男生拥进怀里，力度很大。

这个地方对于许约来说并不陌生，不仅是因为他闻惯了医院特有的消毒水的味道，还因为他目睹过两场生离死别。

一次是母亲病重离世，另外一次就是此时此刻。

顾渊将许约轻轻按在走廊的凳子上，他将医生递过来的那个已经被磨掉颜色的银白色手机塞到了许约手里。

"这个手机是你爸爸的。医生说他们赶过去的时候，他的通话记录里前两条……"

许约阴沉着脸，他突然扯了下嘴角，露出一个很丑的笑，丑到足以用"面目狰狞"来形容。

"是打给我的。"许约突然抬起头看着顾渊，"但我没接……顾渊，那两个电话是我亲手挂断的……"

"不是，那时候我们在上课。不是你的错，这件事跟你没有任何关——"

"顾渊，是我让他一定来参加这次的家长会……"许约眼睛里的水雾随之褪去，脑中嗡的一声，那根绷了一路的弦，在奏完最后的离别曲后彻底断了，"顾渊，我好像才是那个罪魁祸首。"

许约猛地推开顾渊，眼里的无助已经不知不觉变得令人畏惧。这一瞬间，顾渊的心脏疼了一下，就像一把尖锐锋利的匕首，狠狠地、毫不犹豫地扎进了他的心脏，再猛地抽离出来。

夏岚哭得撕心裂肺的时候，许约连看都没看她一眼，他只是眼睁睁地看着许陆一动不动地平躺着被送进那台看着都觉得冰凉的机器里。

后来就只剩下了黑，唯一能看到的只剩下从缝隙间迸出来的红色火光，如同脉搏跳动一般，一下又一下。

顾渊本不该出现在这里，但他实在放心不下许约。尤其是这个一句话都不说，一滴眼泪都没有的许约。

明明眼前站着的这个男孩平时会笑，会假意难过。可为什么现在，顾渊探不到他身上一点点残存的温度。

几日之后，当夏岚因为赔偿金的问题再次出现在李烨的办公室

第四章 灰雁

时，许约才真正意识到，这个世界上已经不会再有人会无条件地爱他了。

他其实还有很多心里话要说给许陆听，多到一晚上都说不完，需要用未来的每一天、每一分、每一秒来诉说。

他想告诉许陆，我们的未来会好起来的，一定会的。

不承想，他们已经没有了未来。

"这张卡里是你爸爸的部分赔偿金，十五万。"夏岚敲了敲桌子，"另外一部分是我跟木木的。许约，从今天开始，我们母子跟你之间不会再有任何联系。"

"许约，这样的结果你满意了吗？你知不知道，这些全部都是因为你。"

"好好背着这条命，去活你的下半辈子吧。"

顾渊双手不停颤抖，他猛地从一边的沙发上站起来，却被许约拦了下来。

"没关系，让她说。毕竟她失去的是自己的丈夫，那个小男孩从今往后跟我一样……都没有父亲了。"

许约眨了两下眼睛，接过那张崭新的银行卡，看都没看一眼就塞进了兜里。

赔偿金有多少？剩下了多少？木木又是谁？是许陆和夏岚生的那个小男孩吗？名字跟他一样也是单字吗？许约缓缓闭上眼，所有的疑问在最后一瞬间彻底画成了一个句号，跟着往事尽数沉入心底。

事与愿违，也物是人非。

许约毫不犹豫地在夏岚递过来的纸上签了字，双手揣进兜里，起身的瞬间指尖摸到了那张银行卡的一角，他停下步子回头看了一眼那个小孩，苦笑了几声出了办公室。

"你就是夏岚吧？很久以前我听许约提起过一次。"顾渊拧着眉突然蹲了下来，伸手摸了摸她怀里那个看着还不到两岁的小男孩，"许陆是你儿子的父亲，但他同时也是许约的生父。"

"他平时连给许陆打个电话都不敢，生怕打扰到你们的生活，你又有什么资格这么说他。"

这一刻顾渊突然明白，这对父子的那份小心翼翼到底是因为什么。

无非就是迟了五年的一句"对不起"，还有"没关系"。

学校是流言传得最快的地方，尤其是他们目睹夏岚肿着眼睛从办公室出来之后，猜测和假想就像病毒一样以最快的速度蔓延到了整个高二年级。

李然然和周辉是从几个女生的嘴里听到的传言，他们闯进A班的时候，许约正面无表情地在作业本上抄着课后习题。一遍写完，将那一页作业纸重新撕掉，再写第二遍……

写满了再撕掉，撕掉再重写……

双人桌下的白色纸团逐渐变得多起来，还有几个直接滚到了顾渊这边的过道里。

许约的右手时不时会颤几下，白纸上的字迹时深时浅，有几个字最后的落笔弯了好几下。

砰的一下，A班教室的后门狠狠地撞在了墙上，被雨水泡过的墙皮瞬间掉了一地，白灰从地上一下子就扑了过来，落在了最后一排男生的背上，也落在了周辉的左肩膀上。

顾渊趴在桌上侧着脸，半张脸藏进了胳膊里，没有人能看清他现在的表情到底是什么样子的。

光看那紧紧皱在一起的眉头，李然然就觉得一阵难过。

"许约……"李然然的声音突然就沉了下去，迟疑好半天终于说出了下一句，"你还好吗……"

第四章 灰雁

周辉忍不住瞥了李然然一眼,两人瞬间垂下了头。

你还好吗?

怎么可能会好?

李然然说完之后重新抬起头,却看到顾渊带着一股烦躁气息猛地踢开凳子,大步出了教室直接下了楼。再之后只留下了三个人之间的沉默和A班其他学生背诵课文的嘈杂声。

"顾渊呢?"许约终于缓缓抬起头,微微抬了下嘴角,干裂的嘴缝一瞬间出了血。

李然然手忙脚乱地从顾渊的桌子里拿了半瓶矿泉水递了过去。

"我没事,你们别担心。"许约微微弓着身子,拧开瓶盖往嘴里倒了些,喉结跟着上下滚动了两下。许约擦了擦唇上被水冲淡的血,冲李然然又笑了下,"如果我说,我身上背了条人命,你们会怕吗?"

"许约,你在说什么,不许瞎说。"周辉被许约的笑刺得有点痛,他往前挪了几步,将自己的手放在许约的肩膀上,"不怪你,真的。这件事跟你一点关系都没有……只是一场意外。"

"这些话,顾渊在医院的时候已经说过了。"许约说,"听说你们两个这次月考也都进步了不少,怎么样,李然然你妈没有说你吧?有没有奖励你什么游戏机之类的?有机会偷偷带来宿舍教我玩啊。周辉你呢,老杨夸你了没有?你比我刚认识你的时候强了不少……"

"许约……"

"还有顾渊,你们知道吗?他这次英语满分。小鱼老师肯定高兴得不行,说不定之后市里的英语竞赛会让他去参加,万一拿个奖回来,咱们附中的面子可就得被他撑破了——"

"许约……你能不能别这样,我们知道你难受,你别自己一个人憋着行吗?"李然然打断道。

像是在商议,也像是一种关心和请求。

顾渊带着满脸的戾气出了教学区，走进了高三教学区一楼最靠近操场那边的厕所里。

几个高三学生躲在厕所里，顾渊往左边瞥了一眼，一眼就看到了上次跟他们一起打过球的张泽和蔡辰。

"这不是顾渊吗？"张泽并无恶意，毕竟输了球的是他们，恩怨早都随着那场比赛的结束而一笔勾销。

但在顾渊这里没有："忙你们的，少跟我搭话。"

叛逆期的每个男生的面子就像是不容任何人侵犯的领地，张泽的私人领地突然被顾渊一脚踹翻在地，他冷着脸往前靠近了些。

"顾渊，我提醒你一句，这里是高三教学区，你别以为我们不敢动手！"

无论如何，从人数上来看，顾渊就已经处于下风。

但他并不在意，比起心里的痛，皮肉上的痛更像一种宣泄。

"那就来啊。"顾渊说，"不敢动手的就是尿。"

话毕，张泽的拳头直接落在了顾渊的左脸上。既然有人起了这个头，剩下的人就变成了凑热闹的人。

顾渊跌坐在洗手池旁边，从嘴里吐出黏稠的血块，嘴角的位置不知被什么东西勾了下，一道长长的口子往外溢着血。

"你还手啊。搞得好像我们欺负人一样。"张泽紧紧地捏着顾渊的衣领，破口大骂了几句，"你那些所谓的好兄弟呢？你护着他们的时候……"

顾渊愣了下，眼前的景象已经开始模糊，他仿佛看到了许约那双不带任何情感的双眼。

大课间，李然然接到顾渊打来的电话，他原地愣了几秒之后直接揪起趴在桌上的周辉，两人从1班冲到A班教室的最后一排，许约只是冷着脸看了他们一眼，很快视线又挪回桌上放着的几本练习

第四章　灰雁

册上。

"怎么了？"许约头也没抬，左手往前翻了几页，右手拿着笔，很快在空白的白纸上记录下了那个刚刚背过很多遍的英语单词。

"许约，渊哥的电话……"周辉舔了下嘴唇，小声念出了这个名字，"渊哥他……"

"顾渊的电话？"许约反应了好几秒，右手才缓缓停下来，"怎么了？他不是十分钟前出去了吗？大概去厕所了吧……不过，都这么久了他怎么还没回来……"

李然然愣了下，微微晃了下手里屏幕刚暗掉的手机，很快李然然又重新解锁手机，点开通话记录仔细看了一遍。

"不是渊哥……不对，确实是用渊哥的手机打过来的……"李然然皱着眉，"但不是渊哥的声音……反倒像上次跟我们一起打过球的那个……那个高三男生。"

"高三的？"许约放下笔猛地皱了下眉，他抬起头瞪向李然然，"什么意思？顾渊在高三教学区？电话里说什么了？"

周辉看了一眼李然然，推了他一把："你倒是快点啊，电话里那人到底怎么说的啊？"

"他们说顾渊在高三教学区一层最靠里的男厕所里……"李然然一边滑动着手机屏幕，一边盯着许约的眼睛，"然后……然后就直接挂了。许约，渊哥会不会出什么事了？不然怎么可能允许别人碰他的手机，更别说……"

更别说用他的手机打电话……

李然然不自觉地眨了下眼睛，平时连他们这些亲近的人都不让碰的手机，顾渊怎么可能轻易交到别人手里。

除非是……

觉得荒谬至极的不仅仅是李然然和周辉，许约同样有些不敢相信地看向站在过道上的这两个人。

"你们三个该不会是串通好了耍我的吧？"许约面无表情地合上桌上的作业本，他夺过李然然手里的手机，仔细看了一眼。

两分钟前打进的电话是顾渊的确实没错，通话记录只有不到五秒钟。看李然然和周辉的表情，不像提前安排好的恶作剧。

许约犹豫了一小会儿，重新拨了回去，但出乎所有人意料的是电话里只有一声接一声冰冷又机械的嘟嘟声。

许约脸上的那点略显迷茫的表情瞬间全部收了回去。

就在这时，不合时宜的上课铃声传进了许约的耳朵里，A班的教室后门瞬间挤满了往回赶的学生。许约起身绕过李然然就从人群中挤了过去，好不容易出了门，却在楼梯拐角处被周辉和李然然拦了下来。

"你们干吗？"许约有些不耐烦，猛地抬起胳膊甩开李然然，力度太大，敞开着的外套的拉链头甩在了李然然的右脸上，许约瞬间愣住，"对不起，我不是故意的。已经上课了，你们先回去上课，我去高三那边找他。"

"不行，万一……"周辉依旧放心不下，"上次球场的事情那几个高三的人肯定没那么容易就算了……许约！"

话还没说完，许约绕到周辉的身后，左手紧紧抓着扶手往下跳去。整整五层水泥台阶，许约毫不犹豫地单脚跳了下去。

有没有崴到脚周辉他们全然不知，因为许约跳下去的下一秒，老杨就从走廊的另一端走了过来，嘴里还大声地喊着周辉的名字。

很快，站在楼梯口的两人只好在老杨的注视下，一脸无奈地转身进了1班。

整整三层的教学楼，许约只用了十秒的时间就出现在了教学区的大门口，他全然不顾李烨站在二楼办公室门口的走廊上喊着他的名字，雨依旧没停，耳边的风声里夹杂着他重重的呼吸声。林荫路的地面湿了一片，留下了他一步步奔跑过后带泥的脚印，缓缓被雨水冲淡，最后只剩下了两道略显泥泞的水痕。

两栋教学楼的构造都是回字形，许约想都没想直接穿过走廊就往尽头跑。或许是雨天浮在空中的雾气太重的原因，楼道里仿佛弥漫着久久不散的烟雾，许约忍不住咳了几声。直到……直到他刹住脚步站定在男生厕所门口，一眼就看到跌坐在地上的顾渊……

"顾……顾渊……"许约瞪大了双眼，直接脱下自己的外套盖在顾渊身上。

顾渊微微仰着头，散乱的黑色头发挡住了紧闭的双眼，后背紧紧贴在白色瓷砖上，左腿微微弯曲，嘴角还有一抹鲜红。

"顾渊……"许约声音哑极了，他迈着沉重的步伐往前靠近了些，最后蹲下来紧紧抱着顾渊，整个身子不停地颤抖着。

"许约……你怎么来了……"顾渊缓缓睁开左眼，雾蒙蒙的视线里终于有了焦点，直到他看清了许约的整张脸，才扯动着嘴角笑了一声，"对不起，让你看笑话了……"

许约忍不住低声喊了好几遍顾渊的名字，缓缓问道："疼不疼？"

顾渊缓缓站起来，一只手扶着墙，另外一只手握拳抵在许约的胸口："你呢？疼吗？"

从校医务室出来，顾渊撇了下嘴，舌尖忍不住从齿缝间溜出来舔着刚刚擦过药的嘴角。两人之间的气氛过于压抑，顾渊忍不住眨了几下眼睛。

"嘶——这药为什么有一股洗衣液的味道？"顾渊皱了下眉，从兜里摸出手机，点开了前置摄像头，仔细看着满脸红肿的自己，"我还以为那帮人下手会很重，原来也就这点能耐。"

"怎么，被打成这个样子你还挺得意的？"许约深深吸了一口气，他盯着顾渊那贴了三块创可贴的脸，大概是因为带他处理过伤口的缘故，许约的语气也慢慢缓了下来，"说吧，为什么跑去高三那边？"

"就想一个人待一会儿。"顾渊清了清嗓子。

"顾渊，我有一点点想喝酒……不是都说借酒消愁吗，我想试试看到底是不是真的。"许约觉得心口发闷发凉，就像有什么东西牢牢地缠在那里，不上不下，就连最平缓的呼吸声都在无形中被压了回去。

顾渊忍不住笑了一声，沉默了很久才缓缓开口："我们回家。"

酒是顾渊让小区附近便利店的小哥帮忙送过来的。顾渊从纸箱里拿了一瓶啤酒顺手放在家里的透明茶几上。他迫不及待地想去打开客厅的顶灯，却在起身的一瞬间被许约有些粗暴地扯了回去。

"别开灯，太亮，刺眼……"许约转头打开了那盏再熟悉不过的落地灯，紧接着从桌上拿起一瓶啤酒仰头灌了下去。

偌大的客厅里幽暗而安静。许约靠近光源，身子挡住了客厅里大部分的暖光，顾渊坐在另一边只能看清他隐于黑暗里的侧脸。窗外的雨声不断，风吹动着客厅的窗帘。

算起来，从许陆被送进医院的那天到现在，好像整个城市都阴沉沉的。

许约将手里喝剩的那半瓶啤酒放在了身旁的地毯上，然后垂眸将整张脸深深埋进了双臂之中，只能看到他那上下起伏着的肩膀。

"顾渊……"许约搓了把脸抬起头，眼神涣散，"我妈以前经常跟我说，人死了就会变成天上的星星，很亮很亮……但是，但是我觉得她是骗我的……"

"顾渊，其实我并不喜欢抬头看星星。比起那些我触碰不到的，我更想让他们回来……都回到我身边……就像我小时候一样，我们

第四章　灰雁

一家人……"

许约的声音越来越小，直到最后变成了一阵阵的哽咽。

"顾渊，你知道吗……"许约面无表情地盯着顾渊那发亮的双眸，"在这个世界上，我真的没有亲人了……"

顾渊抬头闭上了眼，眼泪再也止不住地往发丝里钻。

"不，不对。"顾渊浅声又重复了一遍，"你还有很多朋友，还记得我之前说过的吗？我们都会无条件地陪在你身边。"

许约本能地将头埋进自己的双臂之中，呜咽声一点一点地蔓延开来。

顾渊知道，他在求救。

"顾渊……"许约一遍遍地喊着顾渊的名字，"我真的只剩下你们了……"

"我们在，我们一直在……"

顾渊气息不稳，胸口起起伏伏，他不能眼睁睁地看着许约再一次被那双看不见的双手推回那个深不见底的深渊里。

初夏的晚风，依旧如冬夜里那般刺骨。

许约从来不会像李然然跟周辉一样，每节课刚开始十分钟，就隔上几分钟就低头瞅一眼时间，距离下课还剩下五六分钟的时候就开始焦躁不安。

顾渊也跟他一样，不管是趴着睡觉还是做什么，他们从未觉得时间能像现在这么难熬。

因为有顾渊、李然然和周辉的陪伴，许约并没有想象中那么低迷，好像忘记了过去，精力旺盛地投入高二后半学期的综合复习中。顾渊虽然有些意外，但还是二话没说，将自己高一的课本、习题册搬到了他们宿舍。

同样感到意外的还有 A 班所有的老师，甚至是为许约准备了好几节心理健康教育课的李烨，当她看着高大却单薄的男孩站在她的办公室说"老师，这些事情能不能当作没发生过"，那个瞬间，李烨才突然发现，面前这个刚成年的男孩，已经有了超过十八岁的成熟。

长大不是某个过程，而是一瞬间。

许约跟别人说话逐渐变得少了，最简单的低声回应也变成了轻轻点头，207 宿舍兄弟团慢慢变成了三人说一人听的状态。顾渊心里难受，有些话最后也只能归于一片沉默之中。

他心想，无论如何他都不能比许约先垮下去。

顾渊自然而然地成了许约生命里的最后一根救命稻草。

也许是想得过于认真，顾渊并未听到许约在耳边轻声唤着他的名字，直到一双白皙修长、指节分明的手出现在他的眼前："顾渊？"许约握着手机，指尖在屏幕上戳了几下后才偏过头，"头痛？"

"啊？"顾渊动作顿了下，"啊。没有，刚刚走神了……我们讲到哪道题了？"

"这是答案。"许约微微点了点头，将手边写满解题过程的纸推了过来，"还有解题过程。"

顾渊还想说点什么，但也只能将最后得出来的答案填进了空着的横线上。

许约依旧扯了下嘴角，将视线挪回了自己的书上，顾渊却扭过头看向窗外红了眼眶。

明明没有参与过许约之前的全部人生，但他却比任何人都深有体会。

林荫路两边冒出了一片新绿，凹凸不平的水泥路面两边很少能看到落叶，蝉鸣声一声比一声高，无数声响藏于茂密的香樟树里，

第四章 灰雁

强光再也穿不透那层树叶，那条路成了附中夏日里唯一一处不会暴露在烈阳下的地方。

前几日周末，许约在附中隔壁那条巷子后面随便找了家理发店，将头发剪短了许多，整个人看上去比以往更精神了。顾渊问起的时候，他只是草草地敷衍了几句夏天太热。

有时候顾渊觉得许约学会了自欺欺人。

每当许约在黑夜里红了眼眶，会闭上眼，等到再次睁眼的时候，留在眼里的只有那一望无际的冰凉与冷漠。不知从什么时候开始，顾渊也学会了装睡，平稳的呼吸，微微眯着的双眼，在黑暗里看到了许约的痛苦与挣扎，这种绝望却在白天消失得无影无踪。

甚至睁眼的时候还能换来许约的一句"醒了吗"。

教室外的阳光很亮，头顶机械地运转着的电风扇看上去有些杯水车薪，在学生的抱怨和家长的投诉下，学校终于决定给每个教室安装空调。

A班男生并不算多，往教室搬空调的工程也就落在了许约和顾渊还有另外几名个子稍微矮一些的男同学身上。

"还是我去吧，你今天穿的是白色短袖。"顾渊拍着许约的肩，"而且天气太热，万一中暑就不好了。"

"没事。"许约将半袖全部卷上去卡在肩膀上，好看的短袖一瞬间变成了背心，他抬眼看着顾渊，"走吧。"

李然然眼尖，隔着大老远就看到顾渊和许约，愣是大喊了几声，从1班前门冲了出来，跨着楼梯跳了下来。

"你俩是去校门口那边搬空调吗？"李然然呼了口气，将手里的可乐丢到顾渊手里，"我跟你们一起去，那玩意儿还挺重的……我们班四个男生搬着都费劲，你说为啥非要让我们自己搬，就不能让专门装空调的师傅搬到班里去吗？顺便直接装好。"

李然然看了一眼站在顾渊身后的另外两个矮一点的男生，拽着许约凑近到顾渊的耳边："李烨就找了你们两个跟后面那俩人啊？其他男生呢？"

"那两个男生都是在校运会上拿了奖的。"顾渊没好气地瞪了李然然一眼，不知是很少将心思放在李然然身上而产生的错觉，还是李然然减肥成功，有那么一瞬间，顾渊觉得李然然比之前瘦了很多，"你是不是瘦了？"

"是啊！我早上刚量的，瘦了整整十斤！主要是夏天中午太热，根本吃不下什么东西，每天只靠着水果和矿泉水维持生命了。"李然然笑了下，很快推着顾渊和许约出了教学区，往校门口的方向走去。

回来的路上，许约所有的注意力全部放在自己的肩膀上，李然然出于好奇，又可能是想得到更多的回应，一路上叽叽喳喳说个不停，从练习册写到第几页最后说到昨晚新出的某个动漫多么好看。偶尔也会激动地蹦跶两下，整个箱体的重量就猛地压到走在最后面的许约身上。

"你能不能闭嘴好好走路？"顾渊斜着眼看了一眼李然然，将肩上的重物往他这边推了一下，却又猛地被拽到了后面。

顾渊忍不住停了下来。

"别动。"许约肩上白色的短袖不停地摩擦着那个带着灰尘的箱体，他面无表情地瞅了顾渊一眼，"李然然把这个衬衫给顾渊。"

说完，许约抽出一只手将系在腰间的白灰渐变色衬衫扔给了李然然。

"这箱子底下很脏，你把衬衫垫在肩膀那儿，稍微挡挡。"

第四章 灰雁

"你穿的是白色的衣服。"顾渊愣了下,接过李然然递过来的薄衬衫。

"别废话,我衣服已经脏了,无所谓。"许约又道。

"别别别,还是你自己穿着好了……"

一来二去,最终顾渊被许约那略带不耐烦的眼神吓得直接将薄衬衫披到了扛着重物的那半边肩膀上。刚刚被几人强行调动起来的气氛瞬间沉默了下来,李然然只好趁着许约没注意,无奈地冲顾渊摇了摇头。

以至于后来李然然只能抽空找顾渊出来,说了句:"我们拽着没用,还是得靠他自己走出来。"

不管有没有用,顾渊想努力一把。

以前顾渊觉得时间就是一分一秒地过去了,昼夜交替,一天,一月,再一年,手机屏幕上显示出来的时间就代表着人生的流逝。但现在,他突然发觉,其实时间很快,快到还没来得及追上许约的脚步,就仿佛已经到了头。

全部的高中新课程在周三的下午终于圆满地画上了句号,即将迎来的是永无休止的综合复习。文科不比理科,除了课本上的和老师上课提到的——这些东西对于所有的文科生来说只是九牛一毛,大量的阅读成了文科生必不可少的项目。

老杨将高一的期中和期末考试卷重新找了出来,单独打印了两份,再托周辉转交到许约手上。

"老杨说这两份卷子是咱们学校高一的数学卷,让我给你。"周辉手里拎着个蓝色玩偶钥匙扣,时不时拿着在许约眼前晃两下,"许约,你看,这个系列的玩偶渊哥以前特别喜欢,这次这个是限量版的,回头等他回教室了你跟他说一下,让他赶紧去买,不然到时候被抢完了可别说我没早点提醒他。"

"知道了。"许约接过几张连折痕都没有的长卷,抬头看向教室后门的位置,"你怎么不帮他买?"

"你以为我不想啊,这玩意儿限量,每个人最多就只能买一个!"周辉遗憾地垂下脑袋,几秒之后重新看了一眼教室四周,"所以渊哥他干吗去了?有事找他的时候人又没了。"

许约完全感受不到这事有多重要,一个钥匙扣罢了:"不知道,要么去厕所了,要么被老杨叫去办公室了。"

李然然接上了周辉的问题,"说不定老杨让顾渊和许约一起把高一的数学卷子重新做一遍,也不是没可能。"

"哦。"许约愣了下,从书包里摸了支笔出来,视线移到卷子上第一部分的选择题。

周辉自知无趣,冲李然然撇了撇嘴准备转身回1班,却在迈出腿的那瞬间被许约拉住了胳膊。

"等等。那……那个钥匙扣,在哪里可以买到?"

许约从校外回来正好赶上第一节晚自习开始的铃声,透过走廊的玻璃窗,站在楼梯口的许约一眼就看到A班最后一排那个高大的黑影都快贴在双人桌上了,低头拿着笔不知道在纸上写着什么。

直到他站在过道,顾渊依旧头都没抬一下。

"喂。"许约推了顾渊一把,硬是将他按回凳子上,"写字的时候脑袋离桌子远点,挡着光费眼睛。"

"许约!你回来了。"顾渊眼前一亮,他很快将桌上被画得乱糟糟的草稿纸塞回桌子里,起身将许约带到了他自己的位置上,"我下午去问了老杨几道题,看,倒数第二道大题,就你空着的那道题,我刚问会,要不要我讲给你听啊?"

"空着的那道……"许约低眸看了一眼自己的卷子。

第四章 灰雁

明明就是时间紧迫没来得及写上答案的一道大题，顾渊却以为是他不会，甚至还因此去找了老师。

许约就是会做，这回也得装作不会了。

"行啊，这道题如果你会的话，那就讲给我听吧。"许约忍不住笑了。

这是时隔半个月他第一次露出这样一个毫无伪装的笑。尽管只是嘴角微微抽动了几下，顾渊却比任何人都要激动。

他从自己的地理作业本后面撕了两页空白的作业纸，然后平整地铺在许约的卷子上。

"你看，这个……老杨说了，这种类型的题就是考三角函数的，先利用那个什么……同角……"顾渊眨了下眼睛，食指忍不住摸了摸自己的下巴。

"同角三角函数平方关系。"许约说。

"对，就是这个！然后就能把这个函数化成二次函数，再结合余弦函数，就能求出来了。"顾渊拿起笔将过程一步一步地陈列出来，最后算出了答案，"所以，这个题你会了吗？"

许约怔了下，轻轻摇摇头，拿着另一张白纸将顾渊刚刚讲过的步骤写下来，省略的几个步骤也都完全出现在两人面前。

"顾老师，这题你看我解得对吗？"许约放下笔，双手自然垂到腿边，一下子就碰到了左侧裤兜里圆鼓鼓的东西，"差点忘了，我有东西要给你。"

顾渊目不斜视地盯着许约的解题步骤："什么？"

"给。"

"钥匙扣？这不是……"顾渊瞬间瞪大了双眼，从许约手里夺过那个限量版的玩偶钥匙扣，"你幼不幼稚啊，都已经成年了还买这些东西……所以你晚自习前那段时间不在教室，就是为了去买这个？"

"不然呢？"许约甩了下手腕，"你要是不喜欢，就还给我。"

"不行，你都说这是送给我的了。我就是不喜欢也得收着了。"顾渊抓着手机，将手里紧紧攥着的钥匙扣塞进兜里，"那什么，我肚子突然好疼，我去个厕所马上回来！你等我啊。"

不等许约给出回应，顾渊直接冲出了A班教室后门，在人少灯暗的高二教室走廊拐角处，他猛地刹住脚步四处张望着，将兜里的钥匙扣拎在指间晃了好几下，最后忍不住露出两颗虎牙眯眼笑了笑。

许约往顾渊刚刚跑开的方向瞥了一眼："口是心非。"

顾渊从小到大从来不会在身上戴任何吊坠之类的东西，但这次跟以往都不同，顾渊甚至趁其余三人不注意，亲自去找宿管大妈要了207宿舍的钥匙，最后将钥匙和钥匙扣串在了一起。

顾渊觉得这样一来，尽管他一整天手里都捏着这个小玩意儿，也不会引起任何人的注意。

当然，许约除外。

A班现在周一到周五的课表跟其他班级都不同，但为数不多的两节体育课正好跟1班完美重叠，就连体育老师都是同一个。

于是午自习下课铃声刚响起，周辉就带着李然然兴冲冲地穿过走廊直往A班的后门位置挤。一边挤一边冲顾渊的方向招手，顺便大声喊了几句。

顾渊刚收拾好桌上的几个作业本，余光不自觉地往外瞥，一眼就瞄到了后门外那两个门神一般的身影，他忍不住笑了笑，胳膊肘往左边轻轻撞了过去。

几人出了教学区大门，许约走在最前面，身后跟着的三个人足足讨论了十几分钟顾渊兜里的那款钥匙扣，从教学区到林荫路喋喋

第四章 灰雁

不休，最后好不容易才到了操场。

　　许约并不喜欢这节课，但又觉得带他们几个班的体育老师很亲切，尤其是在太阳发疯似的炙烤着整个大地时，他会省去跑步这项万年不变的体育课传统活动，这也自然而然成了所有女生喜欢这位体育老师的最大理由。

　　顾渊依旧单手揣在兜里，因为天气热的缘故，他冷着脸随意瞅了一眼操场，最后视线转移到了靠近体育老师脚边的两个篮球上，顾渊眼睛虽然亮了一下，但瞬间就回归了平静。倒是李然然和周辉，等到老师吹完解散的口哨，一前一后运着球直奔旁边的体育馆。

　　"渊哥，许约，一起打球去吗？篮球馆有空调。"周辉脸上带着笑意，从地上弹到空中的篮球被他夹在了胳膊肘中间。

　　"你跟李然然去吧……天太热，我懒得去。"顾渊冲远处那两个人挥了下手，然后转过来看着站在身边一动不动就已经汗流满面的许约，"走吧，先去找个有空调的地方，离操场最近的就是那个快倒闭的超市了……还是说我们现在去粉星？"

　　"那还是超市吧。"一想到要在林荫路上步行十分钟，其间还要穿过那个完全没有遮挡物，暴晒在烈日下的训练广场，许约脸色瞬间僵了下，他抬着胳膊，右手手背紧紧贴着脸颊缓缓滑落，最后在空中甩了几下，"你真不去跟李然然他们打球啊？一周可就只有这么两节体育课……而且到了高三每周还会再少一节……"

　　顾渊确实有点想去篮球馆，但比起打球，许约的事情更令他在意。当然，许约也不傻，明明刚才顾渊看向周辉的眼神里充满着羡慕，但在他重新转过身的那瞬间又消失了。

　　"这样吧，你先去体育馆等我。"许约往前推了一把顾渊，"我去超市买几瓶冰水就过去。"

　　顾渊眨了眨眼睛，张着嘴愣了好几秒，两只手毫不犹豫地拍了下自己的脸:"许约,你到底对我做了什么?你怎么知道我心里在想什么?难不成我脸上写字了?"顾渊胡乱地揉了几下自己散碎的头发,"还是说你是我肚子里的蛔虫?"

"你才是蛔虫。"许约笑了一声。

顾渊还想反驳些什么,愣是被许约推着后背往楼梯口的方向挪了好几步。

就在两人小打小闹的时候。

"许约——"

许约回头看了一眼,有人喊他的名字。

正往他们这边赶来的那几个女生,最高最瘦的那个看上去有些眼熟,好像在哪里见过

"那个……我有个朋友想让我转交给许约一些东西……"身后一个矮个子的女生突然探出了头,颤巍巍地将手里那封白色信封递了过来,"他听说我们和你们班是同一节体育课……所,所以……"

许约伸手接了下来,依旧一脸微笑:"好,那你回去告诉你朋友,信我收下了。"

"谢……谢谢你。"

许约回过头一眼就对上了顾渊那张略显冷漠的脸。

明明周围又热又闷,但许约还是忍不住打了个寒噤。

顾渊皱了一下眉,片刻后从许约手里夺过那个白色信封,他们站在林荫路的树荫下,愣是从最开头的那句"你好许约"看到了右下角的"高一年级左修"这几个字眼。

"左修?"半晌过后,顾渊才缓缓开口,"这名字听着是个男生啊,还是高一的学弟。"

顾渊微微弯着手指弹了弹这两页信纸:"为什么还会有男的给你写信啊?这都什么年代了,还用信纸……"顾渊拎着领口扇了几下,

不耐烦地说道,"而且你看看这信里面写的什么,我真服了,就你月考成绩他就夸了半张纸,往后的就是数学解题思路……所以整整两页纸就为了表达高一学弟对高二学长的崇拜?"

许约同样看得一脸蒙,他轻轻摇了摇头。

"我突然有点后悔接了这封信。"

顾渊忍不住笑了下,"走吧,我还是先陪你去超市买东西,然后再去篮球馆。"

许约无奈,却也只能答应下来。

周四下午最后一节自习课再一次被李烨强行改成了小班会,不过这阵子全身心投入复习的所有 A 班学生并没放在心上。

直到李烨依旧踩着她那双黑色侧边带着几颗亮钻的高跟鞋踏进教室前门,顾渊才微微直着腰抬头往教室前排瞅了一眼。一眼看过去,大家的桌上全是综合复习的资料,之前许约还拽着顾渊去附近的书店买了好几本,其中有一本练习册的厚度跟一本字典的厚度不相上下。

李烨很少空着手来教室,不是带着语文教材,就是胳膊肘里夹着其他科目的试卷……但这次不同,李烨双手环在胸前扫视了教室一圈之后,在门口的过道走了几圈。

底下的同学依旧是看书的看书,默写的默写……完全没有因为李烨的出现打乱自己的复习计划。包括许约在内。

"同学们,大家先停一下笔,有一个好消息和一个坏消息要告诉大家。"李烨将讲桌上的粉笔盒摆放好,敲了几下黑板,目光落在了最后一排的两个人的身上,"许约,抬头看黑板。"

许约一脸疑惑,但还是听话地放下了手里的笔。

"好消息就是咱们整个高二年级将会在下周有个室外的游玩活

动，时间呢，学校暂时定在周日的下午到下个周末……"李烨轻轻拍了几下手，瞬间吸引了全班同学的注意力。

果不其然，讲台下的所有人愣了几秒之后瞬间叫了起来，靠近后门位置的两个男生激动地站了起来，连带着自己的凳子一起朝后倒了，好在顾渊伸过手撑了一下。

"兄弟你没事吧？"顾渊笑着，露出了两颗虎牙，"别激动，还有个坏消息呢。"

那个男生轻声"嗯"了一声，一脸尴尬地扶正凳子坐了回去。

"没事吧张晓？"李烨探着脖子往后面看了一眼，最后长舒了口气，"没事就行……因为学校领导也都知道大家最近综合复习压力很大，所以临时做了这个决定。算上新增的 A 班和 B 班，高二年级总共十七个班，所以咱们前七个班，也就是从 A 班到 5 班，活动时间在周日下午到周三，剩下的班级是周三下午到周六，当然这也跟咱们班没有什么关系。"

顾渊听得认真，一边拧开酸奶的瓶盖一边直直盯着李烨的眼睛。最后将喝了一小口的瓶子递到了许约那边。

"喝吗？这回不是哈密瓜口味的了。"

许约白了他一眼，从他手里接过那大半瓶还带着丝丝凉意的酸奶。许约记得这是中午他们从校外买资料回来时，顾渊路过超市顺手从冰柜里买的。当时许约摸了下瓶身，皱着眉嫌太凉，顾渊却将这瓶酸奶放在自己的桌子里整整一个下午。

"现在已经不凉了，都放一下午了。"顾渊眨了下眼睛。

许约的反应慢了半拍，注意力全部集中在李烨手里的粉笔上。

"坏消息是什么呢……"李烨突然笑了下，走下讲台继续道，"就是咱们今年的暑假，要提前半个月结束。也就意味着，大家的高三生活将会提前开始，大家都做好心理准备了吗？"

第四章 灰雁

李烨最后的问句情绪很高昂,底下却是一片拖拖拉拉的回答。听上去有些滑稽,许约仰着头喝了几口微凉的酸奶,突然轻轻撞了下顾渊的肩膀。

"顾大帅哥。采访你一下,再过两个多月就要踏入高中最关键的一年了,你什么心情?有什么想法吗?"许约拧好了瓶盖,直接手握话筒似的伸到了顾渊的脸旁。

顾渊低着头,表情突然僵了一下,但很快他带着微笑假正经地看向许约清了两下嗓子:"咳咳咳!那个,我是不是还得先谢谢这位许同学提出的问题?嗯……我觉得呢,我的,不对,我们的高三可能是忙碌又充实的一年,迎接我们的是永远也写不完的卷子和习题册,两天一小考,三天一大考……再想想还有最终的高考……怎么样,恐怖吗?"

"我说正经的。"许约说,"比如……我们要不要以后读同一所大学?"

"比起那个,我还是希望我兄弟许约能够永远开心快乐,永远不会停留在当下,要一直一直往前走。"顾渊说。

这人又来……

"我又没让你说这个……"许约低了低头。

算了,顾渊本身就对未来的事情从来不做打算,别人偶尔说他混日子也不是口说无凭。

"许约……那你呢?你对未来是怎么想的?"顾渊突然转过脸说道。

"未来……"许约突然放下手里的瓶子,眼眶开始泛起红,"未来这两个字感觉太遥远了,我只是想跟你们一起读完高三,然后运气好的话,大家再读同一所大学,毕业之后我们几个还可以租个公寓,早晨一起出门上班,晚上回家一起做饭……对了,还要养只猫。

白色带花斑的那种,我连名字都想好了,就叫'顾小渊'。"

"你说得这么可怜兮兮的,我有房子,用不着租。"顾渊忍不住笑了起来,他身子微微往许约那边靠近了一点。

"一起租的才更有感觉啊,电视剧里不都是这么演的吗?反正我觉得,你应该下凡感受一下人间的烟火气。别总是强调你有钱,太庸俗。"许约转了下眼珠,将顾渊推回去,"别跟我套近乎,你坐过去点。"

顾渊突然盯上了许约的眼睛,这灿若星辰的眸子里,好像写满了他们几人的未来。但他沉默了,最终只是轻轻点了下头。

游玩活动这一消息的传播速度比任何事情都要快,李烨刚刚安排好了活动的具体事项,李然然就发来了群消息,字里行间透露着一股兴奋。

然然升旗:你们班到底在干什么?正写着数学题呢就听见你们那边传过来的呐喊声了!

然然升旗:怎么了怎么了!是不是有什么好事啊!

顾渊垂眸在桌子底下点了几下手机屏幕。

渊渊想抱:老杨没给你们开班会?

然然升旗:没有啊,到底怎么了!

渊渊想抱:这周日下午到下周三,咱们前几个班有个游玩活动。估计也就是去避暑。

而手机另外一头的李然然死死握着手机,愣了几秒之后直接站起来抱着头甩了几下。坐在一边的周辉捂着脸全然不知旁边这人到底经历了什么,茫然道:"兄弟,你不至于吧,一个数学卷而已,不会写就看答案解析……"

李然然涨红着脸缓了好半天,将手机屏幕举了过去。于是——

第四章 灰雁

"啊？"周辉也猛地站了起来，双手忍不住颤了起来，"真的假的？"

很快，这一消息从 207 宿舍群，已经传到了整个附中高二群。

顾渊冷着脸看着自己手机屏幕上出现的那个消息提示的红点，烦躁地抓了抓脖子，将手机塞了回去。

消息就像一场突然暴发的传染病，很快传遍了整个高二教学区。三楼的走廊里断断续续传来了尖锐的呼喊声，尤其是他们教室正对面的 15 班，顾渊随便往右瞥了一眼就看到后排几个男生已经站在凳子上，手里举着两把扫帚，时不时张着嘴，不知在喊些什么。

"15 班的同学是不是都憋疯了啊？至于吗？"顾渊揉了几下鬓角上的黑发，"以后最好什么事都别告诉李然然了，他全身上下就只长了张嘴。"

李烨同样偏过头看向 15 班的方向，一脸蒙。

许约低着头写完了最后一个历史简答题，合上练习册将剩下的酸奶全部倒进了嘴里。

活动的地点定在一个风景区，有座"凤凰山"，坡体平缓，路上铺着大片的砖块，不管是晴天还是雨天，都不会出现有人摔倒或者跌落踩踏等突发事故。

当然选在这里最主要的原因还是凉快。

因为高二年级学生众多，三天的行程被分成了好几个部分，最终只有 A 班、1 班和 3 班前往凤凰山。

这趟旅程虽然只有短短三天，但李然然从床下搬出两个大号的行李箱，恨不得将自己留在宿舍的所有东西全部带过去。

许约和顾渊只是带了未来几天里要换洗的衣物和一些常用的电子设备。收拾完毕后就只是看着眼前走来走去、摸这摸那的李然然。

"李然然，你能不能告诉我，你为什么还要带泳裤？"顾渊蹲在李然然的行李箱旁，扫视了一圈之后皱着眉问道，"你要去山里游泳？"

"万一我们住的酒店有泳池呢！"李然然还在柜子里翻着衣服，头也没回，不知从哪里又扯了个折叠蚊帐出来，"找到了！夏天晚上蚊子特别多，这个也必须得带着！"

许约呆呆地坐在下铺顾渊的床上，忍不住按了几下眉心："李然然，咱们学校已经安排好了住宿的地方，我们不是去野营。"许约极力阻止，生怕再过几分钟李然然的箱子里会再多出现几个更匪夷所思的东西。

折叠蚊帐都有了，再带个帐篷应该也不会让他们感到意外。

"好好好……你俩收拾完了别吵，影响我的判断。我想想还要带什么……"

最终在顾渊的逼迫之下，李然然将自己的行李缩减到用一个行李箱就足够的地步，虽说他有点不高兴，但刚出了宿舍楼，李然然就又蹦又跳，整个心早就飞到停在附中校门口的大巴车里了。

顾渊选了个中间靠后面一点的位置，上车之后整个人侧着身子直接贴上了玻璃车窗，车内空调的温度有些低，他不自觉地将腰上系着的薄衬衫盖到了身上。许约正低头看着微信，看上去有些心不在焉，丝毫没注意到身边微微颤抖的顾渊。

车里人多，每个人的心情都跟李然然一样兴奋，车子沿着高速公路开了半个小时之后大家才渐渐安静了下来，许约终于收了手机，偏过头看了一眼顾渊。

明明周围的温度低得离谱，身旁陷入沉睡的顾渊白皙的脸上却泛着潮红，时不时颤几下。许约将自己身上的外套脱下来披到了顾渊的衬衫外侧，然后探过手去摸了摸他的额头。

好烫。

"顾渊？顾渊？醒醒，别睡了。"许约低声说，周围刚刚叽叽喳喳吵个不停的几个同班同学此刻已经鼾声一片，就连最前排的李烨都眯着眼昏昏欲睡。

顾渊听着声音缓缓睁开了眼，强烈的痛感袭来，他忍不住皱着眉敲了敲自己的脑袋。

"怎么了……"

这……什么声音，真的是从我嗓子里发出的吗……

顾渊猛地坐直了身子，嗓子里就像火烧一般。他吸了吸鼻子，最后整个人瘫在了座位里。

这感冒来得可真够"及时"的。

"应该是发烧了，可能是车里空调温度太低的原因。"许约往驾驶座瞅了一眼。

开车的大叔稍微有些胖，哪怕现在车里的温度很低，依旧能看到他后脖颈上密集的汗珠。

"你别睡。再忍十分钟，就快到了。"许约侧着脸将手背贴在了顾渊的额头上。

最后短短十分钟的路程，为了避免顾渊再次昏睡过去，许约一遍接一遍地念着他的名字。

"顾渊……先别睡……"

"阿渊，我们就快到了。"

"先别闭眼……"

第五章 意外

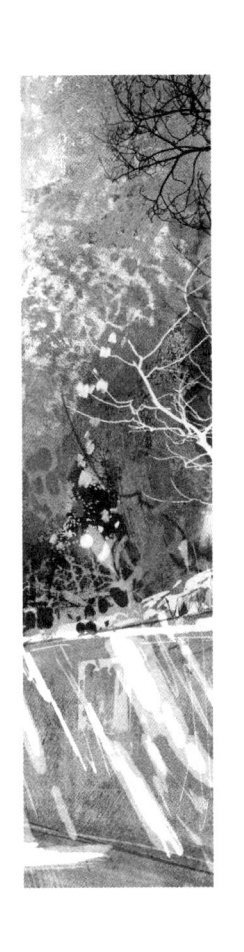

第五章 意外

大巴车最终停在一片荒芜又长满矮草的停车场，顾渊迷迷糊糊中感觉自己好像被两个人架着胳膊带出了车。开门的瞬间，车外那股强烈的闷热感扑面而来，顾渊却感受到了暖意，整个人清醒了不少。

许约下车之后拿出两人的行李箱，找到李烨说明了情况，然后到民宿前台拿到了房间钥匙。李然然满脸期待地拽着周辉下车，一眼就看到了先他们一步到达的大巴车旁的脸色苍白的顾渊。

周辉连身后的箱子都没来得及拉出来，直接冲了过去："渊哥？怎么突然晕车了？不对啊……"李然然将顾渊扶起来，毫不犹豫地将他放在周辉弯好的背上，"你身上怎么这么烫啊……发烧了？"

1班的班长佳真闻声走过来。

"李然然你俩行李箱都不拿就跑……顾渊怎么了？脸色这么白？"佳真伸手用指腹摸了摸顾渊的额头，很快把自己身后立着的箱子放倒在地上，"还好我妈提醒我出门的时候带个小的医药箱，还真派上用场了……来，给。刚好有感冒药和退烧药。许约呢？"

"啊，他刚跟李老师一起进去了，可能是去拿房卡了。"A班的一个同学回过神说了一句，抬眸就看到了往他们这边跑过来的许约，"他们回来了。"

许约接过佳真递过来的几包颗粒状的退烧药，道完谢之后冲站在旁边的李然然说道："房间五楼，李然然你帮我们把行李箱拿过来吧。"

说完，许约从周辉的背上将顾渊转移到自己的背上，为了顾渊趴着能稍微舒服一点，许约将他的两条腿往高处抬了些。

"顾渊怎么了？生病了吗？"老杨从后面的大巴上走了下来，同样伸过手来摸了一下顾渊的额头，"房卡拿到的话，今天下午的活动你俩就不用参加了。对了，沿着我们来的那条公路往下走十五分钟就有一家超市，需要什么东西让他们送过来或者让李然然跟周辉去跑一趟。"

"谢谢老师，那我们先上楼了。"许约随便回应了几句，冲着身后跟着的两个人使了个眼色，迅速进了电梯。

许约很少看到顾渊一副病恹恹的姿态，他四肢无力地垂在半空中，眼皮像灌了铅似的睁都睁不开。

顾渊觉得自己的额头被贴上了一片冰凉的东西，又好像有什么液体从唇缝间滑进了嗓子里。

顾渊下意识地缩了缩身子，胡乱地抓到了带着温度的东西，那股暖意跟自己身上所散发出来的完全不同，带着温柔和心疼。

顾渊眼前一片黑，看不清自己在哪里，旁边又是谁，咽下的东西好像起了作用，最终他紧紧捏着身边那唯一带着温度的东西沉沉入睡……

盛夏的白天时间长得惊人，明明四面环山，但整个房间里很亮。许约拉上了两层窗帘，整个房间才有了适宜歇息的氛围。

顾渊偶尔也会翻个身，但抓着许约胳膊的那双手依旧死死不放。

"不走，不想……"顾渊重复了好几句同样的话，眉头紧紧皱成一团。

许约弯腰低着身子仔细听着，一边轻声回应，一边垂眸盯着床上这个闭着双眼，表情让人难过的男孩。

李然然和周辉本想一起留下来照顾生病的顾渊，但在许约的强烈要求下最终还是跟着老杨去了附近的一处室外景点。两人临走前似乎还有些过意不去，磨蹭了十多分钟才进了下行的电梯。

顾渊倒头裹进被子里，从下午两点十几分睡到了晚上七点多。在太阳越过山头，整个西面布满了红晕之际，他的食指指尖终于动了几下，然后缓缓睁开双眼。

"许约！"四周很暗，顾渊正对着落地窗那个方向，面对陌生的环境，他下意识地喊了一声，然后猛地坐了起来。

低头的那一刻，顾渊才看到趴在自己床边的许约。

"许……许约……"

一惊一乍间，许约也清醒过来。

"没事吧……"许约揉了揉眼睛，右手轻轻贴在顾渊的额头上，"还好，已经不烫了。你现在感觉怎么样？鼻子好点了吗？"

顾渊吸了两下鼻子，清了下嗓子。

"嗯，好多了。已经没有刚开始那么严重了。"

确实好了许多，比起刚刚接连不断、沙哑至极的呓语，起码现在能听清顾渊到底说了什么。许约将杯子中已经变凉的水倒掉一半，再从旁边的保温壶里续上半杯热水。

"来，先喝点水。"许约摸了摸杯子，温度刚刚好。他举着杯子送到了顾渊的嘴边，却被他挡了回来。

"怎么了？"许约怔了下，"不烫。"

"抱歉。"顾渊突然压低了声音，"害你陪了我一下午……"

许约没好气地将盛满温水的杯子放在床头柜上，斜眼看了一眼顾渊，然后走向落地窗拉开那密不透风的窗帘。

"别说那些见外的话了。喝完水出去走走，老杨说沿着那条路往下走就是市区，明天一早再出发去爬山。"

顾渊点点头，喝完了杯子里的水。最后起身穿好鞋子站在窗前伸着懒腰，故意吸了吸鼻子。

陌生的环境并没有给这两个人带来任何新鲜感，要说有的话，也可能只有夜色降临时，这条公路尽头隐约可见的灯火。顾渊愣了

第五章 意外

下，回头冲许约笑笑，尽管一言不发，但许约却懂了他的心思。

"那走吧，反正你都已经睡一天了。"许约搓了搓手，"不过这里确实比较凉快。"

"可能是因为靠山的原因吧。"顾渊有些茫然地拿出手机点开导航，"离这里最近的奶茶店步行得走半个小时……最近的咖啡馆得……四十分钟！这附近就只有一个超市吗？那还叫什么市区啊！老杨是不是对市区有什么误解？"

在顾渊的认知里，繁华热闹的市区就应该具备各种生活所需的店铺以及能让人放松心情的奶茶店或者咖啡馆。

可现在……

夜色终于卷着云霓而来，整个上空呈现出了一种灰色里面夹杂暗蓝的薄雾，路灯也是隔了十几米才会有一盏，孤零零地站在两边，缓缓往外界散着微光，耳边不时会有蚊虫扇动翅膀的声音，扑面而来的山风里都带着些许寒气。

"算了，超市就超市吧……反正速溶咖啡也是咖啡。"某位少爷站在民宿门口纠结几分钟后终于认清了现实。他反手推了一把许约，自己跟在后面往前走了几步。

如果他们现在住的地方可以用清幽静谧来形容，那这段公路简直就是惨不忍睹。十五分钟的路程，顾渊的小腿已经出现了好几个又红又肿的包，其中有几个还泛着血点。

"我真服了这地方，我为什么不穿个长裤再出门呢！你看看我这两条腿，还能见人吗？一，二，三……六，我已经被蚊子咬了六个包了。"顾渊拎着裤兜扇了几下，最后忍无可忍，蹲下来用指腹不停地摩擦着那几个长包的位置，"好痒。"

"超市里面应该有卖花露水的。"许约拎着顾渊的衣领，愣是将蹲在地上的人硬生生推进了超市大门。

"好了。"许约拧好花露水的瓶盖，将指尖残留的几滴液体随便抹在自己的胳膊上，"别用手碰，一会儿就好了。"

顾渊这回倒是乖巧地点下头，冲许约笑了下。

"这位先生，你先……你先把车窗打开好吗……"

门外的马路边突然传来几个路人的尖叫声，超市门口站着一位上了年纪的中年妇女。

"外面怎么了？"超市门口的围观群众越聚越多，顾渊忍不住回头看了一眼，付好钱之后他拽着许约往外面挪几步，混进了人群里。

"先生，你能先把车窗打开吗？有什么事情咱们好好说。"

那位中年妇女往前靠近了些，路边停靠着一辆轿车，驾驶座上的男人神色慌张，一闪而过的白光刺痛了许约的眼睛。

"绑架？"许约死死地盯着车内男人那狰狞的表情，整张脸瞬间变得惨白。

"别急，看着不太像。"顾渊极其冷静，他拉着许约挤过人群站到了最里面，"你看那个坐在副驾驶上的小女孩，她既没有哭，也没有闹。很显然旁这个男人应该是她比较熟悉的人。而且你看两个人的长相，很像一对父女……"

许约彻底愣住了。

五年前那个冬夜，所有的画面一瞬间全部浮现在他的眼前。

"你是说，那个男的……是她的家人？"

眼前的慌乱并没有给许约任何思考的时间，车窗依旧紧闭，偶尔能听到几声嘶吼。

顾渊看了一眼那个中年妇女，侧身走过去跟她并排站着："阿姨，这是什么情况？"

"我刚从超市买完东西出来，一眼就看到了这个男的情绪有些失控，我开始以为他绑架了那个小女孩，但……"中年妇女眼里闪着光，"但我听到那个小女孩叫他爸爸……然后，我就报了警。估计警察也该到了。"

第五章　意外

果然，顾渊的猜测应了验。

站在他身后的许约面无表情地听完了全部，最后整个人无力地倒向顾渊那边。

"别看。"顾渊目视着前方沉着脸，侧着身子挡住了许约的全部视线，"没事的……许约，这只是个意外，没事的，没事的。"

顾渊突然捂住了许约的双眼，口中只剩下了"对不起"这三个字。他甚至有些后悔来到这个地方，遇到这件事。

对于许约来说，眼前的一切就是将他五年来好不容易结痂的伤口，扯着边缘重新撕开。如果不能彻底消除，就要学会坦然面对。

许约深呼吸着，将顾渊的手放了下去，说："我不怕。"

周围的议论声越来越大，围观的人数也比刚刚增加了一倍。四处环绕着好心相劝的人，也有些人在大声谩骂，甚至一些人在人群外侧看热闹。

车窗降落一半，男人脸上居然没有一丝羞愧，满眼全是一心寻死的绝望和身不由己。

这个眼神……许约比任何人都熟悉。

许约顺着车窗缝隙往里面瞅了一眼，副驾驶上的小女孩看着大约五六岁，面对旁边撕心裂肺、极其暴躁的父亲，她有着出乎所有人意料的冷静，就连眼睛都没眨一下。

以至于警察到的时候，小女孩也只是侧着脸看了一眼窗外，随后很快低下头去。

许约从小女孩的眼睛里看到了自己。

糟透了。

许约已经不记得这对父女到底在车里僵持了多久，直到最后那个男人满脸心疼地从副驾驶座位上抱着小女孩撕心裂肺地哭着说对不起的时候，许约才稍微抬起头，目光转移到了上空的那片星河里。

越靠近山，星星好像就越亮。

顾渊弓着身子垂眸紧紧捏着许约的手，在围观群众散尽之后终于将旁边的人拉过来。他依旧一个字都没说，许约却觉得这是最好的处理方式。至少能将他刚刚那快要跳出胸口的心脏重新安定下来。

"顾渊，你知道吗？我爸最后打来的那通电话，他说有些话想当面告诉我。"许约突然抬眸笑了起来，"其实我知道，他要跟我说什么。"

就跟刚刚偶遇到的这对父女一样，许陆想当面告诉他的，正是迟到了五年的对不起。

"可是……我好像没机会听到了。"许约眼神暗了下去，最终闭上了眼睛，"有些人，失去的时候你才会发现，他对你有多么珍贵。所以这个世界上，我唯一厌恶的就是离别。"

顾渊依旧沉默着，伸手轻轻地拍了几下许约的后背。

李然然跟周辉走在长队的最后面，你撞我一下我撞他一下，一个比一个幼稚，回来的路上两人依旧蹦跶了一路。

"前面就是老杨今天提过的那个超市了，周辉，咱们要不要去买点饮料、零食带回去？渊哥他们可能都没吃晚饭。"李然然指了指前方亮着路灯的那条路，"马上到了。"

周辉没回应，却故意慢下了步子，等到两人彻底脱离了队伍，周辉才拽起李然然的袖子一个劲地往超市的大门方向跑去。

路灯的光很暗，两个人在地上的影子像蒙着一层轻纱。可就在这层薄雾中，周辉猛地停下了脚步。

"李然然……那个巷子里……"周辉疑惑道，"是不是，渊哥和许约……"

李然然满脸疑惑地顺着周辉手指的方向看了过去。

民宿的位置靠近山里，一到晚上空气里会弥漫起一层水雾，别有一番滋味。

李然然将周辉推到路旁的梧桐树下，两人躲在树后。

第五章　意外

有只全身通黑的野猫从他们身旁经过，叫了几声之后逃离了那条小巷。

李然然眯了眯眼睛："许约……他在哭？"

"哭吧，哭出来心里总会好受一点。"周辉表情严肃，完全不像在开玩笑，"之前的那些事，放在你身上的话，你真的能像他那样一句话都不肯说吗？"

"不能……"李然然叹了口气，"我会垮掉的。"

"别看了……走吧，一会儿买完零食绕开那个巷子从另外一条路回去。"

"嗯……"

翌日清晨，全部附中学生集体用餐，顾渊的脸色看上去比昨日初到之时好了很多，但李烨还是坚持让顾渊吃了很多清淡的东西。赵晨起得比较晚，进了餐厅四处环视了一眼，最后盯上顾渊旁边空着的那个位置。

可就在他准备落座的时候，坐在隔壁那桌的周辉突然过来，一屁股坐在顾渊旁边："赵晨你先坐那边，我突然有点事要跟渊哥他们说。"

"哦？哦……好。"

顾渊愣了下，带着茫然的目光看向周辉："你干吗？这么快就抛弃李然然了。"

"什么李然然。"周辉白了顾渊一眼，"我想跟你们坐一起吃饭，不行啊？"

许约夹了些清淡的菜放进了周辉面前空着的餐盘里："行了你们，赶紧吃。一会儿时间到了就要去爬山了，这可是个体力活。你们最好多吃点。"

许约的声音带着轻微的鼻音。

"许约……"周辉欲言又止。

"嗯？"许约抬了抬头。

"没事就好……"周辉小声嘀咕了几句。

"同学们，咱们今天去的这个凤凰山，虽然名气没有其他著名景点那么大，但只要你爬到最高处，就能看到不一样的风景……大家有没有想起这么一句诗，'会当凌绝顶'的下一句是什么？"李烨突然站在餐厅的正中间，转了一圈询问着。

旁边一桌的女生迅速接上了话题，最后整个餐厅里所有的老师和学生都笑了起来。

李烨真不愧是语文老师，简简单单的几句介绍就带走了餐厅里压抑的气氛，上大巴车之前，她还特意过来多叮嘱了顾渊几句。

李烨的声音和大巴车的发动机的呼呼声重叠在一起，李烨的声音又小，顾渊其实并没听清她到底说了什么，只是一个劲地冲她点着头。

反正不管什么，只要点头说"好的""知道了"总能快速解决所有的事情。

直到五十分钟后，李烨气喘吁吁地双手撑着腰，看着周围已经围成一圈、乖乖坐好的Ａ班学生，冲顾渊招了招手："顾渊，开始吧。"

顾渊一脸茫然地看向她："开始？开始什么？"

"上车前我们不是说好了吗，有什么才艺表演到时候要展示给大家看啊。我刚问你会不会唱歌，你那头点得就跟小鸡啄米似的。快点，也别不好意思了，你看大家都已经准备好了。"李烨走了过来，将顾渊推到了圆圈的最中心。

许约眨了下眼睛，呼吸不自觉地加快许多。最后忍不住笑了起来。

李然然和周辉两个人不知道从哪里突然冒了出来，硬是挤进了Ａ班同学围成的圈子里，为了调动气氛，周辉开始一轮又一轮的起哄。

"渊哥唱一个！"

"渊哥别害羞啊！"

最终顾渊在所有人的注视下看向许约这个方向，摆出了一个口

第五章 意外

型——真唱啊?

许约摊了摊手,表明这是李烨的意思,既然都已经答应过了,唱一首应该也无可厚非。

顾渊看懂了许约的表情,他清了清嗓子:"行吧,那这首歌,就当是送给一个好朋友的。"

这话一出,整个 A 班同学瞬间兴奋起来,欢呼声、尖叫声扑面而来。站在另一边的许约愣了下,从无数音色里寻到了他最熟悉的那一声。

"陪伴是我全部的心之所愿——"

下午的自由活动时间被强行控制在了三个小时内,李烨早上爬山前从售票处拿了本凤凰山的路线图,她翻开看了好久之后用手机拍下相对重要的几页,然后发到几个班长的微信里。

顾渊摊开手靠在最接近溪流的竹藤椅上,身边空着的位置被他用右手覆盖着,直到许约在卫生间洗了把脸出来,顾渊才缓缓收回右手。

"都多大的人了还拿手占座。"许约低头看了一眼透明玻璃板下的潺潺溪流,"咱们班什么安排?"

"李烨说自由活动时间两点开始,到五点结束。李然然已经在我们宿舍群里发了这里的地形图,要去走走吗?我看再往上稍微走半个小时就有个凉亭。"顾渊站起来伸了个懒腰,冲不远处的李然然和周辉招了招手,"你俩要不要跟我们一起啊?"

周辉其实并没做好爬山的准备,但在看到顾渊那张脸的瞬间,他反而着魔似的点了点头。李然然同样犹豫了半天,最后还是决定跟着一同去。

一起准备前往凉亭的不止他们四人,佳真穿过人群过来问了几句顾渊的身体状况,李然然不仅吃饭嘴漏,说句话也能透露几人的全部秘密,佳真认真听了几句最后也一起加入了爬凉亭的队伍。

周辉撇了下嘴询问她为什么不跟着其他女生一起吃下午茶，愣是被佳真一句"我想减肥不行吗"整得哑口无言。以至于赵晨听见动静也加入了进来。

　　周辉虽然极力劝阻，但太过刻意的掩饰会适得其反，最终决定继续往上爬凉亭的小队伍一下子就从四个人增加到了六个人。

　　许约和顾渊走在最后面，时不时拿着手机拍几张照片。

　　"对了，我记得你之前拍了好多照片。照片呢？"顾渊突然想到了几个月前许约拍过的那些照片，忍不住笑了几声，"给我看看？也让我怀念一下？"

　　"没保存。"许约收了手机低着头，一步一步踩着大块的青石板。

　　许约确实没保存，当时拍完照片就彻底封存在自己的朋友圈里，将手机相册里的照片删了个一干二净，一是因为这样有安全感，二是自己也不知道为什么，就像是个下意识的动作。

　　"啊？那么多照片你都没存？偷拍我的那张也删了？"顾渊瞥了他一眼。

　　许约无奈，只好再次摸出手机打开自己的微信界面。

　　"没……相册里的都删了，这里的没有。"许约将自己的手机递过去，"在朋友圈里，自己看吧。"

　　顾渊一脸疑惑，他之前也不是没有点开过许约的朋友圈，只不过每次都只看到了一片空白。

　　顾渊垂眸翻看着许约的手机，朋友圈的内容简直少得可怜，他一直翻到最底下黑色蝴蝶的那条，轻轻念出了上面的那行字。

　　"小黑？"顾渊愣了下，眉眼带着笑，"如果我记得没错，那时候你挺讨厌我的……"

　　许约轻咳了几下，立马抽回自己的手机，他偏过头迅速跟上前面的几个人。

二十分钟后，李然然大口大口地喘着粗气，双手撑在腰间连说出一句话的力气都彻底丧失，山道两边每隔十几米就会有特定休息的地方，周辉一屁股坐过去，拧开手里的矿泉水往嘴里灌。灌到一半才缓缓开口询问其他人要不要稍微休息几分钟。

许约微微叹了口气，坐在另一边的石凳上："我觉得可以，休息一会儿吧。班长你还好吗？我这有水，还没喝过。"许约视线落在脸色有些苍白的佳真身上，他将手里那瓶新的矿泉水递过去，"班长，你又不胖，减什么肥？"

"谢谢。"佳真挤出了一丝笑容，"我就是想多运动运动，自从上了高二，每天课程那么多，已经很久都不跑步了。再加上夏天的体育课，老师怕有人中暑，都不让进行剧烈运动，所以只好跟你们一起来爬山了。"

周辉听完使劲点了点头，胳膊肘猛地撞向在一旁站着喝水的李然然。

"周辉你有病啊！没看到我在喝水吗！"李然然被呛了一口，还没来得及咽下去的水瞬间从嘴里喷了出来。

"你好好学学班长行吗？但凡你有她那百分之二十的决心，你身上的肥肉就是肌肉了。"周辉笑得满脸通红，仿佛被呛到的那个人是他自己。

李然然拧好了瓶盖，将瓶子丢给顾渊，迅速跟周辉打成一片。一蹦一跳再往上面跑几步，很快他们消失在了剩下四个人的视线里。

佳真有些担心那两个人迷路，直接叫着名字跟了过去。

顾渊起身的瞬间被一直跟着的赵晨突然拽住胳膊，许约疑惑地回过头看了一眼。

"那什么，我去看看他们三个，别到时候走岔路了。你俩别聊太久，小心掉队啊。"说完，许约转身往佳真刚刚离开的那条路走了过去。

赵晨脸色变化不大，脸红了，应该是爬山累的。

"那个，顾渊……"赵晨收回手，他个子比顾渊矮几公分，低着头跟许约差不多一般高，"其实我是，我是有些话想对你说……"

顾渊虽然有时候确实幼稚了些，但在面对重要的事情上，又极其认真。那副模样像极了拥有成熟的想法的大人。

"说吧，这里就只有我们两个人。"顾渊的语气比刚刚平缓了很多。

"渊哥，你以后想考哪个大学？"赵晨深呼吸了下，抬下嘴角接上了下半句，"说不定以后大家还可以聚在一起。"

"啊？不知道。"顾渊看了一眼赵晨，"没想过。"

"什么意思……"

赵晨一时不知该说些什么，气氛瞬间尴尬了起来。

"大学嘛……"顾渊无力地伸了个懒腰，指了指另一边的山路，"走吧，估计他们四个要等不及了。"

李然然他们走得快，在下一个休息处等了顾渊他们几个五分钟，看到许约一个人跟了过来，两人有些奇怪。

直到顾渊和赵晨出现在视野里。

"渊哥！"周辉激动地往下跳了好几个台阶，一把拉过顾渊的胳膊扯到许约他们这边，"你还行不行了！爬个山比班长歇的时间还要长，你还是不是男人了！"

顾渊哼了一声，没搭理他。

赵晨胳膊肘攀上了周辉的脖子："还有一小段路就到凉亭了，兄弟们冲啊！"

话毕，赵晨强拉着将李然然和周辉沿着上山的路往上推。

"你们几个等等我啊！"佳真大喊了几声也快步跟了上去。

山间的风景全部收进了他们的眼里。李然然大声喊了几句，回音穿透整个山谷。很快，佳真和周辉也跟着一起喊了起来。

无论是释放自身的压力，还是出于接触到新鲜事物的好奇感，又或是那股铺天盖地而来的失落感，最终全部埋葬在整片山谷中。

三天时间在欢声笑语中过得极快，在所有人即将玩到忘我的时刻，那根逐渐放松的线被李烨硬生生给拽了回来。当顾渊拎着行李箱站在附中校门口的时候，他甚至觉得自己还在梦里。

等这场梦醒了，他和许约依旧站在那个空气清新，周围鸟鸣声悦耳的山谷中……

"渊哥你干吗呢？挪挪位置。"周辉从大巴车最底层找出自己的行李箱，看着旁边发着呆的顾渊，满脸疑惑，"中暑了？"

许约刚下车，注意到周辉的眼神，顺势看过去。

"怎么了？"许约的声音很轻，微风拂过的时候带走了话语间带着的热气。许约拍了一把顾渊，"站着发什么呆，往前站一点，你挡着后面的同学了。"

假想被现实戳破，梦幻的场景逐渐模糊，顾渊有些不太情愿地往前挪了几步，谁也猜不透他现在内心到底在想些什么，但十有八九跟其他归来学生的那点小心思一样。

儿童节当天，许约买了整整两裤兜的棒棒糖，什么口味的都有，唯独哈密瓜味的占了一半。最后一节晚自习后，许约站在走廊里举着几根棒棒糖，亲口对顾渊说道："顾渊小朋友，祝你儿童节快乐，永远三岁。"

于是，顾渊笑了。

愣是将许约一路从班上追赶到了校门口，最后跟李然然、周辉集合，一起吃了顿火锅，还是带很多辣椒的那种。

当然，是顾渊付的钱。

之后的日子又回到了游玩活动前那般枯燥无味的生活。烈阳依旧挂在高空炙烤着整个海市，各科的模拟卷越来越多，最后铺满了少年们的课桌。那些已经对完了答案、写得密密麻麻的卷子，被许约丢到窗台上，在强光的照射下，反着刺眼的光。

整个城市的温度一天比一天高，教室里新装的空调在一片翻书声里嗡嗡作响。

顾渊写完一张历史卷，抬手擦去脖子上的汗，满脸烦躁地走上讲台拿了空调的遥控器，将温度往下又调低了两度。

"李烨说了，最低温度不能低于二十五度。"许约往身后不远处瞅了一眼，看清空调屏幕上的数字后笑了，"你就不怕有领导来检查？"

"你点开天气预报看看最近的最高温度。"顾渊扇动着领口，依旧不满足，再次起身穿过过道，这回直接站在了立式空调机的出风口。

许约眉间跳了几下，他放下笔拿出手机看一眼，忍不住轻声骂了句。

手机屏幕上显示出来的城市名字和一个大大的数字，让本就烦闷的气氛又多了几分烦躁。

三十七度。

顾渊脸上的汗珠少了一些，他坐回自己的座位重新捡起掉在过道上的笔。

"多少度啊今天？"

"三十七度。"

"你看吧，我觉得今天特别热。"顾渊瘪嘴，一边小声说着题目一边写下答案。

终于熬到下课铃响，李然然和周辉在课间的十分钟里再也没有出现在A班的教室后排，顾渊在这种情况维持了一周后忍不住去询问两人，得到的答案是"教室比较凉快"。

因为高温的原因，下课后走廊里的学生人数也大大减少了，就连老师和校领导也都躲进自己的办公室，不再像之前那样一层一层地围着班级转悠。

许约不再把复习资料带回宿舍，太阳西落，夜幕悄然来临，蝉鸣和蛙叫声在夜晚尤其放肆，好在盛夏的晚风送来一丝丝凉意。

207宿舍的窗户不知从什么时候开始就再也没有关上过，到了晚上就变成了天然的通风口。李然然一向怕热，愣是将自己的枕头调换了个位置，厚重的窗帘被顾渊挽起来挂在了窗户边的架子上。

正对着他们这幢宿舍楼的是高三的男生宿舍，他们同样敞开着玻璃窗，有些屋子的窗帘直接被卸下来丢进了柜子里，等着下个冬日降临再挂回去。

许约洗完澡擦了两下头发往外瞥了一眼，就看到宿舍楼对面几个男生围在长桌前写着什么东西，仔细看的话，甚至能看到他们嘴巴时不时动几下，像在背诵，又像在抱怨。

"今天几号了？"许约坐到桌前，用干毛巾一下一下地擦拭着湿发。

"二十号。"周辉正趴在对面看漫画，指尖戳了下手机屏幕，"六月二十号。再过十天就七月了。"

顾渊半靠在自己床上的抱枕上，听到这里他忍不住偏过头看向对面的高三宿舍楼。

"七月，对面楼里哥们儿快要高考了吧？"

"嗯，差不多还有两周的时间。"

许约放下手里的毛巾，点开微信看了一眼，距离上次的朋友圈更新已经过去足足一个月的时间了，他忍不住打开相机找了个比较好的角度，拍下对面这幢看上去忙碌又充满希望的宿舍楼。

顾渊突然想起之前看过许约的朋友圈，他从自己的微信里点了进去，以前一片空白的页面突然多了几张图片，再往下翻一翻，居然能看到许约以前发的一条文字。

许许如生：高考加油。

顾渊顺手点了赞，在底下加上了一条评论。

渊渊想抱：我们也要加油。

全国高考如期而至，整个附中也开始忙碌起来，哪怕是高一、高二的教学区,也被带进了一股紧张的气息。李烨百忙之中跟学校做好了高三离校和高二换教学区的工作,最终的时间确定在了高考结束的第二天。

换教学区是件小事,真正意义上的大事件是他们即将步入高三。踏进这个能决定他们未来的一个门槛。

辛苦,又残酷。

高三的毕业季随着七月的到来,也进入了最热闹的阶段。顾渊他们午间穿过林荫路路过高三教学区的时候,都会不自觉地往里面瞅一眼。

以往干净得连一片纸屑都看不见的地面上,此刻却铺满了撕成碎片的白色试卷和复习资料。

顾渊清晰地记得那次体育课,他和许约顺路去超市买冰水的时候,整个高三教学区走廊里站满了学生,每个人的手里紧紧捏着的全都是被撕成很碎很碎的纸片,最后在某个声音的号令下,全部抛在了半空中。

无数白色纸屑像雪一般在空中打着转。

"再见——我的高三——再见啊——"不知是哪个女生大喊了一声。

紧接着是一波接一波的欢呼,像释放,也像告别。

许约眼眶有些发红,他忍不住拿着冰水贴在顾渊的后背上,顾渊瞬间跳了起来。

"凉!许约你是不是故意的!"顾渊回过头就要将自己手里的冰水往许约的领子里塞。

"顾渊,我们以后考同一个大学吧。"许约突然站定脚步,认真地对上了顾渊那双明亮的眼睛,"明年高三的这个时候,我们也不用扯着嗓子大喊。我们不仅高中一起,大学也要一起,对吧?"

对吧?

许约的声音很轻,但令他喘不过气。

第五章 意外

顾渊鼻头突然酸了几分,他重重地点了下头,许约笑着往前跳了几步,最后左摇右晃地抬起胳膊站在了一旁的平衡木上。

他却再也挪不动脚。

趁许约的注意力不在他这里,顾渊拿出手机翻出高离的微信。指尖平缓却坚定地输进了几行字。

渊渊想抱:妈,我突然不想走了。我想好好读完高中,再考个大学。

渊渊想抱:可不可以?

这段微信内容当时并没有得到回应,下午放学过后的晚饭时间,高离拨通了顾渊的电话。

顾渊避开许约,找了个人少的地方才按下接听键。

"喂,妈……"顾渊的声音沙哑得厉害,听着很像吹多了晚风。

"阿渊,下午的时候妈妈有个会议,没有看微信。"高离依旧声音温柔,"你发的消息我看到了。妈妈想问你,为什么突然有了这个想法?总有理由的吧?"

理由……

我只是说了我想说的。

这种最普通的想法,到了顾渊这里就需要一个理由,一个为什么要反抗家里安排的理由。

"阿渊,你现在还小。很多事情都要听爸爸妈妈的意见。"高离并没有给顾渊思考的时间,她了解顾渊,了解他的一切,"爸爸妈妈都是为了你好,你好好待完这最后一年,明年就出国,学校那边妈妈都帮你联系好了,专业也都帮你定下来了。而且这件事情,你初中的时候不是已经答应过妈妈了吗?"

"妈……"顾渊打断高离,理由他虽然想不到,但这股想反抗的劲头却始终在他的内心深处,"妈,从小到大,你们让我做什么我就做什么。你们说学钢琴,我学了,你们让我学英语,我也学了……

但是这次，你们能不能让我自己做选择？"

"你一个小孩子懂什么，爸妈给你做的选择就是最好的选择。"

高离说完这句话迅速挂断了电话。

一向优雅大方、井井有条的女人一下子就乱了方寸。

她养了快二十年的宝贝儿子正在告诉她，能不能让他自己做选择……

高离紧紧握着手机，眼神一片冰凉。所有的情绪最终汇集成了几行字，出现在和顾渊的聊天记录里。

妈：这件事没得商量，高三毕业就出国留学。

妈：你答应过妈妈的。

顾渊突然有些难过，脑子里的记忆被强行拉回了初中时期。那时候的他成绩优异，长相端正，却成为了家里拿来炫耀的"物品"。

一次英语竞赛，顾渊拿下了全市第一的名次。当他捧着带着分量的水晶奖杯去找高离的时候，得到的回应只是一句"应该的"。

高离希望顾渊永远优秀，永远是站在最前面的那一个，殊不知，她细心呵护了十几年的男孩，从此对未来没了任何期望。

从那之后，围绕在顾渊身边的永远都只有一个个戴着面具的笑脸和虚情假意的敷衍。

初二那年的冬天，顾渊过生日，别墅里来了很多不认识的面孔，对着他阿渊长，阿渊短。晚餐过后的短暂交谈中，顾渊认真听完了高离为他做的人生规划，从现在的初中到高中，甚至谈到了出国之后学什么专业，毕业回国之后又做什么工作。

高离帮他安排得清清楚楚的。

当高离转过脸来问站在她身边一动不动的男孩时，顾渊只是面无表情地回了句"好"。

一句"好"彻底浇灭了顾渊对未来的憧憬。

于是，顾渊不再需要朋友，不再需要成绩，不再需要父母间的交流。一切的一切照常进行,跟高离安排的路线完全一样。

几年之后,顾渊终于有了勇气,他想走自己的路,那条没有任何人安排、只是遵从他内心想走的路。

许约从粉星出来,路灯之下他一眼就看到了那个高大的背影,明明再熟悉不过,但此刻却像蒙上了一层薄纱。

"顾渊?打完电话了吗?"许约将神情恍惚的顾渊强行拉回了现实,他往前走了几步轻轻推他一下,"站在这里不热吗?放着空调不吹……"

"许约。"顾渊转过身盯上了许约的眼睛,"如果……我说如果,以后我做了什么不对的事……你会理解我吗?"

许约愣了下:"你在说什么,跟你爸妈吵架了?"

顾渊多么希望他能和高离大吵一架,然后走自己的路。但他不能,他做不到。他就像被驯服的猛兽,带着满身的枷锁,忘记了反抗。

不,不是忘记,是不再懂得反抗。

"顾渊,你到底怎么了?"许约觉得顾渊有些魔怔,他压着嗓子摸了摸顾渊的头,依旧满眼温柔,"别跟你爸妈生气。"

后来的某天,许约回想起来当时的情形,他更愿意他说的是"不会"。

高考的那几天,学校给所有的学生放了两天假,和之后的周末一起组合成了四天的小假期。在学校待久了的住宿生终于有了回家住几天的机会。

许约自然无处可去,只能留在学校。有时是在宿舍里补觉,也有时带着几本练习册去图书馆待一整天。

但令人意外的并不是这无聊的校园生活,而是两天前顾渊钻进校门口停着的那辆黑色轿车里,摇下车窗并且亲口告诉他,他要回家一趟……很显然,并不是他们步行二十分钟就能到的那个家。

再之后的两天里,顾渊像人间蒸发了一般,微信不回,短信不理，手机关机……

直到假期第三天的晚上九点钟，顾渊满脸疲惫地出现在图书馆的楼梯上，拿着手机踱步了许久。

许约指缝间夹着一本薄薄的习题册，走出图书馆大门的瞬间就看到了路灯下那个背对着自己，看上去又有些孤单无助的背影。

"顾渊？"三天没见，许约眼里更多的是疑惑，他站定了脚步，眼睁睁看着那个衣服上全是褶皱的男生缓缓朝自己走来，"怎么不明早再回来？这都晚上九点多了，我还以为……你怎么了……"

直到看清了顾渊整张脸，许约直接呆愣在原地，往前迈出去的腿再也抬不起来。

顾渊的脸色极为惨白，甚至有些大病初愈的虚弱感，眼窝里爬满着深褐色，下巴冒出了浅灰色的胡茬，看上去有些邋遢。

就连看许约的眼神里也全是小心翼翼。

"到底怎么了？"许约面对这样的顾渊只有心软，他比任何人的心思都更敏感，"你看看你这眼睛周围……你到底有多久没好好睡过觉了？"

"许约……"顾渊声音沙哑着，带着浓浓的鼻音，"我尽力了……"

将顾渊推进浴室后，许约坐回了长桌旁，他用胳膊托着下巴往窗外看去，高三的宿舍楼已经在前几天被彻底搬空，夜色下迎来的是一片漆黑和风啸声。

附中的校园比任何时候都要冷清，四处都是离别过后的忧郁。

假期的第三天几乎没有几个返校生，许约深呼吸一下，听清了从浴室里传来的一阵阵呜咽，尽管水流的声音掩盖了它。

顾渊在浴室待了整整一个小时，终于对着镜子胡乱擦几下头发打开了门，雾气也跟在他身后挤进了外面这个压抑的空间，最终散去。许约回头看了一眼顾渊，明明离他只有两步的距离，可为什么他觉得两人之间仿佛隔着永远跨不过去的鸿沟。

第五章 意外

"阿渊。"

"许约。"

顾渊勉强挤出了个能看的笑容,他摆了摆手示意许约先说。

"到底怎么了?"许约突然意识到,他已经有些时日没有看到过那个大笑的时候会露出两颗虎牙的顾渊了,"有什么事情你告诉我,我们一起解决。"

顾渊怔了下,擦几下头发后将毛巾丢在宿舍门口的柜子上,然后坐在了许约的旁边,最后他只是缓缓闭上了眼。

"没有,就是最近太累了。你也知道人在最累的时候,总会想到最亲近的那个人。"洗过澡,顾渊的声音褪去了一丝丝的鼻音,"所以,我就跑回来了。许约你知道吗,我家那边晚上不太好打到车,我沿着海边走了整整一个小时好不容易才看到了一辆出租车……"

许约突然想到了刚认识顾渊时,两人拌嘴间无意识的一句"你家住海边吗,管这么宽"。

他笑了笑,偏过头去:"原来你家真的住海边啊。"

"早就跟你说了,你自己非不信。"顾渊淡淡道。

高考结束,所有人返校的当天,整个高二年级组的上千名学生收拾好自己的东西,在林荫路上排列成整齐的队伍,从 A 班到最后的 15 班依次踏进高三教学区。

这里已经没有了之前他们看过的那片狼藉,以及下课铃响后依旧坐在凳子上忙碌的身影,每张单人桌的右上角还贴着前两天来不及撕掉的姓名和准考证号。

李然然他们偶尔会来串个门,但很多话题也开始避而不谈。顾渊有时会看着窗外的操场发呆,有时也会捏着周辉的脖子说几句玩笑话。李然然喜欢打游戏,但最终还是将宿舍里的游戏机找了个空闲的时间寄回了家。床铺上再没有过期的泡面桶和那些漫画书,只留下了各种复习资料。

每门课的卷子从之前的一周两三张渐渐增加到了五六张，就连黑板旁边贴着的那张课表上的体育课也被划去，换成了自习课。唯一遗憾的就是那张写着"优秀班级"的奖状，留在了之前的 A 班。

每个学生之前最看重的期末考试在一堆又一堆写过的试卷里，也不过就是一场小测验罢了。

好像一切都回到了正轨，再没了以往的放肆。

高温天气跟着来临，空调外挂机依旧嗡嗡作响，所有 A 班的学生终于在暑假前得到了喘息的空间。

李烨眼神复杂地盯着讲台下的 A 班学生，最终将手里的卷子减去了一半。

"从明天起就开始放暑假了，大家稍微打起点精神，再辛苦一年，你们就彻底解放了。到了大学里就不会这么累了，你还会感谢现在这么努力的自己。"李烨于心不忍，几个月前还朝气蓬勃意气风发，在青春期里活蹦乱跳的少年、少女们，现在却被"面临高考"这四个字压得喘不过气来，"学校规定暑期的语文卷子应该是每个人十五张，但老师看得出来大家踏入高三以来是真的很累，所以，我把试卷减到了五张……"

讲台之下所有趴在桌上的同学立马坐直了身体，眼睛里逐渐亮了起来。

不仅是李烨，连老杨和其他老师都将卷子减少了几份。

尽管如此，桌上堆起的卷子看上去也够多的。顾渊的心思却不在这些东西上，他暗暗地用笔戳了戳旁边的许约。

"许约，暑假你搬到我那里去吧。反正学校肯定不会让你整个暑假都待在宿舍里。"顾渊看着桌上那厚厚一沓试卷，心态出奇的平静，他下巴贴在桌上侧着脸笑了下，"行吗？"

"嗯，行。"许约随口答应下来，"反正这个暑假不到一个月，还要提前回来补课。"

顾渊轻声"嗯"了下,坐直身子伸了下胳膊,懒懒地念叨着:"是啊,高三了……周辉经常念叨着高三会过得很快,一眨眼就是高考了……对了,你高一的书都看完了吗?"

"快了,就剩下后面几章内容了。"许约将桌上崭新的试卷折好塞进桌子里,最后犹豫着又全部丢进了书包里,"今天是不是轮到我们这组值日了?"

顾渊抬头撇了下嘴,视线转移到了前排。

"嗯,好像是。前排那几个手里都已经拿着抹布了。"顾渊挪开凳子伸了个懒腰,从门后面拿了两个扫把出来,将其中一把丢进许约的手里,"随便扫扫吧,看着都挺干净的。"

"嗯。"

放学铃响过后,附中的暑假正式到来,好几个男生将自己的书搬到了李烨的办公室,然后拎着自己那圆滚滚的书包从楼梯冲了下去。

许约打扫完教室后,才冲等候在门外许久的李然然跟周辉招了招手。

"你俩进来啊。"顾渊手里捏着两个扫把,从哪里拿的又送回到哪儿去,"不是,我说你俩已经给自己放暑假了?就背个书包?那么多书呢?"

"下午抽空搬回宿舍了……你俩桌上这么多书怎么弄?要不要帮着你们也搬回宿舍?"周辉摸出手机看了一眼,"如果回宿舍的话得快点,不然一会儿宿管大妈也放假了。"

许约转了转眼珠,最后决定回趟宿舍,一是得把所有的课本搬回去,二是得把母亲留给他的那个镯子带走。盒子看上去好像很旧了,上面也布满了灰尘,许约打开盒子将里面那个白色透亮的镯子塞进自己的衣兜里。

许约怕摔了,最后索性直接塞进了顾渊的手里。

四个人大摇大摆地出了校门，在附中旁边的小吃街上解决了晚饭，最后李然然和周辉一左一右消失在了这条长街的尽头。

顾渊付完了钱重新坐下来，看着饭桌前戴着耳机愣神的许约，忍不住笑起来："还发呆呢。估计那俩人现在都坐上公交车了。"

顾渊摘掉许约左耳里的蓝牙耳机，塞进了自己的耳朵里。

"这首歌……"顾渊仔细听了几句，熟悉的歌词和旋律促使他眨了几下眼睛，"这首歌不是我歌单里面的吗？"

"嗯，我挺喜欢这首的。上次瞅了一眼你手机屏幕就记住了名字。"许约将音量提高了一些，转过头小声念着歌词。

"顾渊，你知道蝴蝶爱上蜘蛛代表着什么意思吗？"

"什么意思？"

"意思就是我会放弃一切，奋不顾身奔向未来。"许约笑了笑。

暑假的第一天，太阳还没来得及穿破上空的云层，放在茶几上的两个手机倒是在相同的时间响了起来。许约闭着眼睛起身从床头柜摸到了立在墙边的衣柜，再顺理成章地摸到了门把手，最后挪到茶几旁边弯腰关掉两个手机的闹钟后，往后一仰，直接瘫进了沙发里。

虽然只走了几米的距离，许约额间的汗珠却已经冒了出来，他伸着腰闷哼几声，从抱枕下摸出了空调遥控器。

一股凉风从窗边的一角往他这边吹了过来，将客厅的潮气打散开来，许约这才翻了个身缓缓睁开眼。顾渊同样被那几声闹钟吵醒，皱着眉头从主卧出来，靠在墙边缓了好半天。

"怎么把那玩意儿给忘了……"顾渊朝着桌上的手机翻了个白眼，想砸了它的情绪被许约那张带着睡意的脸给压了回去，"关了吗？"

"关了，顺便把你手机上所有的闹钟全都取消了。"许约歪了歪脖子，用手按了几下眉尾，"困的话回去接着睡吧，现在还不到七点。"

顾渊愣了一小会儿，点点头光着脚走了过来，直接倒在许约身

第五章　意外

旁空着的沙发上。那个位置对着空调的出风口，顾渊弓着背，将自己的胳膊藏进了怀里。

许约扯着薄毯的两角，随意盖在顾渊的身上，随后两人窝在沙发里再次沉沉睡去。

等到两人再次被手机铃声吵醒的时候，顾渊满脸戾气，双手彻底握成了拳，仿佛下一秒就会狠狠地砸向茶几。

好在许约醒得快，在顾渊起身之前接起了他的手机。

"等等，不是闹钟！是电话——喂？李然然？"许约坐直了身子，左手轻揉几下自己那一头乱发，"啊，嗯，刚醒。怎么了……也行，那我跟顾渊说一下，好，等下告诉你。先挂了——"

为了避免起床气还未散尽的顾渊对自己的手机动手，稍微清醒了些的许约将桌上的两个手机丢在拖鞋旁边的地毯上。

这个举动反而逗笑了顾渊，他没好气地说："李然然打的电话？都说什么了？"

"就问我们一会儿去不去打球。他说你家附近有个露天的篮球场，要是打的话他和周辉现在打车过来。"许约省略了李然然前半段的那些废话，"我刚看了下天气预报，今天早上阴天，中午的时候可能会出太阳，到时候又要热起来了。"

"那就去吧，反正放假第一天也不是很想写卷子。"顾渊打了个哈欠，将身上的毯子重新叠好放在一旁，依旧光着脚进了主卧，"你去那边的卫生间洗，我去卧室里面洗。"

许约抬着胳膊，腰间使了一把劲，终于把最后那一抹睡意清除得一干二净。回完李然然消息，他起身踩着拖鞋进了客厅旁边的卫生间，任凭温水浇遍了全身，全身的潮湿随着水流逐渐消失。

盛夏的温度丝毫没有受到太阳的影响，尽管阴天，空气里弥漫的依旧是那股熟悉的潮气，死死地贴在人的身上不肯离去。刚从浴室出来的两人关了空调，没过多久身上又重新爬满了细小的汗珠。

顾渊从衣柜里拿了两件球衣出来，一黑一白，他的那件身后写着数字"20"。

"这个数字是什么？有什么特殊含义吗？"许约盯着穿衣镜里的顾渊，抬手将他往旁边推了一把，"你的幸运数字？还是出生日期？"

"我是二十号出生的。"顾渊侧身从旁边的柜子里拿出黑色护腕，戴好之后重新看向许约，"十一月二十号。"

"我听说天蝎座的男生都喜欢记仇……"许约突然抹了抹嘴角，往前蹿了一步，"那顾大帅哥记不记仇？"

"记仇。不过也得看情况吧，正常情况下呢，我更愿意当场报仇。"顾渊随手从书房里拿了个黑色书包出来，将两个人的手机丢进去，"走了。"

到球场的时候，李然然和周辉已经坐在一边的长凳上。他们直勾勾地盯着场上已经开始玩了半个小时的人群，终于在这些人的缝隙里瞥到了正往他们这边赶来的顾渊。

李然然额头出了点汗，旁边的空地上已经堆了三个空矿泉水瓶，瓶身上还冒着寒气，像是刚从冰柜里拿出来的。

"渊哥，许约，你俩真够慢的啊。"周辉站起来运着球走了过来，隔着几米的距离将手里的球丢到顾渊胸前。

顾渊接到球半蹲起跳，完美地拿下了一个三分。

"漂亮！"

这里的场子看着不大，但来打球的人却很多。几乎没有哪群人能够优先占下全场。四个人也只能围着靠近公路那边的篮筐打转，场地的问题并未对他们造成任何影响。顾渊其实并不喜欢这种半场球，仿佛全身上下受到了某种限制，但并不觉得憋屈，他运着球不断换位。

刚开始他是站在三分线的地方投球，最后跑着跑着就到了中线的位置。

第五章　意外

就在顾渊第四次站在中线准备起跳的时候，另一边篮板下活动的那群人用力猛了些，将球直接往他们这边扔了过来，而离顾渊最近的那个高个子男生扑了过去，最后撞在了顾渊的腰上。

嘭的一声，两人撞在了一起，刚起跳的顾渊一个重心不稳，直接倒在了地上。

许约张了张嘴很快冲过去，想都没想就架起顾渊的胳膊仔细检查了一番。在确定无碍之后许约才看向在地上坐着的男生。

那个男生一脸茫然，看上去像没反应过来，隔了好几秒之后才缓缓说着"对不起""抱歉""不好意思"之类的词语。

顾渊摆摆手重新站好："这点小事，不用道歉。"

"你们瞎啊，半场都不够你们四个人打的啊？三分线都不够你装的吗？"

身后传来的这一声彻底激怒了许约，他冷着脸转过去。站在对面篮板下的几个男生，其中有一个嘴里正嚼着口香糖，嘴角微微上扬，脖子上还有暗青色的文身，虽然在原地运着球，可眼里全是不满与挑衅。

"你看什么看，老子说的就是你们。这球场就这么大，那个男的动不动就过中线是什么意思啊？"

顾渊没说话，只是将许约的胳膊拽着往后拖了几步。

"算了，没事。是我们自己的问题，也不能怪别人说。"顾渊轻拍了下许约的后背，强行将他那即将喷涌而出的怒气压了下去，"好了好了，别理那些人，我们打自己的就行。"

许约叹了口气，转回来："你怎么样？没事吧？刚刚摔那一下疼吗？"

"疼，但总不能摔一下就坐在地上哭啊。行了行了，没事，李然然你接着传球。"

很快，刚刚发生的一切恢复了之前的平静。

不，平静的只有顾渊他们几个人，另外一头的几个男生却时不时就将他们自己的球故意抛向顾渊的方向。

有好几次，旋转的球擦过他们几个人的胳膊最终砸向界外。顾渊忍无可忍，但还是不想惹麻烦。

就在顾渊垂眸思考的时候，许约正好抬头看到了正从对面砸向他们这边的球，他侧着身子往前跨了两大步，最终在球碰到顾渊之前拦了下来。

许约眼神暗了下，然后迅速半弓着背，直勾勾地盯着那个脖子上有文身的男生，以及他头顶的那个破旧的篮筐，突然运球冲刺，速度之快甚至没人意识到应该拦下他。

许约到达那男生面前，冲他冷哼了一声，右手带的球迅速换到了左边，然后后仰起跳——完美入筐。

篮球当着文身男的面在地上弹了好几下，最后滚向场外。

"我刚没听清，你说谁装来着？"许约冷冷地盯着面前这个文身男。

整个球场的男生全部停了下来，完全被许约行云流水的运球技术所震撼，紧接着，旁边围观的好几个路人忍不住尖叫起来。

文身的男生脸色一阵红一阵白，小声念叨了几句，吐掉嘴里的口香糖转身就走。

"喂。"许约大喊了一声，依旧面无表情，他伸手指着停在一边的篮球，"别忘了把你们的球也带走。"

李然然站在篮下整个人都看呆了，虽然不是第一次看许约打球，但刚刚这操作和反应速度，让他忍不住惊叹："我家约约太帅了！渊哥，你说是吧？"

顾渊抱着球站在一边笑了几声："哈哈，我也觉得帅。"

球场走了一些人，很快就有新的人员替补上来，这件突发事件也就这么不了了之了。许约冲新来的那几个男生点了点头，迅速跑回来，拿起地上的矿泉水灌下去一大口。

第五章　意外

"许约,你刚刚真的太帅了!我觉得我都要爱上你了。"周辉回过神来,往许约那边凑近了许多,眼里全是羡慕。

不过仔细想来,这人长得好,学习好,无论是智商还是情商都远超在场所有人。

"滚,我觉得李然然也挺好的。要爱就爱他去。"顾渊瞥了周辉一眼,猛地将许约拽到了自己身后,将手里的球也递了过去。

周辉翻着白眼,趁着许约没注意,迅速夺过顾渊刚刚递过去的篮球。

"你玩阴的啊。"顾渊"呵"了几声,没再去看已经运着球跑远的周辉。他重新看向许约,四目相对,两个人又不约而同地笑了起来。

"你笑什么?"

"怎么,还不允许别人笑了啊……"顾渊忍不住舔了下微微干裂的嘴唇,"对了,许约,你是不是也喜欢记仇啊?反正我觉得你确实挺记仇的……我好歹还会分场合,你这简直就是,就是……那什么,二话不说直接开干啊……"

"是吗?那照你这么说的话……你以前对我那样还是已经手下留情了?"

俩人相视而笑。

许约盯着球场里跑来跑去的少年们,多少有些心不在焉,以至于后面顾渊说了什么,许约没再听进去。不过无论顾渊说了什么,他都不停地点着头,心情甚好,也会跟着"嗯"几声。

中午十一点二十刚过,太阳果然如天气预报里说的那样,从厚重的云层里透了出来,于是,温热潮湿的空气里多了几分燥热。

四个人出了很多汗,虽未尽兴,但还是一起返回顾渊家里洗了个澡,换好衣服之后再一起瘫在沙发里。

"啊,头一回发现时间过得真的好快。下午回家我妈肯定要逼着我写卷子了。"李然然说,"昨天不是发了卷子吗?我随便翻了几页就发现，里面真的有好多我不会写的题。"

顾渊换了件白色的短袖，整个人看上去清爽了许多："不会的就问学霸呗。让他给你们开视频讲题，就跟之前那次考试一样。"

"你别给我找事做了。"许约捏着眉心，胳膊肘撞向顾渊，丢了个白眼过去之后，又像父亲看儿子似的看着李然然，"你要是不会的话就上网找答案，实在不行就给老杨打电话，相信我，他能讲到你会！他有这个时间和精力！"

"许约你不爱我了吗？"李然然撇了下嘴，头靠在许约的肩膀上。

许约后脑勺一阵发麻，想到之前的摸底考试前，相同的题目他愣是讲了整整五遍，有人能全部写出答案，有人却像读了天书一般。

"那要是渊哥也不会做呢？"李然然不死心，手里死死捏着自己的手机。

周辉实在忍不住翻了个白眼，揪着李然然的领口将他拖到了门口，道别之后几乎毫不犹豫地将自己手里那人推进了电梯。

关门的那瞬间许约依稀听到从电梯里传来的几声惨叫。

顾渊眨了下眼睛，清了清嗓子继续问道："对啊，学霸，你还没回答李然然的问题呢。我要是也不会做呢？你打算怎么办？"

许约侧着脸缓缓闭上眼睛，也许是因为大量运动过后全身血液流动过快的原因，许约露在空气中的皮肤从里到外都透着点红。

"什么怎么办，我不是刚才都说过了吗……你要是不会，我就讲到你会为止，反正我有这个时间。"

最初的几天里，许约总会在顾渊起床前做一顿简单的早餐，有时是按照顾渊的要求煮两份豚骨味的泡面，有时只是随便熬些清淡的白粥配两个边缘烧焦的煎蛋……虽然算不上好吃，但顾渊总会一脸满足地冲许约竖着大拇指，嘲笑他像个保姆。

直到十几天后，顾渊揉着眼睛直直地看着餐桌上的白粥和几个

第五章 意外

简单的小菜，吞了下口水，愣愣地看向站在一边拎着汤匙并且看上去极其自豪的许约。

"要不……我们今天出去吃？这些晚上回来再吃？"顾渊怔了下，抓了抓一头乱糟糟的头发，"嗯……你别多想啊，我不是吃腻了！我就是想着一会儿刚好要出去……出去剪个头发？对，顺便吃个饭。"

胡编乱造的理由顾渊一向说得顺口。

"那行吧，刚好也打算今天去趟超市。之前冰箱里的零食和奶茶已经彻底没了。"许约无奈地叹了口气，伸手打开冰箱的柜门，回头捏了一把顾渊的脖子。

顾渊猛地往后缩了一下，眼里全是惊恐。

"干吗！吓死我了。我以为你要把我塞进冰箱……"顾渊愣了几秒，这才拿起桌上的杯子大口大口地喝了几口，之后直接用手背抹了抹嘴角，"许约，你现在这么好脾气我都不习惯了，你想想之前……别说……我还挺怀念当时的。"

许约想起来之前的事情，他关好冰箱门轻咳了几声。

"行，那出门吧。"语气中带着一丝丝的不耐烦，跟半年之前的那个许约如出一辙。

顾渊撇着嘴耸了耸肩膀，最后摆着手让许约正常一些。

上午的阳光依旧很足，强光照在另一条长街的玻璃建筑上，最后再反射到他们这幢高楼上，许约连打开客厅窗户的时候都是半眯着眼的。

顾渊换了件浅色的短袖，许是待在家太久懒得打理头发的原因，这次出门前在卫生间里磨蹭了好半天，最后加快脚步，带着那股熟悉的香水味出了门。

这顿午餐顾渊是狼吞虎咽吃完的，他全然不顾隔壁桌的几个女生投来的怪异眼神，最后将桌上的甜点塞进嘴里缓缓抬起头。

"顾渊，你这副样子就像我这几天亏待了你似的。"许约忍不住皱了下眉，放下筷子垂眸低声道，"你要是不喜欢吃那些，可以直接告诉我……不用像今天这样，出门吃个饭还要找别的理由。"

"那不行，谁说我不喜欢吃！你做的所有东西我都喜欢吃。"顾渊胡乱地擦了把嘴，右手忍不住抓了抓脖子，"咱们今天出来吃顿好的改善一下生活，晚上回家我还要吃白粥！"

顾渊其实并不喜欢吃那些一点味道都没有的白粥，还有看着就没什么胃口的番茄炒蛋，但是很多次他趴在厨房的门框边，看着里面那个时不时划拉几下手机屏幕的许约，他就不忍心开口。

许约从小到大没踏进过几次厨房，很小的时候，他常常看着厨房里忙得焦头烂额、满脸是汗的母亲，忍不住想去分担一些力所能及的事情。后来有一次，他将铝锅放进了微波炉里导致双手被烫伤，抱着母亲哭了整整一天，直到最后挤不出眼泪，整个人缩进母亲的怀里，听遍了所有的安慰……从此之后，母亲不再让许约踏进厨房，直到她离开这个世界，她都没能亲口尝尝许约煮的白粥。

这些事情许约从未对任何人说过，可他的眼神却像写满了故事那般全部融进了桌上的那碗白粥里，顾渊只是垂眸瞥一眼，就能看穿许约很多难以启齿的秘密。

两人出了餐厅，顾渊又带着许约去了他常去的那家理发店，店面看上去十分整洁，镜子也被擦得干干净净，除了旁边有个小哥正坐在凳子上抽烟，其他都能入顾渊的眼。

果然，顾渊往右边瞥了一眼。

"要不换一家？"顾渊停下脚步，转过身就准备重新推开那扇玻璃门。

"顾渊，来做头发啊？"一个染着银灰色头发的女生站了起来，冲他们这边招了招手，看到许约之后满脸意外，"今天带了朋友？你们先坐，我去叫一下火哥。"

许约皱着眉扫视了一圈，那个抽烟的小哥已然灭了烟头，但店

第五章 意外

里浓烈的烟味还没来得及散掉。

顾渊却一直看着许约,似乎在等待着他的回答。

那个抽完烟的小哥似乎也感觉到了许约的不满,满脸歉意地挥着手在空中扇了几下。

"不好意思,刚才没有客人就想着抽一根……来来来,我帮你们把门打开。"小哥说着就往门口走,直接推开了两人身后的玻璃门。

热气一下子涌了进来。

"没关系,我坐在门口这边就行了。"许约反倒有些不好意思,如果现在他们转身就走好像有些不近人情,好在烟味散得也快,他将顾渊往前推了一把,"就这里吧。外面那么热,我不想再出汗了。"

"那好。你在这里等我一下。"顾渊笑了下,很快坐在了一面镜子前。

火哥这名字听起来像小混混,但实际上并不是,她是个穿着中性化、性格豪放的女生。顾渊有些心不在焉,眼神时不时就会飘到门口的许约那边去。

就在顾渊第四次转头后,火哥终于忍不住笑了。她一边挥着剪刀一边问道:"门口那个是你新认识的同学?"

"嗯。"哪怕有人同他说话,顾渊的目光依旧透过面前的镜子,定在坐在门口正低头玩着手机的许约身上,"也不算是同学。"

"不是同学,那就是朋友了吧。"火哥停下来,满意地看着顾渊,最后点了点头。

许约进门之后,一脸平静地坐在靠近门口的那个软凳上,时不时会拎起衣领掩住自己的嘴,也从来没有跟店里的人有任何交流。

顾渊付完钱起身大步走到许约身边,将他拿在手里横着的手机抽出来,直接塞进自己的裤兜:"别看手机了,看我。"顾渊眨了下眼睛,"怎么样?火……老板手艺不错吧?"

许约抬眸,眼前这个男生的头发比之前短了些,鬓角的几缕碎发也跟着彻底消失。因为夏季天气热的原因，顾渊几周前就已经不戴发带，以至于渐渐有了一层薄薄的刘海。眉眼好像更加清凛了些。

"挺不错的。"许约起身仔细看了好几眼，"没看出来区别在哪里？除了比之前短了点……"

"可我就喜欢这样的。"顾渊自己觉得很满意，摸了摸自己那完美的下颌线，"走吧，去超市。"

"先把手机给我，我在备忘录里写了一会儿要买的东西。"

"不给。追上我再给你啊。"顾渊推开门，完全不顾室外的温度，直接蹦了几下。

许约冲身后的火哥点了点头，说了再见。

超市并不远，穿过两个人行道就到了。顾渊推着超市的小推车，时不时往四周瞟几眼，最后忍不住将哈密瓜味的奶茶丢了好几瓶进去。

许约按照备忘录买好了需要的所有东西，最后两人手里都拎着超大的塑料袋回了小区。

两人一路有说有笑，直到出了电梯看到了正站在家门口的高离。

顾渊脸色瞬间冷了下来，他按了指纹锁推开门，高离先一步跨了进去。

"你妈？"冲着这两人的长相，许约也能猜到眼前这个气场强大的人跟顾渊有着什么关系，"要不……要不我去附近找个奶茶店待一会儿？"

顾渊犹豫着，最后接过许约手里的那个袋子："别走太远。"

"好。"许约听不清顾渊说了什么，他只是垂头轻声答应了下来。

过了几秒之后他抬起头，顾渊失神的样子他不是没见过，那样的疲态着实让人心疼。但终究解铃还须系铃人，那个人不是他，而是屋里那个人。

"我很快就好。"顾渊说，"现在是两点四十五分，我三点半之前一定去找你。等我。"

第五章　意外

"好。"许约笑了笑,抬着略显沉重的胳膊,按了下行的按钮。

"跟你妈妈好好谈谈吧,虽然我不知道你们之间到底发生了什么。"电梯门关闭的瞬间,许约又补了一句。

等到墙上的楼层显示器停在了"1"之后,顾渊才拎着两大袋东西进了门。

高离抬眼偏了偏头,将酒柜上带着一点灰尘的相册放了回去:"阿渊,你住宿为什么不通知家里一声?东西那么多自己一个人搬过去的吗?怎么不跟妈妈说一声,我可以找人帮你的。"高离依旧满脸温柔,完全没有因为看到许约而有任何的情绪波动。

"住校比较方便。而且我也高三了。"顾渊坐在了高离旁边,一动不动,眼睛里往外透着冰凉,又补了一句,"再过半个月就高三了。"

"刚刚跟你一起的那个男生,是你新认识的同学吗?"

"是我最好的朋友。"

高离的脸色有些难看,她的声音里夹杂的满是令人畏惧的坚定:"你不需要朋友,更别说最好的朋友。"

"为什么不需要?"顾渊终于将目光移到了高离身上。

"所以,你上次突然回家跟爸爸妈妈吵了一架,说什么坚决不出国留学……就是因为这些所谓的朋友?"高离的脸瞬间冷了下来,那是顾渊从没见过的表情。

"是不是?顾渊!回答我!"仿佛撕开了那层厚厚的伪装,高离的声音很是尖锐。

顾渊忍不住低下了头。

所有想要藏起来的情绪在这一瞬间变得面目全非,最后全都被收进了顾渊最后的那句"是"。

顾渊沉着脸,眼睛直勾勾盯着前方。

第六章 醉梦

第六章 醉梦

许约最终在小区里的花坛旁边站了整整二十分钟,焦灼不安将他全部的耐心吞噬殆尽。这副不知所措的样子就像犯了错误被丢出家门罚站的小孩子。

烈阳下,许约明明已经站在一旁的树荫下,但依旧阻止不了额头往下流的汗,最后遍布整个脖子。

不知是不是站太久的原因,许约有了些许中暑的迹象,他扶着墙眼前一阵阵发黑……好在小区门口正在值班的保安带了瓶常温的矿泉水及时赶了过来。

保安的双手冰凉,这股强烈的凉意渐渐传到了许约的胳膊上,一直凉遍整个身体。

"谢谢。"许约接过那瓶矿泉水,毫不犹豫地拧开瓶盖往下灌了好几口,最后长长叹了口气。

"我好像见过你几次,跟朋友吵架了?"正午的阳光毒辣,不过几分钟的时间,两人额间的汗珠从未停歇过,保安用力抹掉脖子上的汗,将许约带到了值班室。

推开门的那瞬间,满屋子的冷风迎面而来,许约深呼吸了下,刚刚那股焦躁不安逐渐被压了下去。

两个人有一句没一句地聊了接近半个小时,终于在接近四点的时候看到了高离开着车出了小区,很快,顾渊的电话也打来了。

许约轻晃了几下手里的瓶子,转头向保安再一次道了谢,随后推开值班室的门走向刚从电梯间出来的顾渊。

"谈完了？"许约嘴唇发干，愣了半晌之后继续说道，"我还是随便找个宾馆或酒店住半个月算了，反正……"

"不行！"顾渊猛地抬手反扣住了许约的肩膀，力气之大许约忍不住皱了下眉头，顾渊跟着愣了下很快松开了自己的左手，"对不起，我只是，我只是觉得你没必要搬出去住……"

许约很难形容自己此刻的心情，尽管只是一瞬间，他还是看清了顾渊眼里流露出一种强烈的不安。

"我玩手机的时候看到了几个假期补习班，刚好有文科的补习班，费用也不是很贵，所以我想接下来的十几天我去好好补补历史……"许约的声音越来越小，这蹩脚的理由连自己都有些难以置信，更别提一向敏感的顾渊了。

但顾渊没有，许约说什么，他就信什么。哪怕是一句听着就很假的话，顾渊也愿意去相信。

这也是许约完全没有想到的。

"好……"顾渊垂眸，一口答应下来，"我陪你去那些补习班问问吧，我记得之前放学回家的路上看到过好几个补习班的牌子，要不要现在先过去问问？"

"啊？"许约愣了下，"啊，也行。"

如果换成几天前，甚至是几个小时前，许约提出这样的要求，顾渊一定会像个小孩子一样抱着他的胳膊让他留在家陪着自己，也许还会说一大堆学霸之类的话来笑话他一番，但今天的顾渊，却成熟得不像许约所熟悉的顾渊。字里行间都透露着无能为力的颓废感。

明明这个环境下的热度和光照让人内心烦躁，但此刻的两个人却一个比一个波澜不惊。内心平静得让人害怕。

"你妈……都跟你说了什么？"许约一直盯着前面的人行道，头也没回地问道，"还是说，你们刚刚又吵架了？"

"没吵，我跟她没有那么多的架可以吵。"顾渊逼着自己挤眉弄眼了一番，为了不让许约发现任何异样，他从兜里摸出手机，一只手拽着许约的衣摆，另一只手不停点着手机屏幕，"我今早刚下载的游戏，听李然然说这个还蛮好玩的，你看着点路，有台阶记得跟我说啊。"

许约道："你也是个人才。"

顾渊嘿嘿笑了几声，盯着手机屏幕再也没有挪开视线。

他说是"今早刚下载的"，明明就是刚刚打开手机应用商店随便下载的游戏。为了显得真实性再高一点，还愣是把李然然也扯了进来。

手机屏幕里的小黑人已经不知道死了多少次，右上角的生命值已经从"10"变成了"0"，顾渊啧了一声，满脸不高兴地点了下游戏界面中间"再来一次"的按钮，这回直接变成了充值界面。

尽管这样，顾渊还是右手不停地划着屏幕，左手死死地拽着许约的衣角。

顾渊最终还是忍不住骂了出来："李然然这找的是什么垃圾游戏，还要充钱才能继续玩。"

"这不是很正常吗？我一个不玩游戏的都知道，你能不知道？"许约伸手将顾渊往自己这边拉了一下，"前面有自行车过来了，往这边站。"

顾渊缓缓抬头小声"哦"了一声，顺便将手机退回到了最初的界面。

"这游戏一点都不好玩，没意思。删了删了。"顾渊清了清嗓子将那个下载了不到十分钟的游戏点了删除。

他们在路两边的矮楼里找个不停。许约突然觉得自己有些矫情，好好待完这十几天不好吗？非要没事找事。

重点是顾渊居然连反驳都没反驳，跟在他身后愣是找完了整整

第六章 醉梦

一条街。

就在许约准备放弃的时候,顾渊突然抬起胳膊指了指前方不远处。

"看,那有一家培训课堂,牌子上写了高中所有课程都有。"顾渊眯了下眼,"要不要过去问问?"

"嗯。"许约黑着脸转过头去。

培训机构的招生前台在一楼,许约推门而入,几个女生立马端着水杯迎了过去。直到顾渊跟着进来,所有人都愣在了原地。

很快,距离许约最近的那个女生先回了神,她挪开凳子示意许约坐下:"你好,请问你们是来报补习班的吗?"

"嗯。"许约回应了一句,转过身看了一眼顾渊,"你应该不报吧?"

顾渊愣了下,支支吾吾半天最后摇了摇头:"还是不了吧。"

许约主动提出自己要上补习班,很明显就是想两个人各干各的,尽管顾渊心里不太愿意,但他还是决定尊重许约的选择。

"你们这里几点下课?"顾渊突然看向身旁站着的女生,低声询问道。

"早上的话是八点半开始到十一点半结束。下午是两点半开始到五点半结束。中午提供午餐和休息处的……"女生不紧不慢地拿着单子讲解了半天,最后继续问道,"你是他哥哥吗?"

"不是……"顾渊突然沉默了下来,"我们是同学。"

顾渊眼神逐渐黯淡了下来。

"行,那我就报那个全天的文科班吧。"许约垂下目光,甚至有些自嘲地问道,"你们这里的午餐是免费的吧?"

几个女生笑着摆了摆手:"免费的,这个问题完全不需要考虑,我们培训班的工作人员都会给大家安排好的。"

"那就行。"许约眼里充满了疲惫,他抬起眼看向身后的顾渊,

"那什么时候可以来上课？"

"正常的话明天早上就可以，只不过……我们这几个班都是刚放暑假就开始上课的，所以有些课程可能已经进行到了一半……费用的话也给你减半好了。"女生小心翼翼地从旁边抽了一张空白的信息表递了过来，"这个需要你填一下，联系方式最好写父母。"

"不用，放心，我不会无缘无故旷课。"许约冲前台的女生笑了笑，很快填完了表格，然后双手递了过去，"给，麻烦你们了。"

咨询、报名、填表、付钱，甚至最后许约手里拿着一个赠送的黑色书包，在这个过程里，顾渊都只是站在许约的身后一言不发，有女生接了杯水过来，顾渊也懒得去看一眼。

直到两人再次推开玻璃门走了出来，顾渊才缓缓伸手拉住许约的胳膊。

"我五点半来接你。"顾渊大步往前跨了几步，站在许约的面前垂着头，盯着许约的鼻尖，"我一定会来，就在这个地方等你下课行吗……你哪里都别去。"

不知道为什么，许约觉得内心很不踏实，眼前好像覆盖着一层薄雾，怎么挥手都挥不散，只能任由它越聚越多，视线也跟着越来越模糊。

"好。"许约淡淡地回答道，"你这是干吗？我又不是小孩子，上个补习班又不会跑了。"

是不会跑，两个人之间连以往常有的小打小闹也没了，更多是无言的沉默。

顾渊最终还是狼狈不堪，明明自己已经足够小心翼翼，生怕许约受到半分伤害。直到高离的出现，他彻底明白了最危险的从来都不是其他东西，而是顾渊自己。

回去的路上许约拽着顾渊去了趟便利店，从冰柜里随便拿了两瓶冰水，猛地灌了下去。

顾渊硬生生扯开了许约的手,将剩下的那半瓶水打翻在地。

冰水触地的瞬间四处飞溅,带起了一些小泥点。

"许约,我们别这样。行吗?"顾渊语气极其平缓,眼神里全是懊悔,"对不起……"

"顾渊,其实你不用过分地考虑我。"许约睫毛颤动着,好像有水点沾了上去,一眼看去,像晶莹剔透的钻石,"什么事我都经历过了,所以你也不用说对不起。"

顾渊沉默了几秒,突然抬起脸,闭上了眼。

高二的暑假被附中减去了三分之一,最后又在许约的强烈要求下再减去了一多半,仅剩的时间在两人中间也只剩下了沉默。

顾渊偶尔会拿着手机凑到许约跟前笑几声,他们看上去依旧和以往一样。

为期十几天的补习班,许约每一节都没落下过,他只是静静地捏着笔,坐在后排靠窗的位置,抬眸间总会看见隔壁那条街上人来人往,又在正午过后变得十分安静,只剩下几个孩童的啼哭和那贯穿了整个夏天的蝉鸣。

培训班里的老师是不会像李烨那般严厉的,就算手机放在桌上也不会有人走过来跟你提醒一句"收回去"。许约的注意力也从来都不在教室里的白板上,他会时不时瞥一眼黑掉的手机屏幕,像是等待着什么。

顾渊答应过的事也没有食言,每天下午的五点钟,他总会按时出现在培训班的楼下,有时耳朵里戴着蓝牙耳机,站在旁边的树荫下安静地等待,有时会低头不知想些什么,有时也会晃着兜里新买回来的哈密瓜味的糖果。

直到许约背着包出现在顾渊眼前,他才会露出笑容。

他们依旧会路过那个便利店,会买两瓶冰水,许约也会在顾渊的要求下煮几碗白粥。

他们会一起窝进沙发里看电影,也会故意关了灯选一部评价还不错的恐怖片看,只是沙发旁边那盏落地灯却挪到了许约那边。

返校的前一天晚上,李然然和周辉来找了一趟顾渊,四个人又去了之前的那家烧烤店,桌上堆满了各种烤串和各种饮料。

"是你们这几个小子?"老板娘百忙之中拿着菜单走了过来,扫视了一圈后从另外一桌挪了个凳子过来,看了一眼许约,"你们……这是高中要毕业了?"

许约心想,他们几个现在的样子跟即将离别没什么区别,他自然也就懒得反驳。

"快了。"许约捏了捏鼻尖,"已经高三了。"

"高三了啊……"老板娘意味深长地看了他一眼,转头又看了几个人一圈,"不瞒你说,我刚认识这几个孩子的时候,他们应该才上高中,那时候他们总爱找个人少的角落,又吵又闹的……这眨眼间他们都长高了,来的次数也比之前少了,我估摸着啊,等你们开了学,也没什么时间再来我这小摊子了。"

烧烤摊这种有碍市容的店一般都只开在巷子里,虽然人来人往,也常有附中的学生过来,但很多都是生面孔,很少有老板能这么清晰地记住他们这几个穿着高中校服的少年。但老板娘还是留意了整整两年。

"不会啊。"许约说,"周末的时候我们会抽空来的,您旁边那个可喜欢吃你们店里的烤面筋了……"

"过几天,阿姨就准备把这店转租给别人了。"老板娘突然沉默了下,她冲许约笑了笑,指了指顾渊,"那小子以前来的时候不是这样的。我很少看到他笑,当时还觉得他应该是这里面最成熟、最懂事的那个……但是自从你来了,他就不一样了,逐渐有了点你们这个年龄段该有的东西……你们要好好珍惜你们的友情。"

许约轻轻点了点头，有那么一瞬间，许约觉得这家店的老板娘像极了自己的母亲。

顾渊睡得沉，时不时吸一口气，再边说梦话边吐气。

许约侧着头耳朵贴近顾渊的唇边，模模糊糊只听见重复的那几个熟悉的字眼。

"不走……"

"留下……"

许约很想找个正式的机会告诉顾渊，他哪里都不会去，他已经没了家，没了亲人，这个世界上唯一能牵动起他情绪的人……只剩下顾渊了。

顾渊再睁眼的时候，已经是第二天上午十点，明亮又空荡的房间有些安静和冷清，只有靠近他这边的柜子上的那张黄色的便利贴，仿佛给这浅灰色里添了些别样的色彩。

我们先去教室，你收拾好了就来学校。

我会跟李烨说明情况的。

早饭在桌上。

字迹清晰，结尾的地方还画着一个鬼脸，顾渊凑近了些，从字迹来看，这行字和最后的表情出自两种笔芯。

除了李然然或者周辉，顾渊再也想不出还有谁能这么幼稚。

反正许约不会。

顾渊果断换好衣服冲进卫生间，简单洗漱过后甚至连桌上的早餐都没看一眼就直接破门而出。

附中的校园依旧冷冷清清，整个高一、高二的教学区连大门都是锁起来的。顾渊抬着脚一步一步往前走，身边的一切仿佛都在告诉他，往前走，你已经回不了头。

顾渊到教室的时候，许约已经写完了第三份卷子，他将书包塞进桌子里，忍不住清了清嗓子压着声音问道："你们几个早上出门的时候怎么不叫我？你们还是不是人！"

"叫了。"许约手中的笔依旧没停，"但你没醒。"

两人之间的气氛好像缓和了很多。

高离自那天之后再也没有找过顾渊，仿佛一切回到了正轨。

许约难得今天心情不错，中午最后一节课结束后约了五个人去粉星点了很多小吃。

"你叫赵晨干吗？"顾渊在听到赵晨这两个字的时候有些惊讶，他怕许约还是不太喜欢那家伙，"我们四个就足够吃垮你了。"

"没关系啊，我现在有钱了。"许约微微扯动嘴角，在所有人诧异的目光中点开了自己手机上某个银行的应用软件，"看，十五万。"

这十五万是怎么来的，在场的所有人都清楚，眼看着好不容易调动起来的气氛有了下降的趋势，许约却突然拍着手笑了起来。

"你们几个能不能别整天丧着个脸，早上写的那一大堆试卷就足够头晕的了。"许约下意识地捏着食指指尖，最后在A班同学已经走得差不多的时候，抬着胳膊将面前的几个人推出了门外，"我呢，不像顾大帅哥家里那么有钱，所以机会就这么一次，今天中午想吃什么随便点，我请了。"

李然然瞬间就扑到许约的背上，嘴里念叨了一大堆零食名称。

"你们都不知道我这个假期到底经历了什么！我跟你们说，我被我妈逼着在家写完了所有的卷子！我就在桌上写，她就坐在旁边盯着……真的很恐怖。"周辉将赵晨按在了肩膀下，"那阵子我巴不得学校赶紧开学呢……但是今天早上，我又突然想回家了……你们A班的可能都不知道，那个化学卷子我的天……"

"你可拉倒吧，说得好像你会写其他的似的。"赵晨一巴掌打在了周辉的脑门上。

许约道:"其实我觉得赵晨说的也不是没道理。"

整个高三教学区结构同高一、高二的一样,都属于回字形楼,层数也一样,唯一不同的就是学校为了给这些即将高考的学生节约出时间,楼梯口将彻底分成了两个,除了顾渊他们之前熟悉的那个,在靠近操场的那侧也有一个。

一分为二的楼梯已经不像之前那样可以并排容下四五个人,顾渊只好跟许约走在队伍的后面。

顾渊深呼吸了下,抬头看到的却是一小块正方形的天空。

"许约,你明年想考哪所大学?"四个人出门比较晚,整个教学区已经看不到几个人影,顾渊突然伸手扣住许约的肩膀,低声问道。

哪所大学?

许约肩膀微微颤动了下。

以后要去哪所大学他确实没想过,他的计划好像已经彻底被眼前的这些事情填满,根本来不及顾及其他。

"暂时还没想好。"许约笑了笑,"不过……我应该会跟你上同一所大学吧。"

顾渊忍不住苦笑了起来,有些难看。

几个人在粉星有说有笑,凑巧的是星姐和她朋友正好今天也在,于是,这拨人时隔几个月之后重新坐在圆桌上玩起了"真心话大冒险"。

不同以往的是这次游戏规则里完全没有"真心话"这一选项,李然然看热闹不嫌事大似的硬是从大冒险的竹签中选了几个出来。为了防止其他人偷看,他甚至将几根竹签藏在了身后。

顾渊挨着许约坐,面前放着两个空杯。他扬起嘴角,似乎很享受这种久违的舒适。

李然然和周辉手里各抱着一瓶咖啡,和星姐聊天:"姐,我们喝咖啡就行，下午还有一大堆理化生的卷子等着我们呢……尤其是渊哥需要提提神！早上叫都叫不醒，都陷入昏迷了……对了，姐，你们猜他今早几点来的学校！许约！大声告诉他们，渊哥几点进的教室。"

"李然然你能不能闭嘴？"

顾渊白了李然然一眼，然后将每种口味的奶茶低声报了一遍，又偏过头看向许约："今天所有的口味都有，你想喝哪个？"

"还是哈密瓜的吧。"许约轻声回应道，"喝习惯了，突然不想换别的了。"

顾渊又笑了，伸手拿了瓶哈密瓜口味的过来，拧好瓶盖后轻轻放到许约左手边。

"来来来，你们几个快点！依旧手心手背啊……"周辉喝了一口咖啡，盯着顾渊的眼睛逐渐发起了亮光，"还有啊，渊哥，到时候不管签子上写的是什么，你跟许约都不许反悔啊。来来来！"

众人在倒计时结束的瞬间同时伸出右手。

果然，除了许约和顾渊，剩下的几个人像提前商量好了似的全部出了手背。

许约很轻地眨了下眼睛吞了吞口水，愣是将自己伸出去没几秒的手心缩了回去。

顾渊忍不住四处瞟了瞟。许约周围除了他自己和一个木质圆桌，就剩下最左边那面雪白的墙。

"来来来，许约。先抽签子了！"李然然侧着身子垂眸盯了半天，最后终于从桌子底下拿出几根竹签放在许约的面前，"随便抽一个。上面写的是什么你就得做什么！不能耍赖。"

"行吧。"许约默默扫视了一圈，抽了一根出来，翻开带字的那面丢在了桌上。

周辉和李然然同时伸长了脖子往前凑近了许多。

第六章 醉梦

"跟你旁边的人对视十五秒！"李然然一字一句地念出竹签上的字，然后开始拍着手起哄，"许约旁边只有渊哥，快快快，抓紧时间，秒表都帮你们准备好了。"

其他人忍不住跟着一起笑了起来。

许约觉得有些别扭，但玩游戏最忌讳的就是不遵守规则，更别提这几个人都是游戏老手。

但好在只是看顾渊十五秒而不是其他更过分的事情。

顾渊挑了下眉，胳膊肘自觉地架在了桌上，脸微微侧向许约那边。

"来吧？同桌？"

顾渊这一脸欠揍的样子，还真是一点都没变。果然脸皮厚的人，从来不会在乎别人的眼光。

许约转了转眼珠，在一片哄笑中终于对上了顾渊那双明亮的眼眸。

"十五——十四——十三——十二……"李然然点了下手机上的按钮，嘴里小声地开始倒计时。

许约忍不住抿了下唇，心说撑过这十五秒，逮到了李然然他绝对要让他加倍还回来。

顾渊的眼形和其他人的都不同，眼尾微微有些上扬，睫毛又黑又密，前端微微卷起。大概是因为昨晚没睡好，顾渊眼眶还微微泛着红，有细小的红血丝延伸到了眼底，浅棕色的眼球里透着点点光点。

一阵风吹来，万籁俱寂中有什么东西掉了下去。

"你俩，够了！"李然然抬起胳膊，伸长了手在顾渊和许约之间的空隙中挥了几下，"时间过了。"

许约回过神，偏过头拧开奶茶的瓶盖直往嘴里倒。

顾渊将视线挪到了桌上的几根竹签上。

"来来来，下一轮下一轮。"李然然挤眉弄眼了一番，轻咳了几下，"三——二——一——"

最后的结果和第一局完全一致，只不过这次的目标换成了顾渊。

"你们几个是不是提前商量好的？"许约搁下手里的瓶子，轻轻敲了几下桌，"李然然，是不是你出的主意？"

李然然极力否认，一边说着"没有没有""怎么可能"，一边不停地冲圆桌前的几个人眨着眼睛。

"来，渊哥到你了。"周辉重新排好了竹签的位置。

"你们真的是……"顾渊想都没想就摸了一根出来，同样将带着字的那面丢到了桌子中间。

顾渊早就料到，李然然和周辉他们两个没安什么好心，选的竹签肯定都是捉弄人的，当他看到桌上那两行小字的时候，还是忍不住凑近仔细又看了一遍。

说一件大家都不知晓的事情。

"这竹签有意思啊。"李然然眯着眼睛，忍不住站了起来，"渊哥，你还有什么事是我们不知道的？"

气氛突然沉默。

几秒钟后，顾渊抬了抬手，按了几下眉心："其实，我很讨厌学英语。"

众人无语。

之后的几局，许约愣是将李然然换到了顾渊右边，以至于整个游戏过程里，李然然再也没有了小动作。平局的时候，赵晨会站起来端起桌上的饮料跟其他几人挨个碰杯，轮到星姐的时候，她连竹签都懒得选，直接说了几句真心话。

整个午休时间在一片欢笑中缓缓消逝，午后的蝉鸣好像比以往更聒噪。

"今天的午餐破个例，给你们打八折。"星姐坐回了前台，往嘴

第六章　醉梦

里塞了个冰球，回过头看着许约继续说道，"对了，你们几个今年好像都高三了吧，以后没事记得多来几次啊，等你们毕业了可就看不到你们几个。"

许约笑了下，扫二维码付好钱后，收了手机忍不住伸了个懒腰。

许约随手拨弄了两下头发，低头说道："有时间就来粉星，那我们先回教室了。今天谢谢姐。"

顾渊出门一向不看天气预报，早晨起得晚，着急忙慌地从衣柜里随手扯了件薄一点的外套就出了门，以至于到了现在，顾渊敞着前襟，愁眉苦脸地盯着门外那片刺得人眼睛疼的水泥路。

大概因为整个暑假期间顾渊都会在晚上喝一碗白粥，整个人看上去比之前清瘦了些，侧脸的线条也比以前更加清晰立体，许约愣了几秒，走过去轻轻拍了顾渊一把。

"我觉得这几天还是得请你吃点好的。之前没注意到，你这脸都小了一圈。"许约忍不住看了一眼李然然，叹了口气，"李然然的脸现在都是你的两倍大了，之前还只是一点五倍呢。"

声音不大不小，正好传进了正仰头往肚子里灌着咖啡的李然然的耳朵里。

"许约，你跟着渊哥待久了都已经不会说话了吗？"李然然翻了个白眼，视线落在了顾渊的脸上，"渊哥，你是不是背着我们所有人减肥了？脸本来就小，这下更小了。来来来，让我比比，有没有拳头大……"

说着，李然然就举着拳头往顾渊这边靠，靠到一半被周辉给拉了回去。

"滚。"顾渊没好气地回了一句，在李然然伸出魔爪之前往右边蹿了几步，躲在了许约身后，"李然然你离我远点，我对傻子过敏又不是一天两天了。"

"许约给。你们拿几瓶冰水回去。"星姐指了指橱窗，带着白色雾气的矿泉水瓶整齐地排列在许约面前,"回教室的路上喝,这天太热了。"

"谢谢姐。"李然然迫不及待地冲了过去。

顾渊在门前站了两分钟,最后将薄外套脱下来,随手系在了腰上,里面白色的短袖上印着简单的几行英文字母。

视觉上确实褪去了一半热意。

许约有些懒散地趴在桌上,将侧脸贴在冰凉的书皮上,凌乱的刘海侧贴在眉骨上。中午那股闷热在一个小时前彻底散去,头顶上开始不停翻涌着一片暗色的云层,窗外只有擦着玻璃窗呼啸而过的夏风。

"观众朋友大家好,中国气象局今天下午启动台风二级应急响应。中央气象台也将台风警报的级别由橙色提高到了最高级别红色。今年第七号台风……台风中心经过的附近地区风力将会有九级到十一级,海市将出现暴雨到大暴雨……"

讲台旁的电视不知被谁调到了天气预报的频道上,屏幕里站着一位女生,身着正装,语气温柔,时不时指几下身后的地图,熟悉的女音在一片翻书声中显得清朗独特。

顾渊忍不住抬眸看了一眼电视屏幕,随后偏头往窗外瞥了过去。

"风这么大,看样子过不了多久就得下雨了。"顾渊伸了个懒腰,将刚刚写完的两张卷子丢在许约的桌上,"这两张卷子就先放你那里吧,明后天找个时间对一下答案就行。"

许约脸上的睡意也退了一些,他揉了两下眼睛,想将顾渊扔过来的卷子夹在自己的练习册里。

"也不知道这次台风天学校会不会停课,听起来挺厉害的。"许约盯着电视屏幕,手上的动作像还没缓过劲,指尖微微翘起,拿了好几次都没能拿起桌上的试卷。

果不其然,突变的天气打乱了学校提前安排好的各种学习计划,李烨踩着高跟鞋上楼的速度都比以往加快了不少。

"同学们,因为考虑到台风天气的影响,咱们学校临时决定给所有的高三学生放一天假。接下来我说的话大家都好好听清楚,张协,把你那边的窗户关上!这么大的风还开着窗……"李烨神色慌张,甚至提高了音量,"从现在开始,住校生除了宿舍最好哪里都不要去,不允许任何人出校门!还有所有的走读生——所有的走读生现在立刻收拾好自己的东西,我上楼之前已经提前通知了你们的家长。你们收拾完东西回家。下楼的时候不要急,不允许出现任何踩踏事件,都听清楚了吗——听清楚的话现在都动起来!"

李烨声音很尖,在窗外狂风的衬托下,让人听得极其费劲。

许约这下彻底清醒了,他不自觉地往窗外又瞅了几眼。林荫路两边的香樟树已经被压弯了许多,没过几分钟,空荡荡的操场已经看不清红跑道,整个附中看上去一片灰蒙蒙的。

A班的走读生并不多,有几个女生握着笔的手压根就没停过,从李烨进前门到从后门出去,她们的目光从来没有离开过桌上的练习册。

整个教室在李烨离开之后瞬间闹腾了起来,桌子、凳子摩擦着地面发出刺耳的声音,有几声比李烨的声音还要尖一些。

"你什么打算?在狂风暴雨中坐在教室里继续写卷子,还是去超市买点零食然后回宿舍?"顾渊跷着二郎腿,不紧不慢,不同于其他人的样子倒成了一道风景线。

"李然然的名句是什么你还记得吗?"许约收好桌上的所有东西,将左侧开了一条缝隙的玻璃窗关得严严实实,最后站起来抬手将中间的月牙锁反扣了过来,"小命要紧,顾大帅哥——这种天气下,您就别逞能了。收拾收拾去超市买点东西就回宿舍。"

"行吧。那我跟李然然他们发个消……"

"不用发了,他们俩已经站在教室门口了。"许约往顾渊的身后努了努嘴，随后将凳子搁置在单人桌下方，"走了。"

四个人下了楼梯，迎头撞上的就是从天而降的暴雨。

李然然眨了下眼睛，将自己的书包直接举过头顶，做好了随时冲刺的准备。

"李然然，这么大的雨，你顶着个书包就有用了？"

顾渊半睁着眼睛，自己明明两手空空连个遮挡的东西都没有，却还要先嘲笑别人一番。许约斜靠在楼梯口的墙边，伸出手往外探了探。

很快，许约那条胳膊彻底被雨水打湿。手腕垂下去的那瞬间，雨水顺着他的胳膊，从指尖不断滴落到了脚边。

"看到没？李然然，事实证明你那书包不会有什么用。"顾渊动作停了片刻，看着许约那淋了满胳膊的雨水，忍不住笑了起来，"有人提前帮你试过了。"

李然然抿着嘴，偏头看着许约的胳膊讪讪说道："早知道出门就带个伞了，遮阳挡雨的都行。"

一整个夏天，海市从未有过台风警告，周辉有些激动，时不时将胳膊伸出去再立刻收回来，最后满脸期待地看着身边几个人："兄弟们，你们敢不敢跟我冲一次？"

"冲什么？"

"直接冲到超市去啊。"

顾渊道："你是不是写卷子把脑子写坏了？这么大的雨。"

三个人脸上的表情没有一个是赞同周辉的，很快，更强烈的冷风带着水雾疯狂嘶吼着从楼梯口大开的窗户里吹了进来，像是迫不及待的催促。

许约忍不住缩了缩脖子打了个寒战："算了，还是别站在这里纠结了，看样子说不定一会儿的雨更大，我们几个又都没有伞，除了像周辉说的那样直接冲到超市，还有别的办法吗？"

第六章 醉梦

顾渊安静地看着许约,最终将自己腰上胡乱系着的那个薄外套扯下来盖上了他的头顶。

"那你撑着我的外套,好歹能稍微遮一点。"顾渊说完,弯腰将自己松了一些的鞋带重新系紧,"真冲啊?"

许约没说话,只是微微扬了扬左边的嘴角。随后直接眯眼冲进了大雨中。

"兄弟们这还不冲?你俩快点。学学人家许约行吗!"周辉大喊了几声很快跟了上去。

林荫路上,两边的人行道上有很多撑着伞的,也有身上裹着不知从哪里搞来的白色塑料,更有几个胆大的学生直接在大雨中举着书包狂奔向校门口……

顾渊跑得飞快,遇到几个并排撑伞的女生也只是侧身迅速过去,哪怕身后踏过的水滩会溅起一片水花,但没有一个人会停下脚步将腿上的泥点擦去。

顾渊个子高,又怕速度快惯性过大容易撞到女生,一路上嘴里不停地喊着"让让",以防万一,顾渊经过女生身边的时候,双手不自觉地护在她们周围。

李然然在某个瞬间想到了自己曾经跑过的一千五百米,忍不住整个人张牙舞爪地大声喊着什么跟上了最前面的许约,甚至往前跨了好几步直接越过了他。

"啊啊啊——许约,渊哥——你们跑快点啊——啊——"

四个人淋湿了全身,在五分钟后终于如愿钻进了超市的大门。顾渊整个人从头到脚被淋了一遍,额间的刘海不停往下滴水,睫毛上挂满了密集的小水珠。许约拿下举在头上的薄外套,摇了摇头,伸手揉了几下自己的头发。

"还好,头发没湿。"

超市的空调还没关,淋过雨的几个人瞬间就感受到了凉意,从头到脚冷冰冰，湿透的衣服全部贴在皮肤上。

"后面有生活用品区，你们几个快点先去随便拿两条毛巾都擦一擦。"许约指了指超市左侧，然后将自己的衣服一角紧紧地捏成了一团，雨水顺势而下，"快点，别站在门口看了，超市开着空调，小心感冒。"

顾渊轻声"嗯"了几声，大步走向生活用品专用区域。

来不及付钱的四个人，用干净的新毛巾擦遍了全身，在收银员诧异的眼神下重新叠好放在了收银台上。

"这几条毛巾我们买了，先放这边。"顾渊懒得理会收银的女生，直接转身拽着许约进了另外一侧的食品区。

许约看着自己手里的红色购物篮由空到满，最后再从自己的手里被顾渊强行换了过去，明明很重，顾渊的掌心都泛白了，但他居然连眉头都不曾皱一下。

"够了吧，这么多东西吃得完吗？"许约的目光不自觉地跟着在货架外的顾渊身上。

"够了？那走吧。"

等到李然然他们两人推着购物车从另一排的货架后面钻了出来，许约愣在了原地。

他缓步上前瞅了一眼，说道："李然然，我觉得你买的这些不是零食。"

"那是什么？"李然然有些好奇，伸手将推车最上面的三把雨伞放在收银台上。

"脂肪。"许约打了个响指。

"许约你完全不用给他面子，直接说肥肉就行了。"顾渊浅笑道。

李然然丢了两个白眼过去，没有再理会这两个人。

顾渊左手拎着有些重量的红色购物篮，右手拿着整整一大袋的薯片礼包。

第六章 醉梦

"你买这个干吗？"许约忍不住问道，"薯片买一包不就行了吗？"

"这个礼包好像可以刮奖，你看。"顾渊抬着胳膊努了下嘴，很快冲许约笑了下，"看到没？最底下有个红色的奖券，到时候付完钱了给你刮着玩。"

"你多大了还玩这个……而且一般情况下，这种东西中奖的概率最多只有百分之十。"许约突然发觉，身边男生的那股幼稚气息真的不会随着他的年龄增长而消失，他总是能做出匪夷所思的事情。

"无所谓，反正刮着玩呗。万一运气好中奖了呢？"顾渊没当回事，愣是将手里的那袋薯片礼包丢上了收银台。

等到结完了所有的账单，顾渊粗暴地当场扯开了手里的薯片礼包，毫不犹豫地将中间红色的奖券用指尖夹着从最底下抽了出来。

"来，许约。你运气好，你来。"

许约叹了口气，用圆润的指甲边缘轻轻刮了两下。

谢谢——

"看吧。"许约停下来，看着奖券上那两个大大的"谢"字，耸了耸肩，"我都说了肯定不会中奖。"

许约接过顾渊手里的袋子，另一只手撑起了新买的伞，下了台阶回眸的瞬间却看到了顾渊眼里的失落。

不过想想，希望变成了失望，这种落差确实容易让人产生这种负面情绪。

此时的顾渊恰好就是这样的状态。

但顾渊很快皱了下眉，依旧不死心。明明已经看到了那两个带有嘲讽意义的"谢"字，还是决定将剩下的两个字也刮出来。

死也得死个明白，这是顾渊的原则。

他摸了摸鼻尖，吸了两下鼻子，将奖券展开按在墙上，整个身子都往前倾了一些，同样的位置顾渊接着刮了下去。

"我还就不信了，谢什么谢，我谢你全家……中？中奖？"顾渊激动地蹦了起来，他拎着红色奖券挤到了许约的伞下。

"许约！你看！居然是'谢谢中奖'！"

"这都可以？你这什么运气……"许约满脸诧异，接过奖券看了许久，突然塞进顾渊的裤兜里，"下次再来换，这么多东西今天也拿不回去了。"

"好！"顾渊脸上依旧洋溢着悦色，整个人眼睛都亮了起来，看着许约的时候，眼里藏着的那片星辰就开始泛起星星点点。

"许约。"

"嗯？"许约侧了侧脸。

"我一直都觉得是因为我的运气好，才能让我遇见你。"顾渊认真地说道。

窗外的风声时重时轻，偶尔会像几声叹息。雨点自然也跟着时大时小，好几次歇斯底里地砸在了玻璃窗上和宿舍楼外侧的蓝色塑料雨棚上。

许约左手撑着下巴，右手转了两下笔，最后忍不住捏着那根笔的末端，敲向了对面正低头昏昏欲睡的顾渊。

"喂，醒醒，快点把剩下几道大题写完……"许约开口道，"然后再去床上睡。"

顾渊微眯着眼，脸上有一种看不穿的迷茫。他坐到许约这边的长凳上。

关于宿舍楼整改电路的通知，顾渊放假前留意过，自从维修师傅亲自上门改过电表，凌晨十二点之后，整栋楼依旧和白日里一样亮，连带着林荫路边的车棚边都在宿管大妈的建议之下装上了路灯。在一片漆黑里泛着微弱的暗光。

台风天来得快，去得也快。207寝室的四个人呆了整整一夜之

第六章 醉梦

后，终于决定出门觅食。

　　李然然一边穿鞋一边拿着英语课本，明明已经见过的英语单词，现在却像初见一样密密麻麻地往眼眶里挤。

　　"这么多单词什么时候才能背完啊……"李然然丢了书，蹬上鞋子就开始了鬼哭狼嚎，最后将话题的矛头指向了顾渊，"渊哥，你能不能告诉我们，你是怎么做到不喜欢英语还能考个满分出来的？能不能指导指导我们几个……这样，你教我怎么快速记住单词，会不会读不重要，只要能让我以后考试看到它知道是什么意思就行！这要求不过分吧！"

　　顾渊刚从睡梦里醒过来，呆呆地躺在床上一动不动，直到许约从上铺跳下来，顾渊才勉强睁开了眼睛。

　　"什么东西？你再说一遍，刚才没听清楚。"顾渊长长地叹了口气，最终跟在许约身后进了卫生间。

　　李然然完全不想再重复一遍，有这个时间还不如死记硬背两个单词。

　　一天的临时假期最终还是在一沓卷子和英语听力材料中结束，等到顾渊他们重新返回教室坐在那个熟悉到不能再熟悉的座位时，迎接他们的，依旧是那四十五分钟的自习课和永无止境的模拟卷。

　　李烨上课时不会再走下讲台围着教室转悠，黑板上的古诗词注释比以往更多，有时会因为扩展了几个课外知识而占用整个课间。

　　许约听得认真，不知不觉中笔记已经密密麻麻地写完了一半。等到大家再次聚在1班闲聊之时，已经是高中最后一个教师节的那天晚上。

　　1班所有同学在当天下午最后一节课结束之后，将班里的所有桌椅全部整齐地在教室堆了一圈，中间留下了巨大的空间，前排的黑板被值日生清理得干干净净，甚至过了两遍水，再由佳真拿着粉笔写下了"老师节日快乐"这几个大字。

最后在周辉的强烈建议之下，高三（1）班所有的同学都在前排的黑板上留下了自己的名字。

尽管1班那头人声鼎沸，但一门心思钻进卷子里的顾渊和许约完全不为所动，放学之后硬是被李然然拉着胳膊拽到了1班。

许约扫视了教室一圈，还没来得及说话就被周辉推到了讲台上。

"来来来，快点签上你们俩的名字。"周辉有样学样，将一根全新的粉笔掰掉了一小部分之后再递到许约手里，"快点快点，就剩下你和渊哥了。地方都给你俩留好了，最中间！"

顾渊觉得幼稚，但还是将自己的名字签在了许约的最右侧，趁着没人注意，顾渊又在他们的名字中间画上了一个小小的简笔画。

"这样才完美。"顾渊挑着眉往讲台下面挪了两步，然后摸出手机拍了张照片。

这些东西对顾渊来说完全没有任何意义，但他还是将这张照片附带一段简单的文字放进了自己的朋友圈。

玻璃窗上挂着几串小彩灯，亮度和频率完全一致，整个走廊外侧忽明忽暗，之后的两节晚自习里，李然然准备了一首与毕业相关的流行歌曲，唱到一半就酸了鼻子最后又破了音。

佳真头一次在班里跳了舞，下台的时候忍不住红了眼眶。她挥了挥手平复了下心情，最后转头看向许约缓缓地说道："其实，我最开始一直想去当个艺术生，我很喜欢跳舞，但是家里人不同意，把我送来了附中。但是我现在才感觉到，来附中上学是最正确的一件事，因为在这里我遇到了你们……"

老杨笑得开心，偶尔会拿张干净的纸巾走出教室，再趁人不注意偷偷覆盖在眼睛上。李烨脸上带笑，时不时会为他们鼓掌，最后弯着腰在佳真耳边说着什么。小鱼老师温柔漂亮很是安静，在结束的时候收到了顾渊递过来的一个小卡片。

蓝色的卡片上写满了李然然看不懂的英文单词，字迹清晰，连标点符号的位置都像印上去的。

顾渊递过去的时候只是微微低着头，说了句"谢谢"。之后的狂欢里，整个1班乱成一团，欢声笑语之中迎来了有些凄冷的下课铃声。

翌日清晨，大家依旧和往常一样，早读课间写着一张接一张的考试卷，顾渊的成绩突飞猛进，从之前的倒数到全班中间位置再到现在的全班第十六名，过程虽然辛苦了些，但有句话说得好，努力总会有回报。

在这个盛夏的末尾，顾渊也被李烨和老杨怂恿着参加了市里举办的英语竞赛。他来不及参加学校为所有获奖学生举办的庆功宴，因为比赛的场地偏远不方便打车，顾渊硬生生地挤上了通往附中的公交车，最后他手里握着那个发亮的水晶奖杯站在宿舍楼下喊着许约的名字。秋天就这么悄然降临。

"许约——许约！"顾渊抬起头，看向207宿舍的大门，一遍又一遍地大喊着，直到那扇门打开，顾渊才忍不住打了个哆嗦，"你看！第一名！我得了第一名——阿嚏！"

许约没好气地将披在肩上的外套丢到楼下："我看到了，快上楼吧。"

"来了！"

四个人待在教室的时间比以往更长了些，为了放试卷，顾渊也将自己的单人桌和许约的并到了一起，中间连条缝隙都不曾留下。很多时候他累到趴在桌上侧着身子，把半张脸埋进那高高竖起来的校服领子里。冷风吹来偶尔会缩两下脖子，最后不自觉地往许约那边挤。

"顾渊，我知道你醒着，你再往我这边挤，信不信我真在你脸上写字了。"许约忍不住轻轻推了一把顾渊，将他整个人从自己的作业本上推回他自己的桌上。

"哎呀。"顾渊坐直了身子朝着许约撇了下嘴，"你别写了，我生日都快到了……你就没有什么礼物要送给我的吗？"

许约的手顿了下，他往窗外看了一眼，对于高三的所有人来说，时间真是转瞬即逝。

许约从运动裤兜里拿出手机看了一眼日历："已经十一月了啊……时间过得真快。"

顾渊眸子暗了下，他偏过头拿起桌上的几本书往书包里塞："是啊……十一月了。"

许约合上书，指尖点了下屏幕，说："二十号，也就是这周五，那天下午我们正好有考试……也不知道几点考完，到时候还会不会让我们出校门。"

"没关系！那就今天呗。"顾渊手里握着笔，敲了敲自己的下巴，"要不这样？就当是提前过生日了，反正也差不了几天。我们几个去外面吃顿火锅。怎么样？"

顾渊脸上写满了高兴，但心里却一步一步踏向虚空，随时会坠落。

"可是今天……"许约摸了摸手机，垂眸小声念叨着，"算了，估计你可能也不怎么喜欢凑热闹吧……"

"啊？"顾渊往跟前凑近了些，"你刚说什么？"

"没事。你现在去1班跟李然然他们说一下。"许约将顾渊往外推了推，目送他离开之后，许约才缓缓点开手机网页，翻出了之前购买过的某游戏的线下比赛的入场门票。

他的指腹轻轻摩擦着手机，眼神游离在"申请退票"那四个大字上。

　　许约不知道这两张门票能不能算得上礼物,但在他无意间看到这个消息时,第一个想到的人就是顾渊。

　　"看什么呢?"顾渊挪开凳子往许约跟前凑了凑,却被许约躲开了,"干什么?还不让我看?哦——我知道了,肯定是我的礼物,对吧?不用猜都知道,拿来我看看是什么东西。"

　　顾渊夺过许约的手机,来不及退出的界面显现在了他眼前。

　　"哇!比赛门票!这你都能抢到!不愧是我好兄弟……"

　　"上次无意间看到预售时间,就抢到了两张。我还想着你可能会不喜欢……"许约清了清嗓子,"那你要去吗?"

　　"去!这个肯定要去啊!说不定还能碰到我哥。"顾渊满脸激动,决定将这顿生日火锅推到明天中午,"那快点,你别写卷子了。走走走,我们现在就去体育场,排队还得好半天呢。走了走了——"

　　顾渊起身扯着许约的胳膊出了教室。

　　"以前怎么没听你说过你还有个哥哥?"许约淡言道。

　　"表哥,大我两三岁,打职业比赛的。"顾渊回过头看向许约。

　　没等许约反应过来,他就已经被顾渊按着肩膀塞进了出租车里:"师傅,麻烦快点,比赛都开始了……"

　　顾渊一路上不停地低声催促着司机大叔,尽管如此,他们还是错过了之前的几场比赛。出租车上播放着广播,许约靠在后排昏昏欲睡。

　　等到他们进了体育中心,舞台上方巨大的屏幕上已经高高挂起双方对局的标志。

　　许约一向对电子游戏没兴趣,他往后靠了靠,整个身子窝在靠背上,最终在一片黑暗中沉沉入睡。

　　大概三十分钟后,许约忍不住打了个哈欠,缓缓睁开了眼睛,他往四周环视了一圈,最后将目光投在顾渊的侧脸上:"结束了?谁赢了?"

顾渊始终呆呆地盯着自己的右手边,一言不发。许约坐直身子看了过去,隐隐约约能看到一个和顾渊同样身高,脑后扎着辫子的男生缓缓离去的背影。

"顾渊——喂!"许约伸手拍了下顾渊的肩膀,"什么东西你盯着看了这么半天?"

顾渊回过神,清了下嗓子,扯了扯额间的黑色发带,表情很是坦然。

"没谁,刚刚好像看到我哥了。"顾渊站了起来,回头冲许约道,"结束了,我们回学校吧。"

"嗯。"

翌日正午,207宿舍的四个人聚在了星河路尽头的巷子里新开的重庆火锅店里,几个人一边疯狂地碰杯往下灌饮料,一边抱怨锅底太辣。

周辉夹了些青菜丢进顾渊的碗里,最后忍不住缩着脖子关上了一旁开了一半的窗户。

"好冷啊……我去找一下服务员,把大厅的空调温度稍微调高一点。"周辉放下筷子,起身走向了旁边的屏风。

许约的胃一向不好,但在顾渊、李然然和周辉他们几个人的照顾之下,一年以来很少犯胃病。今天的火锅锅底也分成了清汤和麻辣,清汤这边的被三人强行换到了许约这边。

"渊哥!许约!你们两个太不厚道了,昨天居然跑去看比赛!"李然然垮着脸,往嘴里送菜的手却始终没有停过,"这票那么难抢,许约你是怎么抢到的?而且为什么就买了你和渊哥两个人的票!"

第六章 醉梦

"就开着秒表抢的呗。"许约忍不住笑了笑,"这票每个人只能购买一张,不过好在我记得顾渊的身份证号码,所以……你懂得。"

李然然生了会儿闷气了,就把话题转移到了明年一月份的期末考试上,可谓哪壶不开提哪壶。

冬日里火锅店生意火爆,新入职的几个服务生将所有的心思都集中在了二楼的包厢里,完全没人关心他们几个靠窗坐着的身着附中校服的男生,周辉兴冲冲地起身却满脸埋怨地拿着一个白色的空调遥控器返回。

"这服务生什么态度!跟我说什么太忙了顾不上,遥控器在前台让我自己去拿……"周辉抬着胳膊冲旁边的立式空调按了几下遥控器,最后丢在窗台上,"不过说真的,时间过得可真是快啊,转眼间一年就结束了。期末考试考完了差不多也快放寒假了吧……过年回来,没多久就要高考了……"

"周辉,今天算是渊哥的生日,你能不能别在这提什么高考啊!"李然然放下了筷子,轻轻叹了口气。

这顿火锅吃得倒也不算慢,推门而出的时候顾渊还是忍不住回头看了一眼。回到班里,许约整理好桌上新发下来的几张试卷,毫不犹豫地塞进了桌子里。

顾渊同样满脸不耐烦,看都没看几眼就直接折了起来。那种对未来迷茫的烦躁感和所有的负面情绪全部溢了出来。

"真烦。"顾渊猛地将笔摔在了桌上,"天天写卷子,你看看我桌子里,全是之前写过的那些卷子。"

许约有些不解,但还是心态平和地将顾渊按在了座位上:"你要是今天不想写,那我们就不写……顾渊,你知道吗,高三完全不像高一、高二那样,该学的高中知识都已经学完了,剩下的就是综合复习,平时做做卷子,课上老师再讲讲错题……"

"我不想高考！"顾渊打断了许约，脸上的戾气稍微退了一些，但言语间依旧是那种强烈的不满，"许约，要不……我们两个一起出国读书，学校什么的你根本不……"

不对……

不是这样的……

我到底在说什么……

顾渊突然停了下来，呼吸急促起来。

"顾渊？"许约愣了下，却把这些情绪全部当成了一种宣泄，"你……怎么了？脸色突然这么差，是不是那火锅太辣了……"

顾渊对上了许约那双清澈发亮的眸子，瞬间冷静了下来，安静了几秒之后顾渊才忽然想起来自己刚刚到底说了些什么。

他怎么可以把高离强加在自己身上的东西又强加在许约身上？

简直是疯了……

"没……我的意思就是，我们一起考大学，然后再一起出国留学……"顾渊眼神黯淡了下来，干笑了几声之后重新拿起笔，肩膀微微颤动着，"可能……最近压力太大了。写卷子写的吧……哈，哈哈。"

顾渊哈哈大笑了几声，但许约听着却极其生硬，他深呼吸着将顾渊桌上那些折起来的卷子全部塞进了自己的桌子里。

"这几张卷子，我们不写了。"许约突然有些后悔，他差点忘记了，那个一向桀骜不驯的顾渊已经变了，甚至连回头的余地都没了，"你想干什么，我们就去干什么。卷子我们不写了……"

许约内心煎熬，管他以后想考什么大学，他真正想要的，从来就不是这些。

气氛逐渐压抑，顾渊脸色苍白，最后两个人偏过头去，嘴里不停地说着对不起。

可是到底对不起什么，如果对得起的话，又能对得起什么。

这个季节的风很凉，夹杂着几场寒雨，就这样悄无声息地从月初过到了月末。

顾渊没有再像那天一样情绪失控，他写卷子的态度比之前好了不少，好几次大半夜趴在床上还在看着历史拓展习题册。

圣诞节当天，整个超市里到处挂满了铃铛和鹿角，粉星的门口放上了一人高的浅色圣诞树，上面缠了一圈又一圈的蓝色小灯泡。许约特意买了个麋鹿样式的发箍，提前回宿舍躲在了门后，等顾渊、李然然和周辉推门进来的时候，许约立马扑出来，嘴里大声喊着"圣诞快乐"。

顾渊受惊的同时也只是淡淡地抬手轻拍了下许约的肩膀，说："你这个样子看起来有点傻。"

临近新年，宿管大妈的心情也格外的好，看到有人往宿舍里带吃的东西也只是皱着眉笑几声，再说几句下不为例。

跨年夜里，四个人从学校打车去了市中心，站在那条繁华的街道上，在一片倒计时的欢呼声中，顾渊和许约他们四个人迎来了新的一年。

顾渊将自己脖子上的围巾拆下来，胡乱地缠在了许约的脖子上。

"这么冷的天，你出门都能忘记戴围巾……学霸，你说你以后的生活都不能自理了可怎么办？"

"没关系啊，不是有你们在吗。"许约笑的时候，眼睛如同一弯新月，整个人看上去都闪闪发光，"顾渊，你还记得我们第一次见面的时候吗？"

"记得，某人就跟碰瓷似的，饿到趴在桌上睁不开眼。"顾渊仔细回想着,将初见的情景简单口述了一遍。

"顾渊,你是不是已经很久没穿过校服了……"许约回过神来,轻轻摸了摸顾渊的大衣,"真看不出来啊,以前那个看上去不正经的小子脱了校服穿上大衣,还是很有男人味的。"

顾渊穿着一件中长款的黑色大衣,出门时太着急,忘了戴额间的发带,头发被风吹得有些乱,刘海随意地左右晃动着,一眼看上去反倒有了成熟男人的魅力。

高挑的身材,出众的长相,旁边街拍的摄影师好几次过来询问要不要免费为他们拍写真集。顾渊只是礼貌地摇了摇头,然后看了一眼旁边正发抖的许约。

"冷吗?"

"不冷。"许约微侧着脸,"顾渊,去年我没来得及跟你说这句话,所以……新年快乐。"

顾渊愣了几秒,也侧过脸,看着许约笑了:"许约,新年快乐。"

回小区的路上,寒风依旧,从这个巷子吹到了另外一头,最后在某个十字路口,卷起一地的枯枝残叶。顾渊偏过头看着身边小声默念着什么的许约,突然笑起来。

"你在干什么,你有什么话是我不能听的吗?还要自己一个人偷偷地说。"顾渊将胳膊肘挂在许约的脖子上,"我说许约,你都这么大的人了,怎么还这么幼稚?"

"我再怎么幼稚也比你成熟多了吧?"许约停了下来,将脖间的灰色围巾扯下来丢回顾渊身上,"太热了,你戴着吧。瞅你那脖子,都冻红了。"

顾渊"哦"了一声,迅速缠好自己的脖子。

第六章 醉梦

顾渊说："所以你刚刚小声叨了些什么啊？神神秘秘的，该不会是偷着骂我呢吧？"

许约愣了几秒钟，最后忍不住叹了口气，说："我就是在偷偷骂你，你信吗？"

"信。我记得我之前承诺过，你说什么我就信什么。"顾渊笑起来，露出了那两颗虎牙，"以后也一样，谁让你是我最好的兄弟呢。"

许约白了他一眼，很快仰起头看着在寒风里打着旋的落叶，缓缓说道："我说谢谢你，我告诉了风。"

顾渊犹豫了下，跟着抬起头，大声喊了出来："许同学——那风有没有回答你？"

"风说——他听到了……"许约突然转向顾渊，"风还说，他会永远记得。"

空旷无人的街道只听得见树叶落下的簌簌声，以及两个少年与风的呼喊声。

顾渊忍不住闭上了眼。

期末考试对所有高三学生来说已经完全没有了难耐和不安，李然然只是轻描淡写地唠叨了几句，然后就将所有的注意力全部放在了手里的物理练习册上。

结束的那天正好是周四，整个海市刚下过雨，凶猛的湿风下，所有的高三学生坐在考场里，眼睛直勾勾地盯着放在桌上的各科考卷。

顾渊和许约的考场仅仅相差了三个班，不同以往的是，顾渊坐在凳子上若有所思地看向窗外，完美错过了英语听力的那一部分，甚至连答题卡都涂串了行，监考老师犹豫过后轻轻敲了敲顾渊的桌子，指了指第一排空掉的那行涂卡处。

顾渊回过神，迅速将刚刚涂过的痕迹擦得干干净净。

附中阅卷时间比其他高中都要快得多，考完试的当天晚上，各科试卷成绩就已经被统计成了单独的表格。于是周五的早晨，李烨手里拿着一张打印好的表格踏进了教室的前门，没有任何一个人觉得意外，更多的是紧张。

"同学们，咱们A班的期末考试成绩已经出来了。"李烨举起手里的那张白纸，在空中抖了两下，眼角洋溢着一种说不出的激动，"按照去年本市高考的分数线来看，咱们整个A班过了一本分数线的人数占了百分之八十五，这些同学一只脚已经踏进了重点大学的门槛里。当然，这只是在去年的分数线的基础上统计的。还有剩下的那几个同学，这次考试失误也没关系，都不要着急，寒假里好好巩固一下高中所学的知识，距离正式高考还有几个月，都努努力……"

顾渊懒得再继续听下去，直接摸出蓝牙耳机戴在了左耳上，鬓角的碎发勉强能挡掉一部分。许约早上起得早，几乎是第一个进教室的，桌上还放着几本用红笔圈着错题的练习册，他现在弯腰趴着，侧着脸贴在自己的左胳膊上，眼窝处有着一圈深棕色。

"醒醒，李烨来了。"顾渊凑过去，看着他极其不满地皱了下眉，顾渊忍不住笑了起来，"咱们班考试成绩出来了，你还是A班的第一名。"

许约歪了下脖子，眨了两下眼睛，最后打了个哈欠，语气慵懒："嗯……那你呢，第几名？"

"那我肯定也不能给我好兄弟丢人啊。"顾渊笑着说，"总分比上次还高了二十多分，这次全班第十一名了，再努力一点，就能跟

第六章 醉梦

你在一个档次里面了……"

　　许约心里欢喜，比自己拿了第一名还要高兴，他低着头笑了半天，才跟顾渊谈起了寒假里的一些事情。

　　顾渊略感心虚，问了好几遍许约会不会像暑假那样再报个寒假补习班，许约只是轻笑着摇了摇头，很多想说的话最后都缩略成了一句"不会的"。

　　许约在期末考试结束之后成功拿到了海市附中这一学年仅有一个名额的"校三好学生"，顾渊从倒数的名次猛冲进了全校前两百名，李烨特意将"优秀进步生"的名额留了一个给他。

　　关于校主任退休的消息，是许约从老杨办公室里拿数学卷时无意间听来的，他硬是拽着还不知情的顾渊在放寒假的当天去了那幢熟悉的办公楼，依旧是那个一楼窗口，只不过墙边没有了那辆从不上锁的自行车。

　　仿佛那只残破了一半的翅膀的蝴蝶在夜幕降临之后，依旧盘旋在林荫路的上空。

　　顾渊从兜里摸了摸，将自己的成绩条推到主任的面前："主任，这个是我期末考试的成绩排名，你看。"顾渊语气温柔，脸上带着笑意，"还有之前你种在高二教学区花坛里的那朵栀子花，其实是我摘的，我还把它送给了我最好的朋友。"

　　主任双手颤抖，眼眶里瞬间就泛起了泪花。顾渊一脸不知所措，不停地为自己曾经的幼稚行为道歉，却在低头的那瞬间被主任轻轻拍了几下肩膀。

　　"顾渊啊，我就知道，你是个好孩子，一直都是。"主任说，"你一直都不是那些老师、学生嘴里所说的那样。我真希望我可以在附中多留几个月啊，我也想亲眼看着你们这届的高三学生好好毕业……"

寒假如期而至，李然然依旧被困在家里无时无刻不在和那些做不完的试卷抗争着，周辉偶尔会在宿舍群里发一堆练习册的图片，最后再添上一句"约哥，讲几个题呗"。

许约会从桌上的笔筒里随便抽根笔出来，在白纸上写写画画，最后再拍张照片发到群里，再在最后面圈出李然然和周辉两人的微信名字。

"阿渊，你说……冬天什么时候才能过去？"许约放下笔，偏过头看了眼正趴在一边玩手机的顾渊，又抬头看了一眼窗外那失了温度的太阳，"冬天太冷了，到处摸起来都很凉……你说那些星星怕冷吗……"

顾渊愣了下，低声道："许约，你知道吗，昨晚我做了场梦，梦到叔叔和阿姨站在一起，他们跟我说，他们现在过得很好，但是他们最放心不下的那个人就是你……然后我抬头挺胸，腰挺得特别直，我告诉他们，我们一定会好好照顾你的，你一定会过得很好……所以，许约，答应我，别怕。"

许约笑了笑，抬头看向顾渊的眼睛里有温暖的光。

冬日里的天气有时候会稍微好转起来，许约会在吃过午饭后拽着顾渊去之前的露天球场打球，等到傍晚，再满头大汗地返回小区，简单洗过澡之后两人会窝进沙发里，找一部美国的老电影看，看电影的同时还能练习听力和口语。

薄毯已经被顾渊换成了稍厚一些的，昏暗的光晕下，两人被毯子裹得严严实实，只露出脑袋来。顾渊突然想到什么，愣是将许约从温暖的毯子里拽了出来，最后在顾渊的强烈要求下，许约将指纹

第六章 醉梦

录入了进门锁的识别系统中。

"你?"许约眨了眨眼睛,"这是干什么?"

"问那么多干吗。"顾渊轻推了许约一把,两人一路磕磕绊绊又重新窝进了沙发里。

就在此时,桌上的两个手机屏幕同时亮了起来。许约伸手拿过顾渊的手机,点开了最新消息。

"你的好友李然然邀请你加入群视频通话,是否接受。"

顾渊将毯子又紧了紧,探出一只手指按了绿色的接听键。

很快,周辉也加入其中。

"你们那边怎么那么暗?"李然然被呛了一口,猛地咳了好几下。

顾渊头也没抬,眼睛游离到手机后方的电视屏幕上。

几秒之后许约缓缓说道:"在看电影。"

"嘘嘘嘘,都别说话,正好到了最精彩的时候了!这个男的到底能不能救下那个女的啊?"顾渊舔了下嘴唇,忍不住咽了下口水,眼睛直勾勾地盯着电视机。

众人无语,周辉扶着额头,撇了下嘴,连着摇了半分钟的脑袋。

"我给你们直播写化学卷子成吗?"周辉将手机摄像头对准桌上放着的白色卷子,真如他所说那般拿起了笔。

许约忍不住笑了下,仔细看了几眼周辉那边的镜头,最后清了清嗓子,道:"第一个选择题,不选C,应该选A……二氧化硫,无色有刺激性气味,密度比空气要大,而且有毒……所以,选A。"

顾渊大笑:"哈哈哈,周辉你还行不行了。我一个不学化学的都知道,你居然还选错了……"

周辉迅速将手机摄像头摆正冲向自己,一脸尴尬地咳了几声:"我看串行了不行啊,你俩看你们的电影吧,一天天的真是闲的,老盯着我卷子看什么……"

于是很快,顾渊就开始替许约打抱不平。四个人在手机前你一言我一语,时不时夹杂几句关于高考的话题,最后聊到了半夜两点十分。

许约侧身躺在沙发上,刘海遮住了一只眼睛,整个人看上去疲惫不堪,顾渊将毯子全部盖在他的身上,放在桌子上的手机屏幕亮了一下,顾渊有些不情愿地拿起自己的手机,连带着点开了和高离的聊天框。

上一条消息的准确时间是昨天下午四点二十三分。

妈:阿渊,回家来住吧,该办理的东西这个寒假开始准备吧。

这条最新的消息却是现在。

妈:阿渊,为什么不回妈妈的消息。要不妈妈明天来你这边帮你收拾一下回家的东西?

妈:我知道你还没睡。

顾渊垂眸看了一眼侧躺在沙发上的许约,他缓缓跌坐在了地毯上。

渊渊想抱:不用了,我已经成年了,自己会收拾。

这条消息发过去的同时,顾渊又在后面补充了一句。

渊渊想抱:也不用来接我,回去的路我知道。

第二天清早,许约睁眼,留给他的只是一个空荡荡、透着丝丝冷风的客厅,茶几上放着一杯正在冒着热气的牛奶,玻璃杯的底下压着一张米白色的便利贴。

许约瞬间清醒,猛地坐起来,展开了那张便利贴。

你醒来的时候,如果牛奶还是热的,一定要喝掉。如果变凉了,

记得去厨房热一下再喝……家里有点事情要处理,我得先回趟家,可能需要几天时间。你就待在家里,有什么事你一定要打我的电话,一遍打不通的话就多打几遍,行吗……

在这张便利贴的右下方,写着顾渊的名字,署名之后跟着一个难看的鬼脸简笔画,许约记得,很久之前李然然留下的那个鬼脸标志和这个一模一样。

许约忍不住轻笑了起来,他起身进了卫生间,洗漱完毕之后很认真地喝完了那杯牛奶。

然后再次沉默着窝进了沙发里……

第七章 躁动

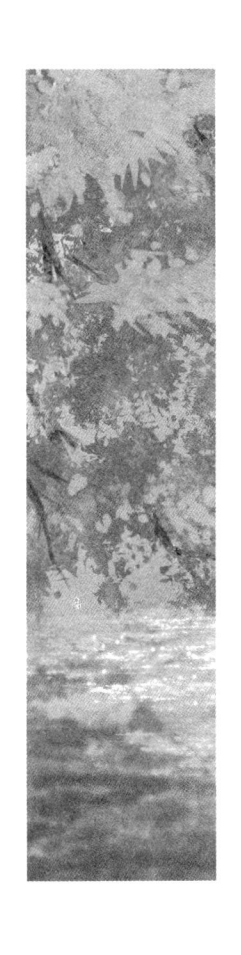

第七章 躁动

最开始的几天里，顾渊会隔半个小时就往许约的微信里发个表情包，许约觉得好笑，但是会学着他的样子，回几个俏皮的图片过去。紧接着，顾渊的视频通话就会立马拨过来，偶尔讲几个小故事逗许约开心。

"顾渊……"许约打断了还在强颜欢笑讲着笑话的顾渊，"你什么时候回来？"

手机那边的顾渊微微扬起的嘴角不经意间抽了几下，最后才缓缓露出了疲态。

"等等……"顾渊端起桌上的玻璃杯，将已经彻底凉透的白开水灌了下去，"再等等，许约……"

以前有顾渊、周辉和李然然跟在他身边，许约总觉得他们几个人的作息都是有规律的。可顾渊不在他身边的时候，所有的日夜颠倒了，凌晨时分打开电视窝在沙发里对许约来说已经成了某种特定的习惯。

许约看着他和顾渊的聊天记录，最近的一条消息上面的空白位置出现了一行系统文字。他很轻地笑了下，拿起桌上那张边角微微卷起的便利贴，最后撕得粉碎。

春节前夕下了场小雪，强烈的冷空气铺天盖地袭来包裹着整个城市，路上的车辆不知从什么时候开始就变得稀少了，许约站在窗前看着从半空中缓缓飘下的细雪，指尖触碰到玻璃窗，冰凉的触感令他忍不住哆嗦了一下。

许约突然觉得这个冬天很冷。

除夕夜，许约从白色塑料袋里摸出下午买的镂空窗花贴纸，面无表情地贴在了顾渊家的门外。电视机里依旧放着春晚的歌舞表演，整个房间里却听不到任何欢声笑语，许约面无表情地将食指指尖绕进桌上的易拉罐拉环处，然后猛地拽开。

"你什么时候学会了骗人……"许约的视线落在他的手机上，绿色的对话框占据了整个屏幕，长短不一，中间连一个图片都没有。

沉默了许久，许约终于关掉了电视的静音状态，在一片祥和热闹的氛围下，仰着头缓缓闭上了眼。

"骗子……"

靠海的别墅区同样一片灯火通明，在一楼客厅里，米白色的墙上挂着的电视屏幕上同样被人调到了春晚的直播频道，高离往后仰了下后脑勺，懒懒地靠在沙发靠背的软垫上，脸上依旧是那万年不变的傲气，不同的是她的双手垂在沙发边忍不住颤抖着，盯着站在一边的顾渊。

"阿渊，今天是除夕，大过年的一家人就应该喜气一些，妈妈不想对你发脾气……如果你不愿意陪妈妈一起看电视，那就回自己房间早点休息。等牛奶热好了妈妈给你送上去？"高离放下了翘着的那条腿，语气冰冷，令人生寒。

明明空调的温度已经被调到了二十五度，但整个大厅的气氛早就已经跌至零下。比寒冬里吹过的冷风还要刺骨一些。

"妈，我已经成年了，我有权去做我想做的事。"顾渊愣了下，用几乎哀求的方式接上了下半句话，"妈，十八年来你让我做什么我就做什么，你们口口声声说是为了我好，但是你们真的了解过我自己的想法吗？我成年了，我现在可以明确地告诉你们，我不想出国……只要不让我出国，我什么都可以答应你们……算我求你们还不行吗？而且你们知道吗，我现在的成绩已经排在了全校前二——"

"顾渊！"高离猛地站了起来，胸口起伏，脸上终于出现了一种强烈的怒气，"阿渊……我不关心你的成绩怎么样，你要知道，我跟你爸爸让你去附中只是因为你当时年纪太小，放到国外我跟你爸爸会担心。但是现在你成年了，你有能力自己照顾自己了……这件事情我之前已经跟你说过了，没有商量的余地。"

顾渊没再说话，只是习惯性地去摸自己的裤兜，却隔着棉布抓了个空。

高离往前走了几步，伸手牵过顾渊的右手："阿渊，你要知道爸爸妈妈都是为了你好，你要听妈妈的话，好吗？今年好不容易才回来一次，好好在家陪陪爸爸妈妈。手机的话，等你想清楚了妈妈再还给你，好不好？"

"那我要是非不去呢，你们能对我怎么样？"顾渊突然转过头，满眼认真地对上了高离的双眸。

"顾渊。"高离突然笑了笑，"你是我儿子，我自然不会对你怎么样，但是其他人就好说了，比如阻碍你出国的朋友……如果可以，我更希望我们和平解决这件事。所以阿渊，妈妈给你时间，希望你自己好好想清楚，什么该做，什么不该做……"

顾渊终于忍不住轻笑了几声，最终抽回了自己冰凉的右手上了楼。

许约最终将自己的秋冬衣物和几本带回家的练习册全部整理进了黑色的行李箱，在大年初五的下午搬离了顾渊的小区。

周辉和李然然和以前一样会在群里发视频邀请，只是从那之后就没了顾渊的动静，三个人开着摄像头趴在桌上随口聊几句，很多次问到许约的时候,他们得到的回应已经彻底变成了一个简单易懂的眼神,或者是一句闷声的回应。

"渊哥到底去哪了?这都快开学了,连个消息都没有。难不成回趟家把手机丢了?"李然然指缝间还夹着根笔,他低着头将桌子上的东西整理好,最后看向自己的手机屏幕,"许约,你有没有给渊哥打过电话啊?我之前打电话他就没接过。"

许约翻看杂志的手顿了下,但很快又翻到了下一页,目光流转在指尖。

"打过,没人接。"

周辉清了下嗓子,说:"别担心了,可能真是手机丢了吧……等开学了,让他请我们三个吃一周的大餐!不,两周的!"

"吃吃吃,就知道吃。都要开学了还有心思想别的?"李然然举了举拳头,"到时候各科卷子都加倍了,你写都写不过来!"

许约被李然然那副表情逗笑,他放下手中的杂志,身子微微往后靠了靠,劣质的硬床板硌疼了他的后背,许约忍不住皱了下眉。

"对了,许约,你怎么突然从渊哥家里搬出来了?"李然然咬了口薯片,举着手机躺回了床上,"你该不会是和渊哥吵架了,他玩失踪,你玩离家出走?你俩可真会玩啊。"

周辉鬼使神差地同意了李然然的观点,没等到他唠叨完,周辉就开始了新一轮的"语言轰炸",对着手机摄像头手舞足蹈了半天。

许约听不进去,所有的不满最后都落在了现在他住的这个没有一点点人情味的小宾馆里。

"所以,许约,你俩别闹了行吗!都快一个假期了。"周辉语气逐渐缓下来,完全没有了刚刚开玩笑的语气,"真的,就算你俩因为什么事情吵架,总不能就……就这么一直冷下去吧?大家都已经认识这么久了,什么事都能解决。"

"真的能解决吗?"许约茫然片刻,最终深呼吸了下,"已经很晚了，我先挂了。"

　　许约毫不犹豫地按下了手机屏幕上那个红色的圆形按键，然后点进了顾渊的对话框……

　　许约看着对话框愣了两秒，最后将手机丢在地上整个人缩进了被子里。

　　时间好像真的能使人衰老，仅仅半个月的时间，许约就完全失去了那股奋发向上的精气神，以往干净的下颌骨此刻已经布满了密集的青色胡楂，两个眼窝染上了厚厚一层深棕色，头发也懒得再打理，散乱地贴在额头上。

　　这家小宾馆在一个巷子的拐角处，乱糟糟的，许约深呼吸了一下，带着行李出了门，在李然然和周辉诧异的目光下，冲他们招了招手。

　　"许约？"李然然不自觉地瞪大了双眼，满脸不可思议的表情，"你这是干什么了啊……你从渊哥家里搬出来是去捡破烂了吧？"

　　"不是吧，附中第二大校草，女生眼里的男神，许约，这真是你？"周辉微微叹了口气，"哥们，我真的看不下去了，就算你们闹矛盾，也不至于这副半死不活的样子吧？走走走，先找个理发店去。"

　　许约一言不发，愣是被两人一路连拖带拽地推进了路边新开的一家理发店里。整个过程中，许约只是静静地看着面前的镜子，无论旁人贴近他耳边说什么，许约都听不进去。

　　二十分钟后，李然然推开了玻璃大门，回眸看了一眼许约，忍不住深深吸了一口气。

　　"你到底怎么了？我们是好兄弟，有什么事你能不能别自己一个人憋着？"李然然抓了抓脖子，眼神转移到许约的脸上，终于忍不住猛推了许约一把，"许约！你到底能不能正常一点！"

眼看着李然然的拳头就要落在许约的左脸上,周辉往两人中间跨了一大步,抬起胳膊将李然然甩到了旁边的人行道上。

"够了!李然然,大家都是朋友,你这是干什么!好好说不行吗,怎么还动起手了?"

"我就是看他这个样子不爽。"李然然脚下打滑,一屁股坐在了地上,"周辉你自己好好睁眼看看,以前那么骄傲的一个人,现在搞成这个样子。"

"你们有完没完!好好的这是要干吗!许约,我们知道渊哥一句话没说就丢下你一个人过年,你心里不舒服,但是渊哥他肯定是有苦衷的。"周辉眼眶发红,死死地拽着身边的两个大男生。

三人站在人来人往的路口沉默了几秒之后,许约才垂眸缓缓说了句"对不起",转身就往附中校门的方向走去。

晚风凉飕飕的,白天里街上人来人往,一过晚上六点整个天空爬满了灰暗,许约才忽然发觉这是他过得最快也是最乱的一个冬天。

附中整个高三教学区也在做着高考前最后的奋斗,晚自习结束,下课铃声响过一遍,再也没有了从楼上迫不及待地滑着楼梯扶手往下跳的男生,课间每层楼的走廊里也没有了扯着衣袖聊天的女生。

李然然和周辉每个课间都会带着几张卷子来A班后排,有时候只是站在第三、第四组的过道中间,有时候也会坐在顾渊的位置上。

许约捏着笔,在干净的草稿纸上圈圈画画,最后将得到的答案以及一长串公式展现在两人眼前。

"那这第一道题听懂了吗?"许约用笔在李然然眼前晃了几下,最后轻轻推了他一下,"干吗呢,课间就这么几分钟你还走神?"

"没有没有……"李然然矢口否认,慌乱中撞掉了桌上的笔。

"所以,到底看懂了没?"许约弯腰捡起掉在过道上的笔,抬眸看了周辉一眼,"这个是解出来的答案,后面写了详细的解题过程,有关的知识点我也写在旁边了,如果还看不懂的话,等中午吃过饭来教室我再给你们慢慢讲一遍。"

"会了会了。"李然然回过神来，将那张纸拿起来瞅了几眼，最后忍不住点了点头，"厉害啊，许约，你这个解题过程比参考答案上的还要详细，真的太厉害了。这要是都看不懂，高中白读了……"

他们到底有没有真正看懂，许约不知道。他只是冲着李然然笑了笑，轻轻"嗯"了几声，用课间剩余的几分钟时间跟他们聊起了中午去哪里吃饭或者吃什么。

许约脸上的表情跟刚刚踏进207宿舍时一样，完全没有表现出任何异样，好像开学那天那个满眼凶恶，话里带刺的人不是他。李然然有些意外，总觉得哪里不对，但又实在看不出到底是哪里不对。

最后一排的双人桌变成了许约一个人的专属长桌，A班所有的学生并未因为一个空着的座位有任何变化，每个人甚至是每个老师都将心思全部投进了临考前的复习之中，没有任何人会站在许约跟前小声询问一句"顾渊呢"。

林荫路的室外清洁区域被高一的学生占领了，无论是在吹着冷风的傍晚还是在暖阳初升的清晨，许约总能看到几个高挑的人影肩膀上扛着半人高的扫帚从路的这头跑到那头，最后在一片打闹中，将好不容易聚成一堆的枯叶扣在几个女生的头顶……

有很多个瞬间，许约仿佛看到了曾经的他们，顾渊会站在不远处带着满眼笑意，冲他招招手。

"许约，过来啊。"

在附中的第二个盛夏来得很快，不知不觉整个校园里，又是一声声缠绵不断又令人燥热的蝉鸣声。

香樟树的叶子好像比去年更绿了些。

附中高三的小考并没有因为任何人的缺席而往后推迟，校级排名名单从教研室落到了李烨的手里，相比几个月之前的期末考试，

A班所有人的分数又往上提了一个等级，唯一的遗憾就是那张许约再熟悉不过的表格里，右上角的全班人数从四十减到了三十九，许约冷着脸翻来覆去看了好几次，再也找不到顾渊这个熟悉又陌生的名字。

　　很多个夜晚，许约从浴室出来直接爬上自己的床铺，然后弓起身子垂眸半眯着眼，耳机里永远单曲循环着那首从顾渊歌单里存来的英文歌曲。李然然和周辉偶尔会吵几句，但依旧未能打破这平静的气氛。许约点开自己的朋友圈，只有这几条内容好像才能真真切切地让他感受到顾渊这个人真的存在过，是跟他们在一起过的，活生生的证明。

　　可是看得越是仔细，心里就越是难过。

　　慌乱而不安。

　　翌日正午，许约去了李烨的办公室，问道："老师，您知道顾渊他……到底去哪了吗？"

　　顾渊到底去了哪里了？

　　为什么你们都不去找他？

　　李烨的眼神有些复杂，犹豫了许久才从桌上右手边那一厚沓资料里面翻出了一张纸递了过来。

　　许约往前走了两步，接过来看了一眼，标题上那五个大字就将他全部的冷静撕成了无数缺口。

　　"退……退学申请书……"许约的右手忍不住颤抖起来，他甚至不敢去看右下角的署名，"老师，这是什么……什么意思？他为什么突然要退学！还有不到一个月……"

　　还有不到一个月就是高考。

　　他们以前约定好的，一起上大学，再一起做自己喜欢的事。

　　"这个申请表是顾渊妈妈在这学期开学之前就带到我这里来的，她说……"李烨的表情僵了下，"她说顾渊退学这件事情我们老师和学校知道就行了，不用通知任何人……所以我才没有通知到班里，也怕影响到大家最后的复习……"

"老师，退学总有理由的吧？"许约的声音很轻，轻到好像一不小心就会摧毁自己编织好的美梦。

李烨跟着深呼吸了下，缓缓说道："其实他家里早在几年前就已经做好了安排，他以后会去国外上学……"

"所以，从一开始，顾渊就知道他最后一定会走的对吧？"许约愣了下，"也难怪他之前那么努力地学英语，原来都是为了今天做准备。"

许约轻笑着，这几个月以来，为了不让自己有任何胡思乱想的机会，他把所有的心思和时间全部放进了那些已经看过无数遍的课本里，等待着他的……却是一张没有任何温度的退学申请表。

他突然觉得自己很可笑。

那张申请表上没有一个连笔字，工工整整地展现在他眼前，右下角的"渊"字的最后一笔往下拉长了许多，笔墨比其他的更浓，大概顾渊是在那最后一笔上停留过许久。

许约突然就笑了。

"谢谢老师。"许约将申请表递回去，冲李烨弯了弯腰准备转身。

下一秒，李烨站起来伸手拽住了许约的后衣摆。

"许约，等等！"李烨松开手，清了清嗓子替许约抚平了身上的米色短袖，"老师知道你们关系好，但我不希望这件事情对你之后的考试成绩有任何影响……许约，你很优秀。"

许约顿了下，淡淡地说道："李老师，谢谢你这么照顾我。"

许约突然想逃，想去一个没人的地方，想狠狠地大哭一场，再将所有在他身上发生过的事情全部忘掉。

那个下午，许约逃了所有的自习课，将袖子挽至肩膀，在体育馆运着球疯狂用力地砸在透明篮板上，一次没进，就再来一次。

也从那之后，许约再也没有跟李然然和周辉一起吃过午饭。晚自习结束就回宿舍，很多时候只是把自己封闭在那棵银杏树旁的某个角落里，以往那满目星辰的双眸开始逐渐变得空洞无神，落下无数的习题和卷子，名次也一落千丈。

A班教室的黑板旁边早在开学的时候就被挂上了一个高考倒计时的灯牌，许约侧着脸贴在桌上，逐渐清晰的视线终于落在了那个数字"10"上面。

李然然和周辉每次路过A班的后门，都一脸担心地看向教室最后一排。终于在某个午后，周辉忍无可忍，踢开门直接冲到了许约桌边，愣是将他整个人从桌上拽了起来。

"许约，你自己看看清楚。"周辉摁着许约的头，让他的脸正对着黑板，也可能是黑板旁边的灯牌，"你睁大眼睛好好看清楚，还有十天，十天！你再看看你的成绩！以前A班的第一，现在呢！我和李然然去楼下公告栏上找你的名字找了整整十分钟！"

周辉松开手，将许约往旁边推了几步，从他的桌子里掏出了一厚沓散乱但又十分平整的试卷，每张卷子都没有写名字。

其中有几张数学卷子，周辉觉得眼熟，仔细瞅了几眼之后才发现，这张卷子早在半个月前老杨就在课上讲过了……

而许约连看都未曾看过一眼。

"许约，你现在到底在做什么！"李然然气息不稳，好像随时都会哭出来一样。他死死地捏着许约的衣袖，一瞬间就红了眼眶，"许约，你能不能告诉我们，你去找李烨的那天到底发生了什么……"

许约一动不动，偏过头冷眼瞥了他们一眼。最后甩开了李然然的手，笑了几声狠狠地说道："滚开，都别碰我。"

"许约！"

"听不懂吗！"许约突然将桌子上的空白卷子全部丢在周辉身上，最终坐回自己的座位缓声道："你们该考就回去好好考，不该管的就少管。"

"怎么不该管？许约！我们可是最好的兄弟……"

"从现在开始不是了。"许约突然抬起脸，眼睛里爬满了红血丝，"你们走自己该走的路……"

对。

就是这样。

顾渊……该走的路你自己就好好走下去，我也会过我一个人的生活。

对，从一开始我就该一个人。我不需要朋友。

高考倒计时四天。

下了晚自习，许约依旧没有在正常的休息时间出现在宿舍里，出乎所有人意料的是顾渊敲响了207宿舍的门。

"许约回来了？"李然然噌地从上铺跳下来，满眼诧异地看向周辉，顾不上穿拖鞋就冲向了门口，"来了来了，许约你今天居然这么早就——渊……渊哥？"

顾渊的左手被白色的绷带缠了好几圈，从缝隙间能看到他的腕骨里带着瘀血，他吸了吸鼻子往宿舍内环视了一圈。

周辉急忙从床上滚了下来，胡乱穿上了鞋子，攥紧了拳头冲了过去。

"顾渊，你这几个月都去哪了……你知不知道许约现——"周辉突然停了下来，说到一半的话卡在了喉咙里，眼神呆呆地定在了顾渊那条受伤的胳膊上，以及左半边还带着瘀青的脸上，"你……你这伤都是怎么回事？"

"许约呢？"顾渊声音哑得厉害，小心翼翼地问道，"许约呢……"

周辉突然就下不去手，放下了拳头。他深呼吸了一下，将顾渊整个人从门外拽进宿舍。

"许约他……他最近几个月,有时候半夜凌晨三四点才回来,有的时候出去一晚上都不会回来……顾渊,作为兄弟,有些事情我觉得我们有必要知道。许约他挺可怜的,他没有亲人了,把你当成最好的朋友,可你却不声不响地消失了。你们就算是闹矛盾,完全可以好聚好散……没必要闹成现在这副样子吧。"

"没有。"顾渊突然坐直了身子,眼里亮了一下但很快又暗下去,"没有……我们没有闹矛盾……"

"到底有没有你们说了算,但是你能不能告诉我,这几个月你到底去了哪里?"李然然忍不住站了起来,从兜里摸出自己的手机,甚至打开了通话记录,"你自己好好看看,通话记录、微信聊天记录,还有微信语音的记录……顾渊,你好好看清楚。"

顾渊盯着李然然的手机看了半天,也翻了半天,最后将手机放在桌上,明明满眼疼惜却是一言不发。

"顾渊,这只是我发给你的消息……"李然然突然干笑了几声,"你有没有想过许约会发多少?顾渊,这个寒假结束,开学的那天我和周辉看到许约,我们两个有多心疼你知道吗?你不知道!你根本就不在乎……抛开这个,你知道许约现在因为这事变成了什么样子吗!你知道吗!他的考试成绩已经彻底……"

"李然然你闭嘴!"周辉突然将杯子放回桌上,满脸烦闷,"你和许约之间到底有什么天大的矛盾,我们不会多问。但是你能告诉我们,你这几个月到底去哪了吗!"

顾渊沉默了两秒,将自己的手机从兜里拿出来放在桌上,亮起的屏幕中间多了无数条未读的消息提醒。

"我要出国了。"

附中星河路旁的巷子里,几个少年常去的烧烤小店的店面在不久之前找到了新的主人,装修成了一个小酒馆,店里偶尔会放着悠扬的轻音乐,让人在盛夏里也没了束缚。

这里再也没了那个手上时刻都捏着厚厚一沓菜单的中年老板娘,替代她的是一个染着几缕蓝灰色头发的年轻女孩,用干净的布一遍又一遍地擦拭着吧台上的玻璃杯。

店门从之前那个破旧不堪还会漏风的木板门换成了明亮又干净的自动玻璃门,门口还放着一个橙黄色的半人高玩偶。夜色之下,这条巷子少了曾经的烟火气,也没有了挂在铁丝上摇摇欲坠的白炽灯泡,这里再也没了以往的吆喝声和满巷子的孜然调料味。

许约趴在吧台上,一只手藏进了兜里,另一只手静静地握着一个空掉的杯子。

"老板,你调得很好喝,但我想喝带酒精的,我已经成年了。"许约抿着唇突然抬起头,将自己的手机反扣在了桌上,"你这……有没有一种酒,能让人忘记情绪,或者能大醉一场醒来不这么难过的……我胃不好,以前有个人不让我喝酒……如果我醉了,无论我说了什么做了什么,你就当看个笑话……"

许约语无伦次,桌子对面的女孩皱了皱眉,最终将店里的音乐换成了一首欢乐气氛的轻音乐。

"以前我的店里绝对不会有穿着一身校服的人进来。"女孩扯动着一边的嘴角,依旧擦拭着手里的杯子,"但我觉得你不太一样……很多人会来我的店里大哭一场,或者是大喊几声,信得过我的会跟我分享他们的故事……但你不同,你来这到底是为什么,你究竟在逃避什么?"

许约愣了下,缓缓垂下了头。

是啊,他到底在逃避什么?不管心里有多少无法言说的苦楚,他坦然面对的那股勇气到底是怎么消失的?

"逃避……"许约的喉结上下滚动着,脖子像灌了铅一般抵着桌子,额头贴在吧台的白色毛玻璃板上,"是啊……我到底在逃避什么……我明明那么相信他。"

"那你后悔吗?"女孩突然用同样的姿势趴了过来,鼻尖距离许约的额头不过几厘米,她淡淡地问道,"同学?你后悔吗?"

你后悔吗?

许约缓缓闭上了眼睛。

"不后悔。"

顾渊就是把他从地狱里带出来见着光明的那个人,他没有资格后悔。

"我以前调过一种酒,味道很烈,说不上来好不好喝,但会醉得彻底。至少,在你醉的那段时间里,你会把所有的难过全部都忘掉。"女孩起身转向身后的酒柜,"我以前想过很多遍,但没有任何一个名字能配得上它,但就在刚刚,我突然想到了一个很适合它的名字。"

"苦尽甘来,醉生梦死,得不偿失,也年少轻狂……"女孩一边调着酒一边小声念叨着,十分钟后在许约逐渐模糊的视野里,将调酒杯里的蓝色透明液体倒进了刚刚擦拭过的玻璃杯里,"你朋友叫什么?"

"顾渊。"

"那你呢?"

"许约。许诺的许,约定的约。"许约吸了吸鼻子,满脸疑惑地看着女孩,"所以这杯酒的名字……"

"你们。"

"我们?"

"不,这杯酒的名字就叫'你们'。"女孩轻笑着,"我觉得这就是最适合它的名字……"

顾渊出现在酒馆门口的时候,正好是晚上十一点整。墙上的钟敲了十一下，最后被轻音乐的声音所替代。

他一个箭步冲了过去，伸出温热的手心探了探许约的体温，轻轻晃了晃许约的肩膀。

"他身子怎么这么烫？"顾渊喉咙又干又涩，声音哑得厉害。

"明知道他身体不好，为什么不阻止他来我这里？"女孩站得笔直，眼神轻蔑地看向顾渊那只缠满了绷带的左手，"看你现在这副样子，好像比他好不到哪里去。"

"他刚……"

顾渊犹豫了许久，最终也没能问出口。

"你带他走吧，他只是累了而已。"女孩继续说道。

顾渊深呼吸了下，缓缓地点了点头。右手拦着许约的腰将他的身子扶了起来，因为左手缠着绷带的原因，在女孩的帮助下，将他轻轻放在自己的后背上。

"谢谢。"顾渊面无表情，受伤的那半边脸藏在了黑暗之中，"怎么付钱？"

"就当是我请客。"

顾渊回了神，转身扫视了小酒馆一圈，"这里曾经是个不怎么干净的烧烤摊，那个时候，我以为我和他不会有任何牵扯，但是我们还是在这里重逢了……"

顾渊左手贴在许约的后背上，腕骨传来的痛感在此刻消失得一干二净。车灯打开的瞬间，能看到许约的眼睛上有着碎钻般一闪而过的星辰，嘴里不停小声地念叨着顾渊的名字。

路上人来人往，路过的车子疾驰而过带起一阵热风。直到进了小区的电梯间，顾渊才小心翼翼地将许约的后背抵在了电梯的内壁上，最后单手紧紧捏着许约的肩膀防止他跌落。

"许约……"顾渊热好温水，心里开始隐隐作痛，"来，听话，多少喝一点。"

许约眼角下方红了一片,脸上没了血色,他微微摇了摇头,想说的话依旧没能说出口。

许约全身无力,用不上劲,眼神缓缓落在了桌上的水上。

顾渊立马端起了水杯,递到了许约的嘴边:"多喝一点。"

许约喝完了满满一杯水,然后闭上了眼睛,像是闭目养神又像是难以言喻的无奈,顾渊直直地盯着许约偏过去的侧脸,房间里过分的安静,几日未休息的疲惫感也在此刻乘虚而入。

顾渊狠狠地掐了自己一把。

"许约好点了吗?"

顾渊清醒的瞬间,许约抬起手轻轻放在他裹着绷带的手臂上。

"傻不傻?你这就是所谓的气急了连自己也打的那种人?"许约压低了嗓子,勉强笑了笑。

许约咬着下唇依旧闭着眼,所有的记忆一下子就回到了两个星期前。

那天很热,林荫路的树荫也抵挡不住烈阳,许约找遍了学校所有的超市和小卖部,甚至是附中旁边的整条商业街,都再没能看到那个哈密瓜口味的奶茶。

许约忍不住轻笑着,有些后悔曾经抱怨过奶茶太甜腻,以至于最后停产了居然还有些想念。

"什么时候走?"许约的声音很低。

顾渊不答,只是垂眸盯着地毯。

许约伸手抚平了顾渊皱着的眉头,轻声说道:"顾渊,已经没有哈密瓜味的奶茶了……"

翌日,李然然和周辉在许约的逼问下,还是将顾渊要出国这件事情有模有样地阐述了一遍,这次却唯独少了一句"为什么"。

顾渊不想说,许约也就不再问。

正式高考的前两天,整个高三学生迎来了每年不变的高中毕业季活动。A 班的学生不知从哪个班里学来的，几个女生在黑板上写下了"再也没有高中生活"的请假条，李烨红着眼眶捏掉一半的粉笔写下"同意"二字。

烈阳高照，蝉鸣聒噪的某个下午，在附中的升旗广场上，A 班所有的人身着蓝白相间的夏季校服，每个人左胸前的校牌别得端端正正，他们的眼睛弯着，嘴角上扬着，到处洋溢着一股青春的气息。

"第三排靠左边的那个男生，来，长这么帅得多看镜头……好，大家毕业了，开心吗——"

"开心——"

咔嚓——

于是，高三（A）班的毕业照片就此定格，许约站在第三排的最旁边，勉强露出了个看得过去的笑容，微微攥紧的右手里死死地捏着顾渊那张红底的学生证件照。

许约从凳子上跳了下来，转身离开的瞬间却被李烨拦了下来。广场一如既往的空旷，没有任何树荫，许约对上了那道强光，忍不住眯上了眼睛。

"老师？您找我？"

李烨没说话，拽着许约的袖子将他拉到了十五米开外的靠近高二教学区的那片树荫下。犹豫了许久之后才缓缓开口："许约，还有两天就高考了。你……你准备好了吗？"

许约发愣，搓了搓脸，挤出了刚刚拍毕业照时的那个笑。

"这有什么可准备的，这两年做过的卷子……"许约苦笑了一声，开玩笑道，"拿回家的话，都能糊满我家全部的墙了。"

"许约，老师们一直都认为你是个好孩子，各方面都好，但是为什么你……"李烨的话卡在了一半，她不敢将那几个形容差生的词语用到许约的身上，"老师不清楚你到底是因为什么，但你要知道你这两年来，每天辛辛苦苦地上课，做卷子，都是为了高考那两天……这决定着你的未来……"

"未来……"许约觉得有些可笑,"我哪有什么未来,对我来说不过就是一场再普通不过的考试罢了……李老师,真的谢谢您这两年对我这么无微不至的关心。"

等到1班也结束了毕业照的拍摄,李然然和周辉天不怕地不怕的跑了过来,直接扑到了许约的背上,冲着李烨笑了几声。

"老师,毕业快乐啊。"李然然说这句话的时候声音都有些哽咽,"老师,您还记得高一那个寒假吗,那时候您罚我和渊……"

李然然突然停了下来,眼神暗了下,轻轻咳了几声继续说道:"您罚我们写的作文,其实我们后来都写完了,只不过没机会再让您看一眼了。"

直到这个瞬间,许约才意识到,顾渊的名字已成了高三(A)班甚至是高三(1)班的禁忌。

没有人再关注球场是不是还有个长相出众,几乎从不会失误的"得分后卫",没有人会关注附中那个名叫顾渊的男生到底去了哪里,甚至连最后的A班毕业照片上也没有印上顾渊的名字。

有那么一瞬间,许约觉得自己做了两年的梦。一觉醒来,自己依旧孤身一人。

但事实不是这样,李然然和周辉拉着许约回了宿舍,开始收拾起了自己的行李,两人依旧吵吵闹闹,许约突然想起来第一次推门而入的时候,李然然站在自己的床铺边,一脸开心,然后走过来问他:"你就是班群里前些天传得很火的那个转学生许约吗?"

转眼间,两年过去,好像所有人都回到了原点。

207宿舍依旧空着一个床铺,少了一个熟悉的人。

大雾四起,飞往洛杉矶的航班往后延误了整整四个小时。顾渊耳朵里戴着两个蓝牙耳机,高离和顾旭一左一右坐在他的旁边。

"爸，妈，其实我可以自己在这里等着。"顾渊手里拿着登机牌和全新的手机，"你们没必要在我这里浪费时间。"

高离皱了皱眉，随意拨弄了两下卷发："瞎说什么呢儿子，你都要出国留学了，今天就是有再忙再重要的事情，我和你爸爸也会推掉的。"

"是啊，阿渊……"顾渊身边那位身着黑色西装、眉眼锋利的中年男人忍不住转了过来，"你妈妈跟你说话的时候，就别戴耳机了。"

说着，顾旭伸手准备摘掉顾渊右耳里的蓝牙耳机，顾渊下意识地躲了一下。

男人的手停在了空中，最后略显尴尬地放回了原位。

"阿渊，你到了那边有人会接你，房子什么的妈妈早都已经安排好了，你过去了可以直接住。还有妈妈已经联系好了学校里金融专业最好的老师……"

后来高离说了什么，顾渊再也听不进去。耳机里一首接一首地不停循环着中文歌曲，在一首歌结束下一首开始前，顾渊清晰地听到了从广播里传来的各种航班登机的播报情况。

浓雾消散，顾渊忍不住偏着头透过玻璃窗看了一眼外面的天，阳光甚好。等到大厅的广播里传来机械般的女声通知着通往洛杉矶的航班正式开始检票登机的时候，顾渊才缓缓摘下了耳机，起身的瞬间对上了高离的眼睛："妈，爸，这十八年谢谢你们把我照顾得很好……跟其他普通高中生比起来，我从不缺吃不缺穿，钱多得好像永远花不完……"顾渊轻眨着眼睛。

"傻儿子，我们——"

"但有些话在我离开之前必须告诉你们。"顾渊打断了高离，将机票拿了起来举在了高离的面前，"这是我这么多年以来最后一次听从你们的安排。你们一直想要我出国，好，我答应你们……但是，等我回来的那天，甚至是从我上了通往洛杉矶的飞机开始，我就只

第七章 躁动

是顾渊，未来的每一天，我都只会为了我自己而努力。如果真的到了那一天，不管是我自己，还是许约，又或者是你的威胁……我都不会再让步。妈，我之所以答应你们的要求，从来都不只是为了我自己。"

顾渊的眼神里写满了坚定，高离一时不知该如何反驳。直到这一刻她才突然发现，他们母子之间早就已经隔着永远都跨不过去的大海。

她好像还是那个望子成龙的母亲，只是顾渊已经不再是之前那个只懂得服从的顾渊。

"各位旅客请注意，飞往美国洛杉矶的D5821次航班已经开始登机，请携带好随身物品到31号登机口上飞机，祝您旅途愉快，谢谢！"

广播里又重复了一遍，顾渊突然深呼吸一下，冲着高离和顾旭的方向深深鞠了一躬，然后头也不回地进了登机口。

直到看不到顾渊的背影，高离才红了眼眶，露出了苦笑。她轻轻挽着顾旭的胳膊："我们好像真的留不住阿渊了……"

高考第一天早上的语文科目，许约差点迟到，在众多考生的注视下，他面无表情地坐到了自己的位置上。

没有了以往的冷静，许约走神了好多次，最后在结束的铃声中慌乱地放下笔站了起来。

李然然和周辉发挥不错，中午吃饭的时候忍不住拿着李烨之前重点讲过的几篇文言文来对答案。

"对吧？哈哈，我就选的是C……"李然然指尖划过那薄薄的练习册，最后将目光锁定在了许约的脸上，"许约你呢，选的什么？"

许约往嘴里送了两口温粥，目不斜视地回答道："不知道，忘了。好像是B还是D……都考完了，不管了。"

周辉犹豫了半天，冲李然然使了个眼色，硬是逼迫着他将那个语文练习册装回了书包。

之后的每一科考试，许约都经常走神，有时盯着两个监考老师看得入神，有时漫无目地地转几下笔……两天的时间结束得很快，最后一科结束，李然然终于忍不住趴在许约的肩上大哭了起来，完全不顾校门口许多家长投来的怪异目光。

"许约……我们，高考终于结束了……我这次所有的卷子都……都有认真写完……"李然然呜咽着，时不时揉几下眼睛，"我觉得……这三年，真的……真的值了……"

虽然丢人了些，但许约知道，他们这三年来积攒的全部压力得到了彻底释放。从今往后，不会再有熄灯之后举着手电筒看书，神经兮兮又小心翼翼地在球馆疯狂奔跑或者是在那条林荫路上拿着扫帚的少年们。

"行了，李然然。"许约忍不住笑了几声，捏了捏李然然的肩膀，"恭喜我们啊，毕业了，也顺便恭喜我们有整整三个月的假期了。"

"这次……还真是把我们整个高中的假期一次性都补回来了。"周辉忍不住感叹道。

高考结束之后，许约找了个离附中近一些的老式小区住了进去。一个月后的深夜，海市上空的星星清晰度极高，清澈明亮得让人有些害怕。许约吸了吸鼻子，右手从那个黑色鼠标上撤离开来，满眼疲惫地拨通了周辉的电话。

"周辉。"许约闭了闭眼，往后仰靠在了沙发上，"我……考砸了。"

周辉彻底愣在了电话那头。

这个结果他最开始不是没有想过，但他们唯一能做的只是在成绩公布的前一个月里，用尽浑身解数带着许约打球，教会了他玩游戏……为的就是能让许约比以前开心一点。

第七章　躁动

可就在这一刻,周辉才突然明白,他们永远都不能代替顾渊的存在,没有办法还给许约一片光明。

"没关系,许约。"周辉的语气平缓中带着难得的冷静,"真的没关系的,许约……你那么聪明,基础又好,大不了……大不了兄弟我不去上大学了,陪着你再读一年高三……有个词语特别适合你,叫'东山再起'……"

"滚吧你。"许约突然笑了起来,"周辉,来海市之后我也没能认识几个人,关系好的也就你们几个,所以……你跟李然然的高考志愿一定要好好填,知道了吗……我这么聪明,大不了再来一遍。"

话毕,许约果断挂了电话,一瞬间就冷清下来的客厅里,传来了几声略带粗重的喘息声。

没错。

大不了重新再来一遍……

洛杉矶气候宜人,夜晚也有一片亮眼的星河,金融系最出名的教授上完了今天的最后一节课,目送着班里所有学生出了教室,并且互道了再见。

只有顾渊一动不动,撑着胳膊安静地看向窗外。

教授带着笑走了下来,看着视线不知落在哪里的顾渊,操着一口流利的美式英语,轻声问道:"你是不是想家了?"

顾渊回过神,深呼吸着搓了把脸,强迫自己清醒了一些,用流利的英语回答道:"我只是有些累。"

"好吧。"教授点了点头,耸了耸肩膀,"你要注意身体。"

"谢谢。"

为期三个月的暑假并没有给许约带来任何情绪上的舒缓,在某个月明星稀、看不到一丝云霭的深夜,李然然和许约打了整整一个小时的电话，从高二聊到高三，最后再将话题转移到了大学的填报志愿上。

这整个期间周辉都打不通两人的电话，不满地在群里不停发着语音。大家跟以前一样，每个人都在自己早已规划好的道路上拼搏着，唯独许约拖了自己的后腿。

周辉不停发群消息，许约和李然然两个人同时点进了微信群，手机屏幕上显示出"您已成功加入群视频"。下一秒，周辉鬼哭狼嚎般的声音就如同强电流一般钻进了两人的耳朵里。

许约忍不住摘掉了耳机，缓了好半天才将自己的手机音量调小了一些。

"周辉你是不是有病！"李然然开玩笑地说道，"你志愿填了吗？填哪儿了？"

"除了海市，还能去哪？"周辉声音低了一些，从他那边能够听到几声翻动纸张的声音，"我妈说我家就我一个孩子，不想让我走太远，最好是留在海市。所以她前几天大晚上不睡觉都在帮我看哪个学校好……不瞒你们说，我妈甚至连专业都给我选好了。"

"说的好像谁不是独生子似的……我跟许约不也是……"李然然愣了几秒，轻轻咳了几下，"等等……那个同父异母应该算什么……还算独生子吗？"

"李然然你会不会说话！"周辉突然提高了音量，瞬间恢复了刚进群语音时候的状态。

许约被这两人逗笑，低声骂了句，偏过头随手打开了电视。

"所以，许约……你真的决定重读啊？"周辉放下手里的书，往前坐了坐，"你那个成绩要是给我，我妈都能把我捧上天了。可惜了，学霸对自己的要求一向都是很高的。能理解能理解……"

许约舔了一下唇，轻轻眨了下眼睛："我……其实也没什么太大的追求了，我现在就想重新读一遍高三，然后下个高考结束，我就

第七章 躁动

准备回余州。"

"为什么啊！许约……"李然然眼神黯淡，有些着急地说道，"海市好大学这么多，而且……你在海市还有我和周辉两个好兄弟，你回了余州，你有什么？"

你回余州还有什么……

好像真的什么都没有了，就连背后也早都变得空荡荡的。

许约表情僵了下，轻轻晃了晃手里的电视遥控器。

"再说吧，不着急。反正还有一年时间。"

事实证明一年的时间过得真的很快，盛夏结束后迎来的就是为期三天的秋雨，冷风吹动着附中林荫路两旁的香樟树，一地的落叶好像在风里诉说着难以言表的痛。

李烨和老杨顺利带完了高三，新的学期重新轮换到了高一的新生班，整个高三教学区再也没了他熟悉的面孔。许约依旧被分到了高三（A）班，最后一排的双人桌上依旧留着顾渊之前发牢骚时随手刻下的几个字。

开学的那几天里，李然然和周辉每天傍晚都会给许约打语音电话。

某个周末，李然然身边站着一个矮他半头的女孩，露着两个虎牙，笑眯眯地冲许约笑了笑。

"你就是然然经常说的那个许约吗？名字真好听，人长得也帅。"女孩右手死死捏着李然然的左手，看上去有些紧张，"我叫赵璐，是李然然的女朋友，我们两个是大学军训的时候认识的。"

许约突然就说不出话了，时间过得太快，快到他差点就忘了曾经也有个男生眼里带着笑意跟他打招呼。

简单的一顿晚饭，许约过得十分煎熬，其余两人聊得热火朝天，只有他低着头拨弄着自己碗里的米饭，最后结束的时候，许约只是轻轻拍了拍李然然的肩膀。

依旧没说一句话。

左修是个男生，许约好像稍微有些印象，回想了半天才想起来高二的体育课上曾经收到过他的信。许约重读的这一年，左修正好成了他的同班同学。

他从之前的高二学长变成了同学。

许约坐在座位上，整个课间都在不停翻看着自己桌上的练习册。左修从后排走了过来，敲了敲许约的课桌。

"许约，你还记得我吗？我高一的时候写过信给你，我叫左修。"

许约抬了抬头，面前这个男生穿着黑色的卫衣，手腕上戴着护腕，额间戴着黑色的篮球发带。

某个瞬间，许约甚至以为顾渊好像还在他身边。

"许约？"左修满脸疑惑，忍不住眨了一下眼睛。

许约回神将视线重新转回到手里的练习册上，再也没有看身边的男生。

左修偶尔会问许约重读高三的理由，但许约从来没有正面回应过，就连一个字都不愿意向任何人吐露。秋雨过后天气好转了一段时间，在某个天空灰暗的午后，海市飘起了冬天的第一场小雪。

整个教学区沸腾又喧嚣，在新上任的校主任的广播通知下，同学们极其不情愿地返回了教室。

许约没有再住进那幢彻夜灯火通明的高三宿舍楼，下午最后一节课结束后，他会第一个离开教室，出了校门回到出租屋里，他总会把自己整个人裹进被子里，强迫自己闭上眼好好睡一觉。

一天又一天，一月接一月。

许约的世界里终于只剩下了自己。

之后在每天傍晚约定好的时间里，李然然会和往常一样拨好几次电话，但依旧得不到任何回应。许约最初会用文字简单回复几句，

第七章 躁动

到后来索性直接屏蔽了全部消息。周辉旷掉了一节对大一新生极其重要的专业课，坐车赶到了附中，站在许约面前指着他破口大骂了半天，最后眼里缓缓流露出一种疼惜。

"许约，求你了，说句话行不行……"周辉红着眼眶，"许约，我是周辉啊，求你跟我说句话。"

许约身子被晃了好几下，眼底泛着红，张了张嘴，却始终没有挤出一个字。

"许约……"

在李然然、周辉和赵璐的强烈要求下，许约被推进了出租车后排，被三人带到了海市最好的那家医院。刺鼻的消毒水味既熟悉又陌生，许约抬了抬头，对上了白色木门旁边牌子上的三个字，眼里依旧一片波澜不惊——精神科。

看上去有些年纪的女医生好像跟他说了什么，但在许约眼里却像是一场无声电影，他只是安静地坐在旁边的凳子上。最后离开的时候，许约手里多了几瓶白色的药。

他慢慢往前挪了几步，终于停了下来缓缓转身看向李然然和周辉。

"所以，我到底得了什么病？"许约的嗓子哑得厉害，声音带着浓重的鼻音，难听得要命。

可就是这么简简单单的一句话，让李然然蹲在了楼梯口，捂着脸放声哭了出来。周辉仰起头不敢去看许约的那张脸。

"没有！怎么可能！你没病！"周辉闭着眼缓缓道，"这些药其实是为了帮你减轻压力的，你高三……你想想我们当时在宿舍每天晚上看练习册看到了几点……再想想我们自习课上做过的那么多卷子……这药没事，就跟平时补充维生素一样……"

话卡在了一半，周辉也不知道该怎么继续编下去。

许约认真地听完了，轻轻地点了点头，手里紧紧攥着那瓶药。

回附中的路上，许约靠在出租车的靠背上闭着眼睛缓缓入睡，李然然冲周辉使了个眼色，小声说了句"看你手机"。

周辉心有疑惑，但还是从裤兜里摸出了自己的手机，果不其然，屏幕上多了一条新消息。

周辉看了一眼李然然，解锁了手机，点开了自己的微信。

然然升旗：要不我们去找老杨，看能不能要到渊哥的联系方式，实在不行，找他爸妈也行。

然然升旗：许约真的不能再这样下去了……

辉辉衣袖：嗯。

周辉和李然然两人抽空回了趟附中，一向不把任何事当回事的男孩仿佛在去了趟医院之后就瞬间成长了起来。进入大学的李然然开始注重起了自己的形象，每天坚持跑步健身，整个人看上去比之前瘦了不少，衣服的尺寸不知在何时从超大号变成了大号。

两个人坐在老杨办公室的沙发上寒暄了一阵之后，终于提到了有关顾渊家长的电话号码。

老杨忽然发觉，眼前这两个男孩已经过了十八岁，没有了往年的冲动，多了一份难得的沉稳。

老杨一言不发，从办公室的柜子一角拿出了一本被透明书皮包好的学生信息册子递了过来。

"这是高一刚开学的时候大家就填好的。"老杨又往后翻了几页，"这一页是顾渊的……最后一页是许约的。他是高二转来的，只有一张纸，我怕弄丢了，就用胶水粘了进去。"

周辉垂眸看着手里的学生信息手册，忍不住叹了口气。

"我知道许约复读了。"老杨有些遗憾，"多好一个孩子……但是没关系。"

老杨吸了吸鼻子："他有重新开始的资本。"

李然然跟着重重点了几下头。

周辉从高离那里要到顾渊的新手机号时，距离之前带许约去医院已经过去了足足一周，周辉添加好顾渊的新微信，头像是一张全黑的图片，网名却还是之前的那个"渊渊想抱"。

顾渊有些疑惑，他新办的手机卡上没有任何联系人，只有高离和顾旭两个好友。当周辉的微信名字出现在他的申请列表里时，顾渊从沙发上跳了起来。

他胡乱地揉了几下头发，甚至来不及发几个文字就直接发起了语音通话。

"周辉？"顾渊那边电视机的音量被调得很大，流利的英文传入了周辉的耳朵里，"周辉？是你吗？"

"是我，你那边都凌晨了吧？还没睡？你把你那边电视的声音调小点。"

顾渊猛地站了起来，将电视按成了静音，握着手机的右手微微颤抖着。

"周辉……他……"顾渊声音逐渐低了下去，"他怎么样……"

"怎么样，渊哥，他会怎么样你难道不清楚吗？"周辉突然就生不起气来，他心疼许约，同样也心疼顾渊，"你走了之后，他跟以前一样，有什么就说什么……但……"

"但是什么！"顾渊皱了下眉。

"但是，现在的情况有些不太好。"周辉把自己桌上那张折叠起来的病单展开，用手抚平了中间的折痕，最后将里面的内容一字不差地念了一遍，最后深深叹了口气，"渊哥，医生说了这是心理障碍，不能再让他一个人待着……要想好起来必须有足够的耐心和时间……所以，渊哥，回来吧。行吗……许约之前想说又不能说的话，今天我全部替他说了。"

第八章 归途

第八章 归途

顾渊沉默着，久久不愿开口，几分钟后将语音聊天转成了视频。周辉微微叹着气将许约复读的消息告诉了顾渊。

顾渊听得内心煎熬，但也只是很轻地眨了下眼睛，眼神胡乱地离开了手机屏幕，大概是进行了一番自我缓解之后，重新将视线转移到了自己和周辉的视频聊天框上。

"以前我一个人的时候从来不会想象自己的未来会是什么样子，所以我觉得有些事情对于我来说都是无所谓的，成绩也好，名次也罢……这些对我来说根本就不重要……我觉得我只要在附中混完那三年，一切就可以结束……"顾渊往身边的沙发上伸手摸了几下，最后按下了电视遥控器的开关，愣了许久才缓缓打开了一边的落地灯，"我到现在还记得他跟我说过，他想以后租个房子，再养只猫，还是带花斑的那种，我们几个以后一起上班，晚上回家再一起做一顿晚餐……周辉，你知道吗？我第一次从许约的身上看到了未来。"

周辉往后仰起了头，从认识顾渊到现在，他还是第一次听到顾渊内心最真实的想法。

"所以，我一定会回去的。"顾渊突然直直地盯着手机屏幕，"但是我现在一无是处，狼狈地拖着一堆行李箱跑回去，我有什么资格站在他的面前？他明明是那么骄傲的一个人……无论如何，下次见面的时候，我一定会站在他的身边。"

周辉忍不住笑了起来，眼里的疲惫也跟着顾渊的承诺淡去，他伸了个懒腰举起了手机，将摄像头对准了窗外亮堂的街巷和高楼。

"你出国也快一年多了吧，是不是挺久没看过海市了？来，现在好好看看。"周辉转了两下手机，将视角挪到了另外一边，"那边就是咱们学校的方向了，有人就在那里等你回来。"

视频里只有一片灰暗的天空和隐进雾里的建筑，顾渊却看得极其认真。洛杉矶当地时间已经过了凌晨三点，一片昏暗的灯光下，周辉意外地发现顾渊的眼睛里闪耀着斑驳的光点。

光点消失，剩下的就只有一种无望的孤独。

"周辉你……"顾渊揉了揉眼睛，重重地吸了吸鼻子，"你是不是就想看我一个大男人流几滴眼泪啊……"

"没有没有，我怎么敢。"周辉笑了起来，倒在了自己的床上。

再之后，李然然找了女朋友也好，许约复读高三也好，他自己还是单身也好，最近这一年里发生过的所有事情被周辉成功编成了故事，一字一句地讲给顾渊。

视频通话持续了整整两个多小时，该说的不该说的，都在这两个世界里逐渐扩散。挂了电话，顾渊才慢慢起身从自己的衣柜右下方拿出了一个精致的小礼盒。

里面是一张红色背景的高中生证件照。

顾渊坐在床边一遍又一遍地抚摸着。

仓促之中他给许约留下的，也不过只有一张自己高中时期的照片。

顾渊缓缓闭上了眼，嘴角上扬着，仿佛回到了高二盛夏的午后，印在脑海里的只剩下了那几句话——

"照片一定要好好存着。万一哪天我有事不在学校，你又想我的时候，就看看这个。"

"不准弄丢。"

翌日清早八点二十分，顾渊准时坐在电脑前，双手轻轻敲了几下键盘，最后编辑成了一封简单的邮件发送到了教授的邮箱里："感谢教授长期以来的照顾，我决定专修心理学。"

这个冬天比去年要冷一些，十二月三十一号的晚上，许约的微信收到了三个人的新年祝福，除了李然然和周辉，多出来的那个人就是左修。

附中今天放学特别早，从中午吃过午饭开始，陆陆续续就能看到结伴的同学出了教学区。

左修整理完了桌上的几本复习资料，起身走到许约旁边弯了弯腰："许约，今天是跨年夜。咱们学校给全体师生放了一天假，要不要晚上一起出去玩？"左修四处看了一眼，确定教室周围没有老师之后从裤兜里拿出了手机，他翻出了群聊消息举在了许约眼前，"看，咱们班好多人都一起去……或者，你也可以叫上你以前的朋友一起。"

"左修左修！快来帮我们看一下这道题。"没等许约拒绝，教室前排的几个女生往他们这边看了一眼，笑了几声之后大声喊道。

"马上来，对了许约，一定要来。"左修丢下这句话就走向了前排。

许约只是抬头盯着他的背影看了一眼，然后从自己桌子里拿出那瓶被李然然撕掉标签的白色药瓶，就着桌上冰凉的矿泉水一起吞了下去。

"许约，你都吃了好久的药了，身体没事吧……"

新同桌是个女生，直到现在许约也没能记住她的名字。

他微微摇了摇头，没有再去理会。

高三大型集体跨年的地点定在了海市最出名的城市景点，开着暖空调的大巴车上，左修坐在许约旁边，跟身后几个外省的同学介绍了好半天景点概况，有时候会回过头来看向许约笑几声。

李然然和周辉到的时候,许约眉间的那股愁劲儿才微微散了一些,他跟在周辉的旁边,听他们讲些大学里发生的故事。

此时此刻,隔岸就是海市最著名的城市代表性景点,身后就是这座城市最繁华的商业街道,江里经过的游轮的甲板上站满了人。

某个回眸的瞬间,许约好像又看到曾经一前一后挤进人堆里的两个少年。

许约突然走向江边举起双手掩在了自己的嘴边,这是他自顾渊离开后最开心的一次。

他大声喊道:"顾渊——你也新年快乐——"

周辉大步往前跨了几步直接趴在了许约的背上,下巴贴上了他的肩膀。李然然心有不满,嘟着嘴扯开了周辉搭在许约脖子上的那条胳膊,顺势将自己的放了上去,三人抱成一团,许约终于露出了久违的笑。

那天之后,许约将所有的精力和心思全部放在了高三最后几个月的综合复习中,做着已经做过的题目,背着已经背得滚瓜烂熟的文言文。

转眼又是一年盛夏,又到了整个海市最为繁忙的两天。

许约拿着透明笔袋走出了考场,早就等在场外的李然然和周辉满脸紧张,着急忙慌地递过去一瓶矿泉水。

"怎么样?许约,这次怎么样?"周辉的手有些颤抖,"说话啊,急死我们了。我和李然然就差在校门口手捧鲜花,再给你拉个横幅了!"

"就是就是,快点快点。"李然然急得跺了两下脚,晃了晃许约有些发凉的胳膊,"没问题的话就点点头!"

许约不紧不慢地将手里的矿泉水瓶盖拧开,抿了一小口,之后看了两人一眼,嘴角微微上扬,轻轻点了两下头。

"终于!"心惊胆战了整整一年的周辉突然叹了口气,摸出自己的手机划了几下,最后忍不住哽咽了起来,"真的太不容易了,我明明连女朋友都没有,却整天操着当爹的心。"

"照你这么说,那我操的是当妈的心?"李然然不知从哪家小卖部买了三个雪糕,咬了一口,一脸满足地长舒了口气,"啊,爽!"

"走了。"许约从李然然手里抢过一个,淡淡地说了一句。

大学的暑假跟在附中时几乎一模一样,七月中旬开始,八月底就得返校。高考成绩出来的那几天,周辉和李然然两人待在许约小小的出租屋里看了一整夜的报考学校。

许约最终还是填报了余州的大学,尽管周辉劝了好多次,但也没用,这股执拗的性子也不知道是之前跟顾渊待在一起久了培养出来的,还是这才是许约最真实的性格。

不过这些已经不重要了。至少他觉得,许约好像正在慢慢从泥沼里往外爬,剩下的一切就交给时间。

时间好像真的可以带走很多东西,又能带来许多全新的面孔。

日夜交替,身边的人来来往往,念念不忘的旧朋友在心里一压就是两年多。

许约跟之前一样,在大二开学前的几天时间里,带着自己为数不多的行李走了,海市这个城市太过繁华,人来人往,却始终找不到他想见的人。

那天傍晚,许约拖着行李箱站在高铁站的检票口,看了一眼身后的李然然和周辉,忍不住拥了上去。

"许约,到了学校记得跟我们说,别老是动不动玩失踪。"周辉冲许约挤眉弄眼,"不然我们就冲到余州去揍你一顿!再讹你一顿饭!"

李然然站在另一边红着眼眶频频点头。

许约拍了拍他们的后背,最后头也不回地进了检票口。

大学跟高中时期像两条完全平行的线，没有任何交点。大学的教学区划分为好多个系部，整个校园大小是附中的三倍。在许约全新的生活里，不会再有任何老师催着你交课后习题作业，也不会有校领导在晚自习时走在校园里巡逻。

晚自习的阶梯教室大得能够同时容下一两百个人，教室里都是相处过一年但对许约来说还是有些陌生的面孔。许约按着桌上心理学的书，皱了皱眉用笔圈点了几下。

前面一排坐着几个女生，议论的声音刚好落入了许约的耳朵里。

"对了，你们知不知道，咱们系好像下周要来一个新的心理学助教，而且我跟你们讲，听说长得超级帅！刚开始我还以为是哪个明星呢！"

"这都快放假了吧，怎么会突然新来个助教？"

"不知道……"

"难不成……他女朋友在我们学校？哪个老师？还是哪个校友啊？"

"你小说看多了吧，咱们系都已经传遍了好吗，据说那个助教刚从美国回来，年纪好像跟我们差不多大！得过的奖项多到数不清！而且最重要的是，那个助教之前好像是学金融的，不知道为何学到一半就突然转了心理学，两年时间就完成了别人四年才能完成的事情……啧啧，你们说这还是人吗！"

"对了，那个年轻的助教姓什么你们打听到了吗？"

"好像……"中间的女孩偏了偏头，仔细想了半天，缓缓开口，"姓顾。"

许约在凌晨的时候接到一个陌生电话，号码归属地显示着"余州"两个字，许约接起来，轻轻"喂"了一声，但没得到对方的任何回应。他将裹了在身上的被子稍微扯开了一些，最后缓缓坐起来再次"喂"了一句。

电话那头传来的好像是一阵呼啸而过的风,又像一声小小的叹息。又僵持了大概半分钟,许约终于按了挂断键。

许约的大学校园里有只白色带花斑的流浪猫,生性胆小,经常一溜烟钻进教学楼旁的花坛里,下雨天的时候总是滚得一身泥,偶尔也会遭人嫌弃。许约中午从东食堂带些吃的东西,然后用餐巾纸包好放在花坛的里侧,等到下午所有专业课程结束,他又会把那张纸巾丢进路边的垃圾桶里。

就连下雨天也不会落下。

几个学姐在午休期间碰到许约好几次,每次都找他要联系方式,但都被许约摇着头避开。

医生两年前开过的药物许约从来没有间断过,新的环境也能慢慢改变一个人,直到他从附属医院出来,拿着手机在群里简要地发了几句话。

许许如生:我刚刚从医院检查出来。

许许如生:医生说情况好多了,不用再每天吃药了。

许许如生:次数减少到了一周两次。

消息发出去不久,李然然就回了信息。

然然升旗:璐璐这周末刚好要回趟家,所以,我和周辉决定周五晚上过来。

然然升旗:到时候我们家约约可别忘了请我们吃最正宗的余州菜。

许约忍不住眯了眯眼,将手里的病历单塞进了大衣口袋。

许许如生:知道了,吃。想吃什么就吃什么,我请。

社会心理学专业课的女老师因为怀孕,会有一位新的助教老师来代课。许约上楼的途中又听到几个女生说着"顾老师"。

许约仔细想了想,这个世界带给他太多的意外和失望,"顾渊"

这两个字也随着时间的流逝逐渐变成了过去式,现在,哪怕听到他名字中的一个字,他也只是一笑而过。

　　阶梯教室的座位是逐步增高的,许约一向喜欢坐在后几排,既能避免授课讲师的提问,也方便他复习其他科目。

　　许约懒得抬头,随手转了几下笔,在笔记本上写下几行专业术语。

　　就在这时,整个五楼的走廊传来一阵嘈杂声,从隔壁教室慢慢传过来,直到整个三号阶梯教室变得喧闹起来。

　　"顾老师来了!快看啊!哇!真的好帅啊!"

　　许约有些不满地抬了抬头,目光定住的瞬间忍不住瞪大了双眼,整个身子都跟着颤了起来。

　　"顾……"许约缓缓放下笔,跟其他女生一样惊讶地从凳子上站了起来,"顾渊?"

　　教室的玻璃大门处站着一个高挑的身影,黑色的中长风衣遮盖到了大腿的位置,深色的高领毛衣埋着棱角分明的下颌线,头发跟高中时期无异,刘海掩盖着一半眉毛,因为出国留学的原因,身上多了一种优雅的气质。

　　顾渊抬脚缓缓走上讲台,双手按在桌面上环视了一圈,最终将自己的眼神移到了后排的座位上。

　　许约的内心就像经历一场汹涌澎湃的海浪,铺天盖地地滚滚而来,滚入细沙中再缓缓退去,平静得让人有些不敢相信。

　　曾经的许约年少轻狂,有太多的无知和期望,这些都随着时间的推移埋进心里好些年。明明才过了两个盛夏寒冬,许约却觉得,他们分开的时间不止两年。

　　"同学们安静一下,我叫顾渊,从今天开始我将担任这门社会心理学的助教。"顾渊忍住想要奔向许约的冲动,低头翻开桌上平放着的几本资料,"你们之前的老师请了产假,为保证教学质量和进度,所以这学期和下学期的社会心理学由我给大家授课。"

许约前面两排的几个女生从刚刚开始，就激动得整张脸都红了起来，然后在一阵哄乱声中捏着自己的课本挪到了教室前排空着的座位。一瞬间，整个阶梯教室后排就只剩下了许约一人。

有些尴尬，也成功引起了全班同学的注意力。

顾渊的眸子突然暗了一下，但很快又恢复如常。

"后面那位同学，你坐那么远能看得清楚老师的脸吗？"顾渊笑着冲许约挥了挥手，"来，往前面坐。"

两年过去，许约没什么太大变化。眼前的顾渊和许约记忆里的差别太大，许约甚至有些担心讲台上人模人样的顾渊下一秒会说出些惊世骇俗的言论。

许约有些不情愿地拎着自己桌上的几本书换到了中间的位置，整节课下来，他没有抬过一次头，却还是将顾渊所提及的心理学知识全部熟记在了心里。

不得不说，顾渊确实有成为心理学讲师助教的资本。许约突然苦笑着，回想起自己慌乱不安甚至每晚失眠的高三。

下课铃响，顾渊讲完最后一题冲着讲台下的学生鞠了一躬，不自觉地往许约的位置看了一眼。

果然，那个桌子上只剩下一张写满笔记的作业纸。

许约和以往一样，从兜里摸出几个中午从食堂带出来的小零食，坐在花坛外侧的边缘，轻声喵了几声。一只白色的流浪猫很快从灌木丛中钻了出来，隔着老远就冲他不停地叫着。

"今天李然然和周辉过来玩，我要请他们吃饭了。晚上的饭就得你自己去解决了……"许约剥开糖纸，将白色的软糖丢进自己嘴里，"所以今天就别等我了……好吗？"

脏兮兮的小猫喵喵叫了几声，并不能懂得人类的真实情感，它只是慢慢走过来，用自己的脑袋轻轻蹭了蹭许约的胳膊，很快，浅色的外套上立马出现了一团黑乎乎的泥印子。

"小白！你看你！自己一身泥还总喜欢往人身上蹭。"

许约脸上假装表现出一股怒意，却还是探手摸了摸小猫的脑袋，最后将空掉的包装袋丢进垃圾桶，他缓缓站起来，往校门的方向走过去。

兜里的手机振了几下，许约不用猜都知道是谁发的消息。

然然升旗：约约！我最亲爱的约约！我和周辉已经从高铁站出来了，现在就准备打车往你们大学那边赶了！快快快，赶紧定好餐厅，我俩都要饿死了。

许约轻笑着，指尖不停地按着手机屏幕。

许许如生：知道了，不会饿着你们的。

发送成功后，许约又想到了什么，犹豫了几秒还是选择直接拨通了李然然的电话。

"李然然我问你个事情。我在余州上大学的这件事只告诉了你和周辉两个人。"许约突然停住了脚步，深深吸了一口气，"说吧，你俩谁透露给他的？"

"啊？啊。我那个什么……喂？喂！我这信号不太好，许约？"李然然提高了声音，举着手机四处晃了晃，"这手机什么破信号啊，见面再说吧。"

啪——

电话挂断，一串节奏整齐的嘟嘟声传进许约的耳朵里，他忍不住笑了笑，微微皱了几下眉头，最后仰起头迎着冷风呢喃道："顾渊回来你为什么要笑……明明之前那么难过。"

说长不长，说短又不短的两年时间里，许约早已习惯了一个人。

顾渊悄无声息地离开的时候，他确实难过。再次重逢的时候，他也只剩下了难过。

许约难得在外面过个周末，心情大好，买了三根棒棒糖，令人意外的是这家商店居然有一根哈密瓜口味的，后来鬼使神差地就进了许约的裤兜。

许约选了一家餐厅，在两个人到之前点好了所有的菜品。

"你们找 211 包厢是吗……请往这边走。"门外服务生的声音由远及近，最后当着许约的面打开了包厢的木门，"三位请进。"

许约猛地抬起头。

三位？

李然然的女朋友不是回家了吗？

来不及做出任何判断，李然然和周辉就已经摘掉了自己脖子上的灰色围巾，丢在旁边的柜子上，许约清了清嗓子站起来，一眼对上了门外双手捏着裤边，久久不敢跨进来的顾渊。

四目相对的瞬间，许约才忽然明白，信任一个人是难得的勇气，等到不信任的时候，同样需要勇气。

"既然来了，那就进来吧。"许约淡淡地说道，"顾老师。"

记忆一下子被强行拉回了高中，顾渊曾经为了一道大题亲自找老杨要到了全部的解析过程，再之后满脸骄傲地按照整个过程讲给许约听。

许约打趣道："顾老师，这题你看我解得对吗？"

"许约……"顾渊吸了口气，突然拉住了许约的胳膊，"许约，我知道你现在不想听。但我如果不说，我一定会后悔。"

"后悔？"许约纹丝不动，呆呆地站在包厢的门口，"你是指当时的不辞而别？没有什么可后悔的。"

顾渊垂眸缓缓松开了手，下一秒却被周辉拽到了包厢里，按在凳子上。

"大家好不容易有个聚会的机会，其他的事情就先暂且放一放。"周辉咳了几声试图缓解两人的尴尬，"来来来，今天这顿饭就当给渊哥接风洗尘……"

"你们为他接风洗尘为什么要我买单？"许约白了周辉一眼，随

第八章 归途

手从兜里摸出三根棒棒糖丢到了桌上,"出了学校顺手买的,刚好你们一人一个。"

许约忍不住往顾渊那边瞥了一眼,闭了闭眼:"也是巧了,刚好就有个哈密瓜口味的。"

这顿饭李然然和周辉并没有对满桌的特色菜提起太大的兴趣,圆桌上不知不觉堆满了各种啤酒和白酒。

喝到一半,李然然懒得再用杯子,红着脸颊直接用瓶子喝,因为瘦下来的缘故,颈间的喉结很明显地上下滑动了几下,有几滴白酒顺着下巴缓缓滑进了脖子。

一场四个人的聚餐只有周辉和李然然两个人说话,后来不自觉地提到了他们四个人的高中生活。

李然然整张脸红透了,眼眶跟着发红,忍不住重新拿起一瓶酒一把放到了桌前。

"顾渊你知道吗,在我眼里,你从来都是天塌下来会帮人顶着的那个……"周辉吸了吸鼻子,猛地往下灌了一大口啤酒,咧着嘴深呼吸着,"可是你当初出国的日期为什么不告诉许约?你知不知道他那时候有多难过,失去亲人之后又失去最好的朋友!"

埋进心里的往事一下子被人捅了出来,许约突然往自己面前的空杯子里倒满了白酒,犹豫了几秒,直接喝了下去。

顾渊抬了抬眼,举到一半的手最终回到自己腿上。

"我那时太害怕……"顾渊道,"我怕他重蹈覆辙。"

怕你重蹈覆辙,所以我连最后的离开都悄无声息。

许约眼前泛黑,眼前不停地出现黑白的重影,他努力寻找着顾渊的脸,再对着那个方向,强迫自己半睁着眼。

他抬手擦掉残留在嘴角的白酒,缓缓道:"顾渊,不管是许陆,还是你,我现在都已经放下了……这样的结果,你还满意吗?顾渊,其实我们两个……早已是陌路人。"

这一晚，许约喝了很多酒，眼睛下方的皮肤由内而外渗着血色，红血丝也慢慢爬上眼底。时隔两年，未发的旧病终于还是来了，胃里翻江倒海，像拧成一股绳一样疼着，强烈的痛感促使他皱着眉，右手本能地紧紧抓向顾渊。

"顾渊……"许约再也没有睁眼的力气，最后声音慢慢低了下去，"我胃疼……"

许约已经不记得自己是怎么被人背进了急诊室，不记得最后自己是怎么回的家，也不记得那杯连水温都跟当年相似的蜂蜜水是怎么进入自己嘴里的……直到第二天正午，冬日的阳光照亮整个出租屋时，他才缓缓睁开了双眼。

胃比之前舒服了些，许约斜了斜眼，看见床头柜上放着一杯冒着热气的牛奶。他忍不住扫视了一圈，掉在地上的抱枕此刻正端端正正地放在卧室的单人沙发上，还有丢在床边的那几件外套也被收进了衣柜，令人意外的是屋子里还有股淡淡的男式香水味。

"这个味道……"

他猛地从床上坐起来，顾不上桌上的热牛奶直接打开了房间门。

客厅的玻璃窗被打开了一条缝，许约从不愿意拉开的暗色窗帘也被整齐地挂在了白墙的两侧，中间打结处的暗扣上还能看到灰纱制成的小花。

长沙发上蜷缩着一个人，带着烟味的衬衫还未脱去，身上只盖着一个薄毯。

"什么时候学会抽烟了……"许约深吸了一口气。

许约甩掉拖鞋光着脚靠近了些，看着面前闭着双眸，一脸苍白，双手紧紧抱在胸前的顾渊，忍不住咬了咬下唇。他随手拿起茶几上的空调遥控器，调到了暖风的状态。

这个出租屋周围的环境并不是很好，唯一的优点只有每月不到一千块钱的房租费。但对许约来说，只要能有个地方可以回去，不

第八章 归途

管是哪里，至少他还算有家可回。

立式空调机发出一阵嗡嗡声，几片扇叶卡在中间不停地振动着。顾渊轻轻翻了个身，缓缓睁开眼。

"许……许约？"顾渊立马扔掉身上的毯子坐起来，"你醒了？怎么样？胃还难受吗？昨天去医院，医生说是急性肠胃炎，开了一大堆药……"

"你……"顾渊满脸的不知所措，许约愣了下，有些心软。

"啊，我那个……你昨天喝太多酒，醉得不省人事，我先带你去了医院，本来医生想让你在住院部将就一晚上，但是我知道你不喜欢医院的消毒水味道，所以……"顾渊语速极快，舔着干裂的上唇，时不时吸吸鼻子，"所以我就自作主张，把你带回你家了。还有，李然然和周辉我也帮他们找好酒店了，不用担心他们两个。"

"知道了……"许约微微点了点头，就在顾渊准备开口之前，他轻笑着说道，"谢谢你。"

"谢谢你"这三个字有着足够重的分量，好像一下子就划清了他们两人之间的界限。

顾渊明亮的眼睛一下子就暗了下去，他有些无神地站了起来，犹豫了许久才缓缓道："许约，我知道你不会原谅我……但是有些事如果现在不说，就真的来不及了！高中的时候你就像突然闯进我世界里的一道亮光，我知道我很差劲，一直以来没什么太大的追求，直到我遇到你……你很优秀，成绩很好，有着很光明的未来，所以我就跟在你身后努力地追，你往前走一步，我就跟着往前一步。

"哪怕在国外，我也不敢落下任何一天。"顾渊带着鼻音，哑着嗓子喊道，"我放弃了我妈给我安排好的那些金融学课程，就为了能学好心理学。许约你知道吗？我背过的那些书比我们高中三年所有的课本加起来还要多，一张考卷长到能卷成一个纸筒……我在校园里经常会看到同学们有说有笑，但是许约你明白吗？每次看到他们我心里就痛……后来我才知道，两年前是我亲手把这把刀插在这里……"

顾渊红着眼眶，右手握拳狠狠地砸向自己的左胸口，闷闷的音色听起来压抑至极。

"这两年来，我有太多太多的遗憾。"顾渊突然冷静了下来，"我错过了跟你约好的高考，这次我回来不会再走了……许约，我回来了，我们可以像过去憧憬的那样，一起住出租屋，一起养只带花斑的白猫，再一起上下学。"顾渊认真地对上许约那双浑浊的双眼，"所以……哪怕你说我们已是陌路，但是我还是会和以前一样努力地追赶你。我不骗你，能不能再给我一次机会。"

许约缓缓闭上眼，在一片黑暗中他仿佛又看到了附中雨天里的那棵银杏树，树下长满了血红色的玫瑰。

"搞得满身烟味，连香水都盖不掉，还是先去洗洗吧。"许约转身进了浴室打开了热水器的开关，"水温已经帮你调好了……我再去睡一会儿。"

许约想逃，就像两年前那样，他还没有足够的勇气去面对眼前这个曾经和他的父亲一样放弃他的人。

顾渊愣愣地关上浴室的门，淋浴蓬头洒下的热水起了白雾，洗手台前的镜子上也慢慢被水汽所覆盖，然后变得模糊不清。顾渊脱掉身上那满是烟味的衬衫，后背紧紧靠在了浴室的玻璃门上。

两年前，洛杉矶。

最后一节晚课在当地时间晚上八点半准时结束，心理学教授整理好了自己的东西，环视了教室一圈，目光最终落在了顾渊的身上。大概是同样身为华人的缘故，教授好像一下子就觉察到了顾渊此刻的孤独，他走下讲台，完全不顾顾渊旁边还坐着几个学生，直接敲了敲顾渊的桌子："跟我出来一下。"

顾渊回过神收拾好了自己桌上的东西，缓缓站起来跟着教授走上了顶楼的天台。

"实在抱歉这么晚还叫你上来聊天，我听说……你上周刚拒绝了一个女生的告白？"教授双手扶着栏杆，微风拂面吹起了他们的头发，"哦，别误会。我只是无意间听到有学生议论，你似乎除了拒绝告白，也拒绝交朋友。"

美国人的相处方式简单又舒适，遇到喜欢的人就会去追求，哪怕是被拒绝，也可以一笑而过成为最好的朋友。

顾渊愣了下，他完全没想到同样身为中国人的心理学教授会以这样的方式问他这些问题。

"嗯。"顾渊微微点了点头，"教授，其实我不喜欢她。"

教授表情没什么变化，他只是点了点头，最后将自己的右手放在了顾渊的肩上。

顾渊没再说话，微微扬起头看向校外那条静谧的公路。两边的高树顾渊叫不出来名字，却觉得格外好看。

"你国内的朋友都是什么样的？"教授眨了下眼睛，目光移到了远处。

顾渊突然笑了下，很轻地耸了耸肩，整个人眼里镀上了一层温柔："大概就是长得好看个子还很高，比我矮个三厘米吧，成绩还很好……

"明明自己都不知道那个限量款的钥匙扣为什么会那么火，却还是放学后挤进人群里买了一个……明明自己对电子游戏一窍不通，却还是迷迷糊糊熬了一整晚抢到了现场的预售票——"

"很抱歉打断你。"教授突然浅浅一笑，随意甩了甩手腕，"其实你没有回答我的问题，你只是在怀念一个人。"

天台突然就安静下来，只能听到从停车场传来的几声车鸣……

"我可以知道他的名字吗？"

"当然可以。他叫许约。"

正当顾渊想得入神，浴室的门被人敲响。
"顾渊？顾渊！你没事吧？"许约拉开门，"你在浴室待太久了，这样下去会缺氧的……肩膀怎么流血了？"
顾渊浅笑着，按了按肩膀："不小心蹭到了墙上，破了点皮，没事的。"
整个浴室里充斥着沐浴露的味道，混着淡淡的烟味，最后都被风吹散。
顾渊小心翼翼地说道："那我们，现在算和解了吗？"
许约轻眨了下眼睛："嗯，算。是真的，我没骗你。"
顾渊简单洗漱结束之后出了浴室，终于躺在面前这张算不上宽敞的床上沉沉睡去。
许约将客厅那看着有些厚实的旧窗帘重新关上，整个房间瞬间暗了。
许约从电视机下方的抽屉里拿了两个创可贴出来，小心翼翼地撕开外层的包装纸，然后轻轻贴在顾渊的左肩膀上。
许约苦笑着。
原来自己亲手藏好的东西，总有一天会重见天日。
窝进被子里的顾渊眉眼之间早就没了高中时期的叛逆，时间带给他更多的是某种煎熬。
顾渊睡得很不踏实，时不时地将整张脸全部埋进被子里。许约很难想象这两年来顾渊到底经历过什么，他猜不出，也不敢问。
既然如此，那就既来之则安之。
"看什么？"
许约偏过头不愿去看他的脸："你装睡？"
"没有。"顾渊懒懒地伸了伸另外一只胳膊，肩膀还在隐隐犯着痛,"嘶——"

"怎么了?"许约转过来,"肩膀疼了吗?你好好躺着不要乱动,别一会儿又扯到伤口了……"

"不是。"顾渊笑了笑,压着声音呜咽了几句,"许约,我真的很开心……"

顾渊的眼睛在昏暗的环境下发着光。

"我……"许约微微叹了口气,"我其实也……"

"许约你知道吗,我真的好开心……回国之后能重新见到你就开心,一想到成为你的助教,我就更开心。"

许约忍不住白了顾渊一眼:"是吗?我觉得有个事情我说了你可能会特别开心。"

顾渊突然从床上爬起来:"什么事情?"

"其实……我最不喜欢的就是社会心理学这门课。"

许约不喜欢社会心理学并不是忽悠顾渊的,大一初次测评考试时,许约这门课勉强及格了才没被那个刚休产假的讲师找去办公室谈话。

大学的期末考试周如期而至,非上课时间从不踏进系部大楼的许约居然手里拿着几本书出现在一楼的楼梯口,犹豫了几分钟后,许约轻轻咳了几声拐进二楼的讲师办公室。最后停在了顾渊的门前。

许约不经意间皱了下眉头,轻声哼了一声。

许约扫视了走廊一圈,确定周围没看到任何人之后,猛地深吸了一口气推开了那扇半透明的玻璃门。

"有什么知识点去图书馆讲不行吗,非要让我来办公室?顾渊你脑子是不是有点……英……英语老师您也在啊?"许约彻底愣在原地,握着门把手的手迅速收进裤兜,"那个……刚刚没敲门就直接进来不好意思。我……我找顾老师有……有点学术上的问题。要不你们先……我等会儿再来……"

说着，许约就准备推门出去，前脚刚踏出玻璃大门，后脚就被顾渊直接拽着袖子给拽了过去。

"徐老师也是刚毕业不久的大学生，比我们大不了几岁。"顾渊轻笑着放下了手里的笔，"而且她知道我们以前认识，也知道我们关系好……"

"那个什么……你们办公室空调温度太高了，这么待下去，一会儿出门容易感冒啊老师……"许约猛地站起来，一脸尴尬地打断顾渊的话。

面前这个看上去大不了他们几岁的卷发女人强忍着笑，盯着面前两人看了许久。

顾渊弯着眼睛很自觉地闭上了嘴，耸了两下肩膀等着许约最后的完美收场。

"其实我跟他只是……高中认识……"许约尴尬地笑了几声，然后转过身瞪了顾渊一眼，"你说是吧？"

"不仅认识，我们以前关系还特别好。"顾渊从许约的右肩膀往外探出脑袋，冲着徐芝不停使着眼色，"他这人从高中就比较容易害羞……徐芝你跟我可都是出国留过学的人，你应该懂我的意思吧？"

"懂懂懂！"徐芝有些敷衍地撇了两下嘴，最后从桌上拿起一张表格往前走了两步看向许约，"我记得你叫许约是吧……你的好朋友顾老师，刚来不久身边就围着很多女老师和女学生。走了，下午还有节课。拜拜——"

等到徐芝推门离开，许约才松了口气直接白了顾渊一眼，一屁股坐在办公椅上翘起了左腿，使了一个意味深长的眼神。

许约歪了歪嘴角："顾老师，出了两年国就把高中语文课上学的形容词全部还给李烨了是吧？"

顾渊轻轻眨了下眼睛，右手不自觉地扯了两下自己的领口。

"许约，你能不能好好说话。"顾渊舔了舔下唇，"别总这么阴阳怪气的，听着也太别扭了……"

"行，那就我们校史上最年轻的心理学助教……"许约双手环在胸前，眼底压着一抹散不开的笑意，"来，我们开始吧，初次测评的卷子我都带来了。给——"

许约将放在一边卷成纸筒状的考卷丢了过去："满分一百分，我考了六十三分，您觉得我还有救吗？"

顾渊展开卷子，认真看了几眼，然后微微摇了摇头。

"好像确实没救……"顾渊放下考卷眯了下眼睛，斜着脸缓缓念道，"不过吧……你看咱俩都这么熟了，只要你跟我和好，我保证你这门课顺利通过。怎么样？"

这两年来，许约从未像现在这般开心过，好像在不知不觉间，心里空缺着的那块地方正在被人慢慢填满。

大学生活不比高中，除了每个阶段必修的课程，还有社团活动和不再羞涩的爱情。晚自习结束，顾渊缓缓从自己的办公椅上起身，脱去身上那件稍显成熟的暗灰色西装，他站在镜子前，在许久未换的衬衫上套了一件偏休闲的黑色大衣。

许约在晚自习正式结束前几分钟溜出了阶梯教室的后门，再从那段没有路灯的小路上绕到了图书馆的一号大楼的侧门，在一片黑暗中看到了忽明忽灭的光点。

"什么时候学会抽烟的？"许约靠近了些，站上了水泥台阶，看着靠在墙边仰起头跟周围的烟雾融为一体的顾渊，"大冷天的站这里也不嫌冷？为什么不在办公室里待着？那边好歹还有中央空调。"

顾渊迅速掐灭手里的烟，扔进一侧的垃圾桶里。

"出去那两年学会的，回来之后一时半会儿也改不掉。"顾渊勉强笑了笑，不知想起了些什么，表情黯然。

穿梭于整个校园的寒风还在呼啸着，吹乱了两人额间的刘海，许约吸了吸鼻子忍不住皱了下眉。

顾渊反而轻笑着从大衣兜里摸出自己常用的香水喷了几下，浓烈的烟味瞬间被掩盖了下去。

"现在好多了吗？"顾渊带着浓重的鼻音，压着嗓子缓缓道，"我改，以后只吃棒棒糖，不抽烟了。大不了从今天开始你监督我，以后我要是抽一次烟，就转你一百块钱。"

说完，顾渊毫不犹豫地拿出自己的手机，真给许约转了一百块钱。

对于顾渊一向不把钱当回事的行为，许约从四年前就已经熟知。但不知为何，许约却觉得有些难过。他盯着自己的手机屏幕看了半天，最终缓缓抬起头。

"想什么呢，快点把钱收了。"顾渊眨了下眼睛，"你再磨蹭我可要反悔了——"

"阿渊……"许约突然打断顾渊，他睁大了双眼，目光挪到顾渊身上的那件外套上，"这件衬衫……"

顾渊愣了下，突然摆了摆手："我那个……回来得比较匆忙，什么都没带……"

"阿渊，说实话。"许约的左胸口开始有些隐隐作痛。

无论是从前年少无知的附中生活，还是这两年远走他国的求学生活，顾渊从来不会在衣食住行上委屈自己，贴身的衣服基本会每天一换，可是现在……

"其实……"顾渊深呼了一口气，凉意顺着溜进侧门的冷风盘旋于两人之间，"其实我没回过家……我提前毕业，只带了学位证书回来。落地的第一天，我做的第一件事就是去应聘了你们大学的助教……那天凌晨，是我忍不住打了你的电话。"

许约突然想到之前某个凌晨接到的那通陌生电话,无论他怎么说,听筒里只有一阵阵呼啸而过的风声。

"那个时候,我就站在你家楼下。"顾渊突然扯动嘴角,眯了眯眼睛,"我很想见你,但又很怕被你认出来,所以我只能躲在旁边那棵树下不敢抬头,甚至不敢发出一点动静……可我明明知道,你不愿意看到我,我也知道你还没有原谅我。"

顾渊的声音低了下去,尾音消失在了一号大楼玻璃门内的角落里。安静的走廊里几乎看不到除了他们以外的任何人,许约终于忍不住轻轻拍了下他的肩膀。

面前这个男生好像还跟当年那个时刻追随在他身后的男孩一样。

"顾渊。"许约仔细看了看顾渊,笑了笑,"你是不是又长高了?"

"嗯,比之前高了两厘米。"顾渊忍不住低下头,"这两年来你没怎么变,瘦了……喂,你还用胳膊肘撞我……"

许约被逗笑,轻推了顾渊一下,他盯着顾渊的整张脸,逐渐红了眼眶。

自从顾渊回来,周辉和李然然每周末都会赶过来,李然然偶尔会带着赵璐一起过来,最开始被顾渊嘲笑了好几次,举着酒杯大声地喊着李然然走了什么狗屎运才能交到这么好看的女朋友,再后来几个人混熟了就什么玩笑都会开。

今天是许约大二第一学期的最后一门考试,许约刚从阶梯教室后门走出来就看到了等在门外的四个人。

"许约!"周辉张着嘴,在人群里挥动着自己的右手,担心许约看不到,时不时跳几下。

"周辉你能不能别跟高中时一样傻,咱们几个现在可都算是许约的学长了!不对,这还有个直接成了许约的老师……"李然然从高中到现在唯一没变的就是那股爱吃的劲头,他将手里剥好的橘子塞到了赵璐手里,满眼爱意地笑了笑,"来,先吃点橘子垫垫肚子。

再忍个二十分钟，渊哥就要请我们去吃大餐了！"

顾渊靠在白色瓷砖墙上，满眼无奈地跟路过的几个女生打招呼，回头白了李然然一眼。

"李然然你好意思吗？高中整整三年，每天的午饭几乎都是我买的吧？"说完，顾渊忍不住又瞥了一眼旁边的周辉，最后将视线重新挪回到不远处的许约身上，"请吃饭可以，但是你俩得给我悠着点，我第一个月的工资可都还没发呢。"

赵璐终于忍不住挣脱李然然的胳膊，咽下嘴里的橘子，举着双手学周辉那样不停冲许约挥着手。

许约忍不住笑了几声，抬着胳膊同样随意挥了两下。

"你们三个大男人要不要这样，今天的饭我来请！想吃什么咱们就吃什么！"赵璐心情大好，一把抓住李然然的胳膊，"然然，你想吃什么？"

"这就叫恋爱的酸臭味。"周辉满不在乎地抿了下嘴，趁着许约靠近，走上前去一把架住他的肩膀，"今天全部考完了吧？走，咱们吃饭去。赵璐说要请我们几个吃顿大餐，那必然不能给他俩省钱啊！"

"真的假的？李然然现在都这么大方了？"许约问道。

"别说人家李然然了，你女朋友什么时候可以请我们吃顿饭？"顾渊冲周辉吹了声口哨，随后指了指走在最右边的李然然，"周辉你看看人家李然然，再看看你，今年都大三了吧，女朋友呢？"

"梦里。"周辉胡乱地拍着顾渊的后背，开玩笑似的接道，"不过渊哥，你跟许约……你们两个怎么和好的？"

"想知道啊？"顾渊突然偏过头看了一眼身边满脸笑容却始终一言不发的许约，"就不告诉你，自己慢慢猜去吧。"

大学城附近的商铺多得离谱，一条不到两百米的街上就有两三家生意红火的火锅店，剩下的除了一些有名的小吃店以外就是各种酒店。

好几束从对面马路打过来的远光灯汇聚在几个人的身上,在暖黄的路灯下好像能看到飘在空中的飞雪。这里的冬天向来很少降雪,许约忍不住拿出手机,将焦点跟几米高的路灯对准,拍了好几张照片。

"顾渊你看。"许约将手机递了过去,"怎么样?好看吧?洛杉矶的冬天应该没有雪吧?"

"没有。"顾渊突然沉默了下,很快,他又打开后置摄像头将许约的手机递给了李然然,"李然然,帮我和许约拍张照片。"

李然然接过手机,还没反应过来就被赵璐抢走了。

"让我来!我给你们两个拍!"赵璐拿着自己的手机,打开美图软件里的照相机,看了一会儿手机屏幕,又抬起头,眼睛瞥向站在路灯下的两个人,来回好几次,终于忍不住说道,"给你俩开美颜相机还不如用原相机呢,根本就不需要什么瘦脸大眼磨皮啊!我一个女生看着都好羡慕!"

"用原相机就行。"顾渊右手死死按着许约的肩膀,生怕身旁这人又跟高中时一样藏起来,"能不能快点!拍好了去吃饭,外面冷死了。"

"好了好了,来来来。都看我这边——"李然然清了清嗓子,整理好面部表情,"来,好——"

咔嚓——

许约靠近手机看了一眼,昏黄的路灯下,顾渊微微偏着头贴近许约的侧脸,身后那条长街上驶过的车辆的尾灯有些失焦,但细雪却铺在他们的头发、围巾上,还有肩膀上……

从火锅店出来,路上已经铺上了一层薄雪,顾渊发现许约的嘴唇有些干裂泛白,唇缝间好像还有些起皮。

顾渊伸手,指指许约的唇:"一看你就没好好喝水。走,去买润唇膏。"

许约虽然很少用这东西，但他找不到拒绝的理由，愣是被连推带拉地带进了一家装修粉嫩的店铺。

"这个壳子好看，一黑一白。"周辉看得眼花缭乱，直接走向日用品的区域，"渊哥，许约，这个不错。"

"那就买。"顾渊看都没看一眼直接拿着一黑一白两个润唇膏走向了收银台。

付好了钱刚一出门，顾渊就迫不及待地拆开了其中一支，让许约涂在嘴巴上。

"好了，估计一会儿嘴唇就不干了。"顾渊说道。

"嗯……"许约轻轻笑着，将两个唇膏的外壳互换，"我觉得这样比较好看。"

"好，听你的。"顾渊将那白色壳子黑色管子的唇膏装进了兜里。

元旦晚会的日子快到了，按照要求，每个班必须出一到两个节目。

在顾渊的帮助下，许约最后拿下了六门优秀的成绩。终于在某个周末的下午，许约窝进家里的沙发，找了个电影打发时间。本就不太大的衣柜边多了两排衣架，那是许约几天前强行拉着顾渊去商场买回来的。

顾渊同样窝在略显破旧的沙发里，直勾勾地盯着手机上的游戏直播，时不时会大笑几声，再将整个手机屏幕举到许约面前笑着说："现在真好。"

空荡荡的房间，终于比以往拥挤了。

许约轻轻"嗯"了几声，重新回过头看向电视屏幕。空调主机嗡嗡的声音由低到高，再顺着窗缝传进了屋。顾渊靠在沙发上，半眯着眼，迷迷糊糊间好像听到许约从旁边的凳子上拿过来薄一点的蚕丝被盖在了他的身上。

客厅里依旧没有开灯，只有电视机的屏幕往外散着一点冷光。顾渊没有多余的力气再睁开眼睛，他嘴角微微上扬，声音被压得很低……

"许约……有个秘密藏在我心里太久了，久到我自己都快忘了。但现在我特别想告诉你……你知道吗，其实你在我整个青春里，闪闪发光了好多年。"

许约按着遥控器的手突然顿了下。

"顾渊，等放假了，我们再一起回趟附中好不好？"许约小声地说道，"我有点想念附中林荫路尽头的那棵银杏树了，还有当时我们在Ａ班一起拿过的那个奖状。顺便……我想看看老杨和李烨他们。"

"好……"顾渊终于缓缓睁开了双眼。

元旦晚会前夕，心理学系的很多女生强烈邀请顾渊同台演唱几首最近比较流行的歌曲，顾渊都找了借口委婉地回绝了，可没过多久，顾渊曾经学过钢琴这一消息传入了校领导的耳朵里，于是他们也跟那些小女生一样，顾渊愣是站在办公室听了长达一个小时的吹捧，最终缴械投降。

于是回附中的日期被许约往后推迟了几周，他虽然对这些集体性的活动一向不感兴趣，但还是出现在了元旦晚会的现场。

舞台位于大会议室的最中心，舞台下方的座位上挤满了大一、大二各个班的学生，有几个大三的学生心有不甘，站在玻璃门外扒开黑色的门帘不停地往里面张望着，最后被几个前排的校领导笑着带到台下的座椅上。

晚会正式开始前，许约的手机振了几下，他轻笑着从裤兜里摸出来看了一眼。

渊渊想抱：许约，我们改微信名字吧。

偷栀子花的小男孩：反正我已经改好了！

许约低头看着手机笑了，记忆猛地回到多年前的那个盛夏，他将自己的游戏名字改成了"Gardenia"。

他指尖轻轻划着手机屏幕，最终将自己的微信名字改成了"栀子花"。

之后他又觉得过于单调，又找了个手机自带的表情，放在那两个字的最后面。

栀子花：顾渊，我还是决定相信你。

大学的晚会已经彻底消散了少男少女的羞涩，好像每个人都在属于自己的生活里熠熠生辉。等到舞台上的那层黑色薄纱被拉向两边，露出了中间的黑色钢琴，整个会场瞬间喧闹了起来，前排好几个女生将手里的荧光棒举过头顶，嘴里不停地大声喊着"顾老师"。

顾渊今天穿得很随意，没穿以往讲课时搭配暗灰色的领带的黑色西装，只穿了一件许约不久前买的浅蓝色带帽卫衣，两只袖口上还带着白色的渐变线条。顾渊的额间有条黑色的发带，发带的中间依旧印着一个大写的"G"。

许约离舞台并不近，一眼看去像回到了那年冬天。他眨着眼愣了几秒，突然笑了笑。好像回到很多年以前的那个冬夜里，在长街边的一家便利店里，顾渊满脸不耐烦地坐在他的旁边，双手不停敲着手机屏幕，然后从兜里摸出了自己的学生校牌。

"其实我是学生。"

"自己拿去看吧……"

顾渊缓缓走上台，拿起话筒深呼吸了下，在一片热情洋溢的气氛下轻轻咳了一声。

"接下来的这首歌，其实在我高中的时候就已经哼唱过了。"舞台下方很黑，顾渊环视了一圈，最终目光定在了后排唯一一个打开了手机手电筒的位置上，他轻笑着继续说道，"我有个最好的朋友，那时候吧，我跟他都十七八岁，天不怕地不怕的。我们哭过，也笑过，甚至中间还因为一些事情争吵过……"

顾渊头一次坦白，台下的欢呼声好像比之前更高了，许约依旧举着自己的手机，让那不太刺眼的手机光源为顾渊提供方向。

"我们曾经经历过很多事情，在这里我向他保证，我们以后也会一起经历更多事情。"顾渊的目光一如当年那般灼热。

"许约……"顾渊突然移开了话筒，红着眼眶，张了张嘴道，"我回来了。"

顾渊所唱的这首歌，正是当年他在 A 班所有人登上山顶时唱过的那首，熟悉的旋律，熟悉的歌词，许约后知后觉地发现这是顾渊为他们共同的青春所写下的歌。

几年前只有简短的一段旋律和几句歌词，到如今已经成了一首完整的歌。

依旧如当年那般动听。

"陪伴是我全部的心之所愿……"

平静而炽热，舞台下方的女生不再像男生那样起哄打趣，认真听着歌词逐渐红了眼眶，仿佛感受到青春期独有的喜怒哀乐，无论开心与否，只要最后不忘初心就好。

一首不到三分钟的唱词，中间被顾渊加了一段钢琴曲。

整首歌结束，顾渊气喘吁吁地下了台，趁着周围一片黑暗，舞台下又乱成一片，他出了侧门又从后排另外的暗门走进来，坐在了许约身边。

"怎么样？好听吧？"顾渊往后仰头，靠在椅背上，"高二那年，也只不过是我临时哼出来的调子，后来不知不觉就写成了一首歌，终于啊……"

"终于什么？"许约问道。

"终于有机会唱给你听了。"

高考失利之后，许约将心思全部投入了高中、大学的课本和一个人的生活里，埋进心底深处的人和事都不再愿意去思考。在他以为这辈子都会浑浑噩噩过下去的时候，顾渊重新出现在他面前，仿佛身处冰天雪地间的游人遇到了星星火点，整个人被跳动的暖光所点燃，感受到迟来的温热。

顾渊兜里的手机振了好几下，最后频率越来越快，变成了一通接一通的电话。

表演结束后的间隙，许约听到了从左边传来的嗡嗡声。他抬了抬手，小声道："阿渊，你手机振了很久。是不是李然然、周辉打来的电话？顺便替我祝他们新年快乐……"

"不是。"顾渊皱了下眉，从兜里摸出手机看了一眼，"我妈的电话。"

许约脸上的笑容收敛了，他从未问过顾渊当年不辞而别的理由，但他大约明白应该是他母亲的安排。

"这会场里面太吵了，要不你出去接一下吧？"许约语气依旧平缓，听不出任何波澜，"我在这里等你。"

下一秒钟，顾渊拉起许约的胳膊。两个人低着身子出了侧门，经过徐芝的时候，只是轻轻点了点头。

会场外的冷风依旧肆虐，光秃秃的树干在路灯下显得愈发孤独。顾渊在高离打来第四通微信语音的时候，按下了免提键。

许约不自觉地深呼吸了下，电话接通之后却丝毫不敢重重地呼一口气。

"阿渊？"高离的声音有些颤抖，"阿渊，你回国了为什么不通知家里一声？要不是我今天抽空联系了美国的朋友，我到现在还被蒙在鼓里。"

"妈。"顾渊的语气带着一种坚定的决心,"我说过了,从我两年前离开的那天起,我就只是我自己。我回来之后会去哪里或者做什么,那都是我自己的事情。更何况我现在也有自己想做的工作,我不会用家里一分钱。"

许约突然愣了下,想到了顾渊之前三天都不肯换下来的衬衫。

"顾渊!你放着好好的金融不学,你学什么心理学!毕业回来帮着爸爸妈妈打理公司不行吗?之后你想要什么妈妈都可以满足你……"

"行,那我告诉你我想要什么。"顾渊打断了高离未说完的话,他偏过头看了许约一眼,"我想要做自己想做的事,而不是你安排的,我想要和能够理解我的朋友们在一起,而不是回到那个冷清的屋子。"

不知沉寂了几秒,高离的情绪彻底崩溃,仿佛多年来她一心建筑的堡垒在这一瞬间彻底崩塌,她歇斯底里地喊了出来:"顾渊,你告诉妈妈,你为什么就不肯听我的话呢!"

"妈,我说到做到。"顾渊突然冷着脸,语气里满是寒气。

说完,顾渊挂断了电话,仰起头闭上了眼睛。两人沉默了几秒之后,许约才缓缓开口:"所以,你当年出国……"

顾渊依旧沉默着,只是轻轻点了点头。

许约轻笑了下,竖起了衣领:"你怪她吗?"

"不怪。"顾渊浅浅一笑,"我从来都没怪过她,只是觉得很抱歉,没有按照她安排好的来……"

许约眼里露出了一丝迷茫,夜色下,好像往四周散着微弱的光。

"顾渊,我们好久不见。"许约说,"欢迎回来。"

附中在这两年里改建了很多建筑,操场的边缘又往食堂那边扩建了不少,林荫路两边坑坑洼洼的土坑已经彻底被修好了,还在旁边铺上了一层全新的人造草坪。

回附中的时间被两人一拖再拖，成功从冬天拖到了初春。

两人出了高铁站，许约拖着银灰色行李箱冲向出租车载客点，却被顾渊硬生生拦了下来。

"许约，我们一起去坐一次公交车吧。"顾渊突然将手里的矿泉水瓶递过来，"上次坐公交车还是那年夏天，你还记得吗？老杨跟李烨两个人非逼着我去参加市里的英语竞赛，拿了奖之后我一时半会儿打不到出租车，所以……我人生第一次挤了公交车。"

许约认真地听着，脑海里呈现出的画面已经自动转到了那个夏末，顾渊手里握着透明水晶奖杯，站在宿舍楼下大喊着他的名字。

"好啊。"许约站定了脚步，回过头将手里的行李箱拉杆塞到顾渊的手里，从兜里摸出了手机，"那我查一查从这里到附中应该坐哪一路……嗯，771A外环线。走吧？"

顾渊轻轻"嗯"了一声，随后在自己手机屏幕上划拉了几下："我跟李然然、周辉他们也都说好了，他们到了之后在那边等我们。"

周辉特意选了课少的一天喊上了李然然，同顾渊和许约在提前定好了的公交车站台碰了面。见到顾渊时，周辉才突然发觉，眼前重聚在一起的四个大男孩已经没有了当年的轻狂浮躁。

许约的药物用量已经不知不觉减到了两周一次，顾渊看上去比以前又长高了不少，双手揣进黑色大衣的衣兜里，看上去比之前还要瘦很多，眉眼间好像写满了故事。

初春的天气已经渐渐有了暖意，没了刺骨的寒风和被薄雾覆盖而看不见尽头的那段路。

几个人站在附中大门外犹豫了好久，顾渊清了清嗓子，深呼吸了一下，肩膀都跟着颤了起来。

洛杉矶的黑夜和白天一样不解风情，提前毕业的当天，顾渊回绝了所有同学的聚会邀请，在傍晚时分窝在沙发里拿着那张边角微

第八章 归途

微卷起的照片看个不停,看一遍就想念一遍,直到思念累积成了一种无法诉说的痛,顾渊才后知后觉,在这场青春的追逐中他亏欠了太多太多……

"想什么呢?"许约用胳膊肘轻轻撞了下顾渊,看着他的表情突然笑了出来,"怎么了这是,一副感动得快要哭的表情。"

"不是。"顾渊回过神来,仰起头将模糊了视线的泪水逼了回去,"就是想起了当年的很多事情……我很后悔,后悔当时的不辞而别和自己的不够坚定。"

"渊哥,咱们今天回附中是来好好怀念一下我们那无知的青春期,别总提起那些不开心的了。更何况你现在已经回来了,还想之前那些破事干吗!"李然然的声音开始哽咽,碍于面子只好转过头去看向大门口的值班室,"快三年了,门卫大爷居然没换人!这样倒好,省得我们几个还要找老杨去政教处开什么单子了……你们三个等一会儿,我去跟大爷说一下。"

说完,李然然迅速往值班室的窗户那边走了过去。

新的入学季好像给了附中全新的生命,以往举行周一晨会的广场已经不再像从前那般空旷,四周放置着几个新的公告板,大老远就能看到玻璃板内的一片鲜红。

顾渊眯了眯眼忍不住笑了。

"附中现在居然流行起这个了?"顾渊抬着胳膊指了指那边的银白色边框的公告栏,"你们看那上面,是每年的高考高分榜,还带照片呢。"

李然然顺着顾渊手指的方向看了过去,愣了两秒之后冲了过去。弯腰仔细看了一阵之后,仿佛打了鸡血般直接原地跳了起来。

"真的有!"李然然大声喊道,"许约!你过来看。这上面真的有你!"

"不会吧,这都已经毕业了还能上荣誉榜啊?"周辉满眼不可思议地跟着凑了过去,"我们当时那一届的居然也有!班长的名字居然在上面!许约,渊哥,你俩也快点过来看看啊!"

许约不紧不慢地跟在顾渊身后走到公告栏一边,"荣誉榜"这三个大字好像被镀上了一层金,在暖光的照射之下闪闪发光。

第一块玻璃板上清楚地写着几行励志的大字,这几行字的下方的照片就是许约。

那张照片顾渊太过熟悉,他手里就有一张。

姓名:许约

班级:高三(A)班

高考成绩总分:642分

全校排名:1

"虽然我已经不是第一次知道我们家许约的成绩厉害,但现在看着还是觉得很激动!"周辉眨了眨眼睛。

再往下的几行是许约上一年毕业的状元,几个人仿佛回到了当初一起读高三的时候。

姓名:佳真

班级:高三(1)班

高考成绩总分:640分

全校排名:1

顾渊稍微靠近了些,缓缓抬起右手,指腹轻轻摩擦着外面的透明玻璃。

"对不起……真的对不起。"顾渊红着眼眶,直勾勾地盯着荣誉榜上那个满眼带着笑意,有些错开镜头的许约,猛地低下了头,"许约……"

许约吸了吸鼻子微微扬起头,曾经在每个难以入眠的夜里,许约桌上总会放着厚厚一叠资料,黑色的笔杆之下压着的……依旧是那张熟悉的红底照片。照片上的男孩依旧会冲着他笑……

微风拂帘，不知不觉地从窗缝溜进来缓缓吹在许约的脸上，他闭上眼，仿佛那个少年还会坐在他的身边，按着他的肩膀一字一句地告诉他："不准弄丢……"

这次，他没有弄丢。

顾渊突然长舒了一口气，他转头看许约一眼，眸子里全是歉意。

"干吗。"许约忍不住笑起来，"要是再悄无声息地消失，我真的不会再原谅你了。"

顾渊依旧闭着眼，重重地点了下头。

"嗯，我发誓。无论以后再发生什么，我都不会消失。"

"顾渊，我突然觉得……"许约浅浅笑着收回了手，"这些年好像过得也没那么辛苦了。"

周辉轻轻拍了拍李然然的肩膀，随后直接将他整个人扛了起来。

"周辉你突然发什么神经，吓我一跳！"李然然受惊，一只手死死捏着周辉的胳膊，另一只手不自觉地抓上了顾渊的肩。

几个人还跟以前一样打闹着，顾渊没有了以往的厌烦情绪，只是轻轻用手托住李然然的半个肩膀："你俩慢点，别摔了。"

于是，李然然就像被人按下了泪腺的开关，一边大喊了几声一边不停抹着眼泪。

许约终于忍不住大笑了起来。

之后的大课间里，四个人去了高一、高二的教学区拜访了老杨和李烨，唯一的缺憾就是小鱼老师在实习期结束后就离开了附中。

老杨轻笑着端起桌上的茶杯，顾渊瞥了一眼忍不住抿了下唇："老杨，都这么多年了您还是这么喜欢红枣泡枸杞啊？不换换吗？"

老杨睁大了眼睛"嗯"了几声，语调也跟着上扬了不少，将茶杯里剩下的半杯花茶全部咽了下去："你们几个啊，也算是有点良心，还知道回来看看我们几个。"李烨坐在旁边头也不抬，手里翻着那几本熟悉的练习册，"顾渊啊，老师其实一直都很担心你，很想问问你们最近几年怎么样,但是现在,我突然觉得不用问了……"

"几年前那个春夏之际,许约刚转来附中的那天,我在你那双浑浊的眼睛里看到了光。"李烨站起来,眼神挪向窗外的走廊,"时间过得可真快啊,一眨眼你们都已经不是之前那几个毛头小子了……"

顾渊没再说话,只是静静地看向许约。

从附中出来,顾渊回了趟自己的家,家里的一切看上去一尘不染,干净又敞亮,仿佛从未有人离开过一样。

顾渊懒散地窝进沙发里,拿着手机拨通了高离的电话。

"喂,妈。"顾渊的声音压下去很多,声音里全是难以向任何人诉说的疲惫,他忍不住看了许约一眼,微微仰起了头,"我回来了。"

高离有些意外,接到电话的那瞬间眼泪就止不住地往外冒,她努力控制着自己的情绪,终于在听到顾渊的那句"我回来了"之后,仿佛一切都已释怀。

这通电话久得有些离谱,高离追问了很多顾渊在国外的学业和生活,顾渊只是轻笑着将手机打开了免提。许约听得极其认真,此时的他才猛然发觉,原来同样煎熬了整整两年的……从来就不止他一个人。

"阿渊,这两年来妈妈真的觉得很对不起你……"高离声音沙哑着,时不时吸两下鼻子,"有时间的话,带你的朋友们来家里玩吧,爸爸妈妈以后会尊重你的想法。"

顾渊怔然,沉默了半分钟。

"妈,其实你不用说对不起……"顾渊突然红着眼眶,将许约高二那年夏天从未说给许陆听的那些遗憾,全部宣泄了出来,"我们之间从来都不需要说这三个字。"

顾渊挂断了电话,紧绷着的身子也蜷成一团窝进了沙发里。

三步一追两步一赶的生活最终将少年们曾经躁动不安的心跳声,冲淡成了陪伴和心安。

第八章 归途

顾渊满意地闭了闭眼。

"许约。"

"嗯？"

"不如……我们重新认识一下吧。"顾渊轻轻地扬起脸，"我叫顾渊，还是你认识的那个顾渊。"

从此，不必再怕前路漫漫。

番外

全国大学生电竞联赛

又是一个周五，盛夏的风依旧带着一股子散不净的热。校园里的图书馆楼下站着很多人，都在盯着墙上的新贴上去的海报。

许约中午跟顾渊一起外出吃饭，途中路过图书馆，被吸引了过去。

人群有些吵闹，许约下意识地往耳朵里塞了蓝牙耳机。

"全国大学生电竞联赛？"许约缓缓念出海报上的黑体大字，视线移到下方的插画上面，"这游戏……不是高中时，顾渊带着自己玩过的那个？"

许约的个子高，站在人堆外围就看到了海报上的全部内容。

"报名资格……第一，必须拥有独立个人账号；第二，要求战队成员当中必须有一位老师参与；第三……"许约懒得再念下去，皱了皱眉打开手机摄像头，直接将整张海报图发给了顾渊。

许许如生：看这个。

消息发送出去不到半分钟，许约的通知栏就多了几条最新消息。

渊渊想抱：大学生电竞联赛？

渊渊想抱：想参加吗？

许约本身对电子游戏并不感兴趣，但是最近课程繁忙，加上连续一周的心理测评考试，让他开始有些犹豫。

几分钟后，许约按了按手机屏幕。

许许如生：如果可以的话，想去试试看。

顾渊没再回复，直接打了电话过来，"你要是想参加，那我跟你一起。"顾渊那边有些吵，听上去像是个封闭的空间。

"你还在开会？"

许约并没直接回答顾渊的话。

"没，刚刚结束就看到你发的信息。"顾渊站了起来，往窗外瞥了一眼，"不过，这活动我倒真想参与一下，反正我符合所有条件。"

"这事晚点再说，我在图书馆楼下了，你下来吧。"

许约伸了个懒腰，斜靠在了图书馆门外的石柱上。

午饭的时候，顾渊研究了一下报名步骤，然后就把自己和许约的游戏账号填了进去。手机页面跳转出了比赛时间，好巧不巧正好是今天晚上八点半。参赛选手可以两两组队，也可以单独报名由游戏系统自动分配队伍。

顾渊和许约回到家的时候，正好过了晚上八点二十五分，距离游戏开始还有最后五分钟。

许约有些紧张，捏着手机的右手指关节都有些发白。

顾渊忍不住笑了，将许约往右轻轻推了一把，自己瘫坐在沙发上。

"哦对，我差点忘了，学霸不会打游戏。"

许约无法反驳，盯着手机屏幕里的组队页面一动不动。

"害怕什么，虽然你不会打，但是我能一个人带你们四个啊。"顾渊穿着家居服，一脸慵懒地靠在那，冲许约耸了耸肩膀，"还记得我以前教你玩过的那个辅助吗？"

记忆这条长线，好像再次被扯回了高中。

许约轻轻点了点头，"嗯，还记得一点。但是时间太久了……已经有点忘记了。"

"没事，等下开始，你听我指挥就行。"

"行。"

八点二十九分，顾渊和许约的手机界面显示已经完成最后分组。

八点三十分，两人手机屏幕同时成功加载，进入游戏。

游戏机制为五对五的对局，分为红蓝双方，每一方的出生地有一颗水晶石。谁先推掉对方的水晶石，就能获得这场比赛的胜利。

顾渊认真地盯着手机屏幕，指尖滑动着游戏轮盘。

许约则有些手足无措，一时间有点慌乱。

游戏界面分为三路，他眼睁睁看着其他队友到达了指定的位置，轻轻咳了两声。

"顾渊，上中下三路都有队友去了，我现在应该往哪里走？"

"出个辅助宝石跟我吧。"顾渊没回头，依旧盯着自己的手机，"我哥就是那么打的。你可以不信我的水平，但我哥你得信吧，毕竟人家是职业的。"

顾渊的话不是没有道理，许约一瞬间又想到了高中时两人去看了一场真正的电竞比赛，他们也曾感受过电子竞技的魅力。

"许约快过来,对面刺客进我们野区了。"顾渊眉头皱了下。

"来了。"许约购买了宝石出了出生泉水,盯着小地图上顾渊缓缓移动的位置,很快跟了过去。

"对面那个叫'谷雨'的刺客,还挺会玩的。"

双方经济差距越来越大,敌方上路的战士玩家已经越防御塔拿下了第三个"人头"。

"不止那个叫'谷雨'的,我怎么觉得……对面那个'夏至'也很厉害啊,才不到六分钟,就已经单杀我们队友三次了。"许约愣了两秒,轻声道,"谷雨?夏至?都是节气,难不成……他们两个也是双排的吗?"

顾渊深吸了一口气,越塔拿下了敌方中路法师的"人头"。

无论是操作,还是整场游戏的布局意识,敌方的刺客和战士都更胜一筹。看这打法,顾渊很难不把这两个人和他哥联系起来。

"对面那两个,要么是哪个职业玩家的小号,要么就是国服在榜的大学生。"顾渊终于偏过了头,冲许约干笑了两声。

"我现在能不能收回之前的那句话。"

"谷雨"和"夏至"打出了完美的配合,强行将许约困在了自家野区。

玩家谷雨成功击杀玩家 Gardenia。

玩家夏至成功击杀玩家偷栀子花的小男孩。

等游戏出现复活倒计时,许约才缓缓抬起了头,"又死了……嗯?你刚刚说哪句?"

"'一个人带四个人'那句。"顾渊笑了。

"没事,反正我一开始也没相信你能带我躺赢。"

"话不能这么说,这都过去多少年了,我出国那段时间压根就没碰过游戏,哪能跟当年比呢。"顾渊开始抱怨,趁着复活的时间揉了两把许约的头发。

游戏结束,您的战队晋级失败。

顾渊扔掉了手里的手机,仰头伸了个懒腰。

"偷栀子花的小男孩。"他小声地念道。